я парохода „ТИТАНИКЪ“.

1ST CLASS ENTRANCE

1ST CLASS

BOILER UPTAKE CASING

RECEPTION ROOM

1ST CLASS ENTRANCE

1ST CLASS

3RD CLASS PERMANENT

28 SALOON WAITERS

38 SALOON WAITERS

38 SALOON WAITERS

42 2ND CL. STEWARDS

DOOR FOR PORT USE

BOILER UPTAKE CASING

BOILER UPTAKE CASING

BUNKER HATCH

1ST CLASS

3RD CLASS PERMANENT

3RD CLASS

COOKS

42 3RD CLASS STEWARDS

LINEN

LINEN DRYING ROOM

BOILER UPTAKE CASING

BOILER UPTAKE CASING

BOILER UPTAKE CASING

BOILER UPTAKE CASING

SQUASH RACQUET COURT

BUNKER HATCH

HOT AIR TANKS

HOT ROOM

TEMPER. ROOM

COOLING ROOM

SHAMPOOING ROOMS

SWIMMING BATH

DINING SALOON

TURKISH BATHS

3RD CLASS PERMANENT

PERMANENT 3RD CLASS OPEN

3RD CLASS OPEN BERTHS

1ST CLASS BAGGAGE

BOILER ROOM CASING

BOILER ROOM CASING

BOILER ROOM CASING

SQUASH RACQUET COURT

BUNKER HATCH

1ST CLASS BAGGAGE

POST OFFICE

REC. LETTERS

SWIMMING BATH

воду

горой

ПРИКЛЮЧЕНИЯ АЛЕКСЕЯ БЕСТУЖЕВА

ОЛМА
МЕДИА ГРУПП

ПРЕДСТАВЛЯЕТ ПРОИЗВЕДЕНИЯ

АЛЕКСАНДРА БУШКОВА

В СЕРИИ
«ПРИКЛЮЧЕНИЯ АЛЕКСЕЯ БЕСТУЖЕВА»

АВАНТЮРИСТ

ДИКОЕ ЗОЛОТО

СЫЩИК

КОМБАТАНТ

АРГОНАВТ

КОВБОЙ

АЛЕКСАНДР
БУШКОВ

{Роман}

МОСКВА 2010

УДК 821
ББК 84(2Рос-Рус)6-4
Б 90

Оформление
и макет серии
Игорь Сакуров,
Максим Руданов

Бушков А.

Б 90 АРГОНАВТ: Роман. — М.: ОЛМА Медиа Групп, 2010. — 320 с.

ISBN 978-5-373-03015-1

1912 год. Непотопляемый «Титаник», чудо технической мысли своего времени, на пути через Атлантику. Сыщик Алексей Бестужев намерен использовать все шансы, чтобы разыскать на корабле и задержать пытающегося бежать в Штаты инженера Штепанека.

«Титаник» спешит к берегам Америки. На нем состоятельные господа, благородные особы, авантюристы и простой люд. И никто не догадывается, что ковчег грез скоро станет ковчегом смерти.

УДК 821
ББК 84(2Рос-Рус)6-4

ISBN 978-5-373-03015-1

В один ненастный день, в тоске нечеловечьей,
Не вынеся тягот, под скрежет якорей,
Мы всходим на корабль, и происходит встреча
Безмерности мечты с предельностью морей...

Ш. Бодлер

Роман частично основан
на реальных событиях,
хотя некоторые имена изменены.

Часть первая

В ТУМАНЕ

О, странная игра с подвижною мишенью!
Не будучи нигде, цель может быть — везде!
Игра, где человек охотится за тенью,
За призраком ладьи на призрачной воде...

Ш. Бодлер

ПРОЛОГ

Чайки мельтешили над берегом и морем, как клочки бело-серой бумаги, подхваченной ветром, они орали пронзительно, скрипуче, неприятно, что больше всего напоминало скрип несмазанных дверных петель. Совершенно непонятно было, что же в них имеется такого романтического, привлекающего иных поэтов. Или виной всему такое настроение? Смесь разочарования и злости? Все оказалось гораздо сложнее, чем представлялось поначалу...

— Могу вас заверить, господин майор, мы сделали все, что в наших силах, — удрученно сказал месье Риу. — В данных условиях просто невозможно предпринять что-либо еще, я думаю, вы понимаете...

— Да, конечно, — сказал Бестужев. — К вам не может быть никаких претензий...

Как и полагается хорошему полицейскому, вынужденному во время службы пребывать исключительно в цивильном, чтобы не раскрывать себя, месье Риу на полицейского не походил ничуть — невысокий, ничем не примечательный, скучный на вид господин средних лет, более всего напоминающий мелкого чиновника или рантье невысокого пошиба. Однако Бестужев за день общения убедился уже, что перед ним весьма неглупый и хваткий человек — увы, обстоятельства порой сводят на нет любые ценные качества...

Он смотрел в море — там, на рейде, далеко от шербурской набережной, стоял на якоре черный четырехтрубный пароход, в общем-то, не производивший из-за отдаленности впечатления чего-то грандиозного.

С моря тянуло прохладой, временами налетал ветерок. Чайки то взлетали высоко, то метались над самыми волнами.

Месье Риу произнес тоном, в котором словно бы чувствовались некие извинения:

— С того момента, как на «Титаник» стали прибывать пассажиры, посадка их на «Номадик» находится под неотлучным наблюдением четырех моих агентов. Очередная смена и сейчас на постах.

Бестужев посмотрел вправо, туда, где был пришвартован изящный пароход с единственной высокой трубой — «Номадик», переправлявший путешественников на борт трансатлантического гиганта. Людей, направлявшихся к сходням, уже никак нельзя назвать «потоком», как это приходило на ум ранее, — последний рейс, «Титаник» вот-вот должен поднять якорь...

Как и следовало ожидать, Бестужеву не удалось среди праздных зевак, во множестве имевшихся на набережной, заметить полицейских агентов. Ничего удивительного, хорошего филера можно засечь в одном-единственном случае: когда он движется у тебя по пятам — да и то не всегда, ох, не всегда. В подобном же случае, когда хваткие агенты растворились в толпе, и их внимание не приковано персонально к тебе, обнаружить их практически невозможно. Кто угодно может оказаться наблюдателем — вот этот тучный, одышливый господин с моржовыми усами и целой пригоршней брелоков на часовой цепочке, вот эта юная мадемуазель, завороженно взирающая на морской простор и черный корабль, вот эти франты, да кто угодно...

— Специфические условия… — тем же покаянным тоном обронил месье Риу.

Он, честное слово, прямо-таки маялся. Несмотря на парижскую свистопляску и начавшиеся отставки полицейских чинов, в том числе в бригаде Ламорисьера, де Шамфор пребывал на своем месте, он-то не имел никакого отношения к Гартунгу и всей этой грязной истории. И, как следовало из обмолвок месье Риу, время от времени подстегивал своих подчиненных в Шербуре телеграфными депешами...

— Можно быть уверенным в двух вещах, которые зафиксированы точно, — сказал месье Риу. — Во-первых, интересующая нас особа, выступающая как мадемуазель Луиза, приобрела три билета первого класса. Во-вторых, сама она, что установлено не только агентами, но и мною лично, еще вчера в два часа тридцать семь минут пополудни поднялась на борт «Номадика» и, несомненно, пребывает сейчас на «Титанике». С двумя другими, увы, обстоит загадочно и туманно. Естественно, ни при покупке билетов, ни при подъеме на корабль не требуется предъявления каких бы то ни было документов, для внесения в список пассажиров достаточно назваться каким угодно именем. Наконец, внешность... Мадемуазель Луиза, насколько мне теперь ясно, не предпринимала никаких попыток изменить облик, она выглядела в точности так, как мне ее описали, не правда ли?

— Да, — сказал Бестужев почти отрешенно.

— С двумя прочими обстоит сложнее. Их третьего мы не в состоянии были зафиксировать вообще. Вы ведь сами говорили, что понятия не имеете, кто это может быть, даже не знаете, мужчина это или женщина?

— Да, вот именно, — сказал Бестужев. — Я только подозреваю, что это мужчина, играющий роль телохранителя, но так ли это, не знаю. Совершеннейший призрак без лица...

— Человека, соответствовавшего бы по приметам вашему инженеру, не усмотрели среди тех, кто за все это время уплыл на «Номадике», ни мои агенты, ни я сам. Вы можете быть уверены, господин майор, если бы он не изменил внешность, мы бы его не пропустили. Я не первый год в полиции, мои подчиненные тоже достаточно опытны...

— Я ничуть не сомневаюсь в вашей опытности, месье Риу. К вам нет и не может быть никаких претензий, — сказал Бестужев мягко, решив проявить некоторую чуткость, — этих людей и в самом деле нельзя было ни в чем упрекнуть.

Месье Риу удрученно продолжал:

— Возможно, если бы мы видели его прежде, знали на взгляд походку, характерные движения... Но, имея лишь описание... Ему крайне просто было бы изменить внешность: сбрить усы, надеть парик, или просто покрасить волосы в другой цвет, надеть пенсне, скажем, вы же знаете, как это бывает... За эти дни на «Номадик» проследовали многие сотни мужчин, и каждый второй из них — если не больше — мог оказаться инженером. Конечно, явные старики или слишком молодые люди исключаются. Но все равно, кандидатов прошло столько... Бородатые, с густыми бакенбардами, длинноволосые, любой из них мог оказаться... Вряд ли он стал маскироваться вовсе уж экзотически, скажем, под еврейского раввина — их зафиксировано трое — или музыканта с волосами до плеч — такие тоже проходили. Он, скорее всего, выбрал гораздо более простые, но эффективные способы...

— Наверняка, — поддакнул Бестужев.

— Посмотрите сами. Он сейчас может проходить к «Номадику», и мы не в состоянии его опознать...

— Да, пожалуй, — кивнул Бестужев, глядя на редеющую вереницу пассажиров. — Пожалуй, и я не опознал бы его в замаскированном виде: в его походке и манере двигаться нет ничего особенно уж характерного. Вот это уж точно не он, я думаю...

Он показал глазами на троицу, отмеченную некоторой живописностью: впереди двигалась полная дама лет сорока — собственно, не просто шла, а с некоторой величественностью ш е с т в о в а л а, словно линейный корабль во главе эскадры миноносок. Судя по недешевому парижскому платью и обилию драгоценностей с крупными камнями, дама была не из белошвеек, ее наряд, весь облик несли явные признаки с т и л я, несвойственного нуворишам. Правда, в ее полной, жизнерадостной физиономии Бестужеву все же почуялось нечто неуловимо п л е б е й с к о е, сближавшее величественную особу с российскими купчихами. Черт его знает, отчего, но именно такое впечатление оставалось.

За «линкором» шла столь же безупречно, хорошо и стильно наряженная молодая девушка, которая никак не могла оказаться переряженным Штепанеком хотя бы оттого, что была гораздо ниже, субтильнее, и, наконец, обладала темно-синими глазами, в то время как Штепанек — светло-серыми. Замыкал «походный ордер» высоченный брюнет, который опять-таки никак не мог оказаться искомым беглецом: гораздо шире в плечах и на голову выше, ладони гораздо шире, массивнее. Красочный был субъект: тщательно расчесанные и уложенные волосы, едва не достигавшие плеч, цвета воронова крыла, окладистая борода, отпущенная на какой-то странный манер, вызывавший в памяти смутные ассоциации, которые Бестужев так и не смог пока что определить, загадочный знак на лацкане сюртука, уж безусловно не орденский: нечто наподобие многолучевой звезды, покрытой сложными эмалевыми узорами и синим камнем посередине...

— Да, разумеется, — кивнул месье Риу. — Впереди — знатная англичанка, леди Холдершот, Оливия Холдершот, не исключено, в будущем — герцогиня. Если только ее супруг станет герцогом, а для этого нужно, чтобы какой-то там младенец не дожил до совершеннолетия и не оставил потомства — у англичан предостаточно таких вот заковыристых ситуаций, когда титул переходит к дальним родственникам в силу тех или иных обстоятельств... В английских романах масса примеров, взятых из жизни...

— Любопытно, — сказал Бестужев. — Мне, признаться, не доводилось бывать в английском высшем свете, но британских аристократок я себе представлял несколько иными...

На лице его собеседника явственно отразилась некая фривольность:

— В самую точку, господин майор. Надо вам знать, что, в отличие от лорда Холдершота, его супруга не может похвастать и тенью благородного происхождения. О, девица в свое время была самого что ни на есть благонравного поведения, но происхождения самого простого. То ли дочка деревенского трактирщика, то ли мелкого фермера. История тридцать лет назад разыгралась прямо-таки целиком позаимствованная из сентиментального романа: юный аристократ, ведущий род чуть ли не из времен Гийома Завоевателя, в захолустной деревеньке увидел юную красавицу. Мгновенно вспыхнувшая страсть, бурный роман, бегство под покровом ночи, брак, заключенный в совершеннейшей глуши вопреки яростному сопротивлению всего семейства жениха... Первое время их даже нигде не хотели принимать, но с годами как-то наладилось, давным-давно этот союз воспринимают как должное...

«Ну да, вот на кого она, если поразмыслить, смахивает, — подумал Бестужев. — Разбитная кабатчица, добродушная, бойкая... или та самая купчиха средней руки».

— Молодая девушка — ее воспитанница, какая-то бедная дальняя родственница, — продолжал месье Риу. — Вообще, леди Холдершот известная благотворительница...

— В таком случае, может, вы знаете, кто этот крайне живописный субъект, который сопровождает обеих дам? На бедного призреваемого родственника он что-то мало похож...

— О, это совершенно другое дело, — поморщился месье Риу. — Позвольте поинтересоваться, господин майор, вы, случайно, не адепт спиритизма? Нынче его почитателей можно встретить где угодно...

Бестужев усмехнулся:

— То ли мне так не везет, то ли дело в другом... Все спириты, какие мне только попадались, в худшем случае были жуликами и шарлатанами, в лучшем же — как бы это помягче выразиться, не в полной гармонии пребывали со здравым рассудком...

— Упаси вас Господь повторить это леди Холдершот, если вам доведется с ней общаться на корабле... А это вполне возможно, вы же тоже поплывете первым классом... Миледи — одна из самых ярых великосветских сторонниц спиритизма на Британских островах, да будет вам известно. Этот экзотический господин — ее персональный медиум. Она достаточно практична и здравомысляща, чтобы не выбрасывать на спиритов по-настоящему большие деньги, как это с иными светскими дамами случается — но все же платит этому субъекту баснословное жалованье, за которое он всецело предался в ее распоряжение. — Месье Риу с чуточку цинической улыбкой признался: — А впрочем, за такие деньги и я бы, наверное, не удержался, стал бы тоже вертеть блюдечки, постукивать спиритическим столиком, вызывать духов... Насколько мне известно, родом этот господин из Италии, а наша соседка с давних пор поставляла в Европу подобных господ, вспомните хотя бы Калиостро или Джузеппе Бальзамо... Насколько я знаю, господин этот предпочитает пользоваться не данным ему при крещении именем, а неким длинным и труднопроизносимым, которое я выговорить решительно не в состоянии. Оно, представьте себе, происходит прямиком из Древней Ассирии. Ага, вот именно. По уверениям означенного персонажа, он является воплощением некоего халдейского мага, обитавшего в древности как раз в этой стране. Или по крайней мере дух этого мага в него временами непринужденно вселяется — уж не помню в точности, как там обстоит...

Вот почему фасон прически и бороды черноволосого «мага» показался Бестужеву смутно знакомым — если не брать в расчет современного платья — пошитого не у самого дешевого парижского портного, несомненно — спутник леди Холдершот как две капли воды напоминал иллюстрацию из гимназического учебника древней истории.

— Миледи отправляется за океан исключительно для того, чтобы участвовать в каком-то тамошнем спиритическом сборище, — продолжал месье Риу. — Она себе может такое позволить... Ну а если рассматривать все исключительно с точки зрения н а ш е г о дела, то никто из троицы, разумеется, не может оказаться замаскированным инженером...

Бестужев подумал, что эти слова относятся и к последовавшей мимо них пожилой семейной паре самого что ни на есть респектабельного вида. Проследив его взгляд, месье Риу негромко пояснил:

— Господа Исидор и Ида Страусы. Американцы. Мистер Исидор родом из Баварии, в детстве эмигрировал с родителями за океан, со временем разбогател, стал владельцем крупного универсального магазина. Известный филантроп, отец шестерых детей…

— Ловко это у вас получается, — сказал Бестужев. — Такое впечатление, что вы знаете тут всех и вся... А это?

Он легонько повел подбородком в сторону очередной респектабельной пары: пожилого мужчины и совсем юной девушки. Улыбнулся:

— Должно быть, это очередной нефтепромышленник с дочерью… Властного вида человек, сразу угадывается, что путешествовать он намерен исключительно первым классом. Вон те две женщины и мужчина, что поспешают за ними с забавной рыжей собакой, больше похожи на вышколенную прислугу...

— Вы угадали примерно наполовину, господин майор, — отозвался месье Риу. — Насчет нефти вы ошиблись и насчет «дочери» — тоже. Это и правда денежный мешок, сам Джон Джейкоб Астор Четвертый, один из крупнейших нью-йоркских магнатов, но состоянием своим он обязан не нефти, а торговле недвижимостью. Очаровательная юная дама — не дочь, а законная супруга. Когда господин Астор в сорок шесть лет решил жениться на восемнадцатилетней красавице, пуританская нью-йоркская публика была этим в высшей степени шокирована, разразился скандал воистину американского размаха... и молодожены, чтобы переждать, когда уляжется шум, отправились путешествовать по Старому Свету. Теперь возвращаются домой — надо полагать, страсти приутихли... С ними действительно лакей и горничная... и еще медицинская сестра, поскольку миссис Астор вот уже несколько месяцев пребывает в интересном положении. Да, мистер Астор еще известен как изобретатель и писатель, а во время войны американцев с испанцами из-за Кубы он на свои средства содержал целый батальон — американской армии, естественно...

— Вы меня поражаете, месье Риу, — честно признался Бестужев. — Я и без того достаточно высокого мнения о французской полиции, но ваша информированность...

— Тут несколько другое, господин майор... — не без смущения признался француз. — Моя супруга питает склонность к газетам... к тем, которые во всех подробностях описывают жизнь высшего света. Я столько раз слушал ее болтовню с подругами, да и меня она обожает посвящать в детали прочитанного... Все эти господа обитают в Шербуре уже несколько дней, наши пронырливые журналисты не могли упустить такого случая... В общем, мне поневоле пришлось стать знатоком биографий собравшегося здесь бомонда, даже узнавать их в лицо...

Бестужев прищурился:

— А вот это уже не бомонд... А?

— Совершенно верно, — кивнул месье Риу. — Никак не бомонд, вовсе даже наоборот...

Мимо них потянулась немаленькая, человек в полсотни, вереница публики совершенно другого сорта: все эти люди, мужчины главным образом (хотя среди них Бестужев увидел несколько женщин, иных с малолетними детьми) были одеты опрятно и чисто, но, вне всякого сомнения, бедно. Неуклюжие какие-то, нескладные, они, с первого взгляда понятно, принадлежали к низам общества (хотя, конечно, не к его отбросам). Бестужев встрепенулся — показалось, что двое бородатых мужчин негромко говорили меж собой по-русски. Нет, ничего подобного — вероятнее всего, они из балканских славян либо славянских подданных Австро-Венгерской империи, потому-то язык их сначала и показался русским...

Вот среди э т и х вполне мог затесаться изменивший внешность Штепанек: живописные бороды, густые бакенбарды, плохо расчесанные шевелюры... Попадаются и светлоглазые... Он поймал себя на том, что начал зорко приглядываться к каждому проходящему, прикидывая, не может ли тот или иной оказаться беглым изобретателем. Судя по ставшему серьезным, напрягшемуся лицу француза, им овладели те же чувства. Переглянувшись, они чуть смущенно улыбнулись друг другу.

— Обратили внимание на их лица? — спросил месье Риу.

— Да, — сказал Бестужев. — Лица примечательные, вид у всех поголовно чуть ли не ликующий... Иммигранты, за удачей едут? Им наверняка представляется, что улицы там мощены золотом...

— Да, примерно так. Хотя все обстоит совершенно иначе... Ну вот!

Бестужев тоже повернулся в сторону причала. Над «Номадиком» вился клуб густого белого пара, тут же разодранный в клочья прохладным ветерком, послышался могучий пронзительный гудок.

— Через пять минут судно отойдет к «Титанику», — сказал француз. — Последний рейс...

Бестужев вздохнул. В подобных ситуациях самое правильное и выгодное — поставить себя на место противника. А будь он на месте Луизы, непременно отплыл бы на «Титаник» только п о с л е того, как туда попадет инженер. Для вящей надежности. Ей чертовски необходим Штепанек, дико было бы предположить, что она оставила его во Франции. Следовательно, он уже там. Даже если предположить хитрый ход, ну, скажем, Штепанек в одиночку или в сопровождении кого-то третьего отправился в Англию, а оттуда в Ирландию, кружным путем, чтобы в Ирландии и подняться на борт... Прекрасно известно, все газеты сообщали, что «Титаник» будет брать последних пассажиров и в Ирландии... И в этом случае надо плыть.

Даже если, пессимизма ради, предположить, что хитрющая и неглупая американская красотка придумала вовсе уж коварный ход… Скажем, уводит преследователей за собой, словно перепелка легавую от гнезда — а Штепанек поплывет в Америку совершенно другим пароходом... Даже если так, Бестужеву нельзя отступать: где прикажете, и как, искать Штепанека на суше? Учитывая, что помощь французской полиции, собственно говоря, в Шербуре и заканчивается? Нет, в любом случае имеется шанс выследить инженера в Америке, следуя за Луизой, и других возможностей попросту нет...

Его багаж давным-давно был доставлен на «Титаник», он пребывал налегке, разве что с тросточкой, той самой, тяжеленькой, способной послужить нешуточным аргументом в споре. Пора...

— Что же, я пошел... — сказал Бестужев.

— Удачи, господин майор! — воскликнул месье Риу искренне и, бросив взгляд в море, протянул с неприкрытым сожалением: — Как я вам завидую… Такой пароход... Такое путешествие... Удачи вам!

— Подите вы к черту… — как и полагалось, пробормотал себе под нос Бестужев по-русски, так что француз ничего и не понял. — Прощайте, месье Риу, спасибо за все...

Очень быстро позади остались и высоченный маяк на мысе Аг, и длинный волнорез шербурской гавани. Вечерело, солнце уже скрылось за горизонтом. «Титаник» рос на глазах: черный корпус, окаймленный золотой линией, четыре трубы, поверху украшенные широкими черными полосами. Над судном реяли флаги: треугольный красный с белой пятиконечной звездой — штандарт судовой компании... еще один, голубой с белым квадратом посередине... интересно, что он означает... ага, неподалеку кто-то на хорошем французском уверенным тоном знатока объясняет своей спутнице, что это «Голубой Петр», означающий, что судно готово выйти в море... флаг Северо-Американских Соединенных Штатов символизирует конечную цель плавания, а флаг британского торгового флота на корме в пояснениях не нуждается...

Только теперь Бестужев в полной мере осознал, как громаден корабль. Он заслонил море и небо, он вздымался над волнами, словно крепостная стена, он был колоссален, поражал воображение, даже подавлял, не верилось, что эта махина создана человеческими руками, а не сотворена природой подобно горным хребтам. Все невольно притихли, даже говорливые итальянцы, теснившиеся в уголке салона...

Вскоре «Номадик» причалил, теперь с одной стороны было только спокойное море, а с другой — высоченный черный борт океанского колосса. Озираясь вокруг, Бестужев отметил, насколько четко можно разделить пассажиров по выражению лиц, даже если люди разных, назовем вещи своими именами, сословий и не особенно отличаются одеждой. Спокойная, равнодушная скука у одних и то самое озаренное выражение надежды у других. Черный, как грач, итальянец неподалеку от него мелко-мелко осенял себя католическим двуперстием и что-то бормотал под нос, напоминая некоего сборщика налогов, в стародавние времена оказавшегося на пути в Дамаск.

Впервые Бестужев ощутил довольно-таки тягостную неуверенность...

Глава первая

В ТУПИКЕ?

Все обстояло, можно так выразиться, благостно, если иметь в виду внешнюю сторону дела. На шлюпочной палубе, где прогуливались пассажиры первого класса, в легком плетеном кресле из ротанга расположился в непринужденной позе путешествующий по собственной надобности коммерсант Иоганн Фихте, он же, как легко догадаться, ротмистр Бестужев из Санкт-Петербургской охраны. Никто не обращал на него внимания, он, одетый весьма прилично и чуточку консервативно (немец, господа, немец, натюрлихь!), растворился среди «чистой публики», словно кусочек рафинированного сахара в стакане чая. По происхождению своему и по предшествующей жизни он был сызмальства обучен хорошим манерам, так что не было нужды лицедействовать, напрягаться — как это порой случается с выскочками, попавшими в общество, ничуть не соответствующее по манерам их прежней жизни. Не было нужды р а з ы г р ы в а т ь «своего», он в некотором смысле и был здесь с в ои м, дворянин, офицер, а, кроме того, мастер актерства.

Увы, увы, увы... Если бы все заключалось только в том, чтобы благополучно замешаться в великосветское общество и выглядеть естественной его частичкой...

Теперь, когда пошли вторые сутки пребывания на «Титанике», Бестужев понимал, что казался, называя вещи своими именами, самонадеянным болваном. Именно так, он не жалел в собственный адрес уничижительных эпитетов.

Виной всему, конечно, его скуднейший опыт пребывания на кораблях, заключавшийся лишь в плавании на невеличке (по сравнению с «Титаником») «Джоне Грейтоне» и двумя поездками на волжских пароходах. Оказалось, опыт этот абсолютно бесполезен.

Те волжские пароходы, действительно немалые по размерам, в сравнении с «Титаником» предстали теперь едва ли не убогими шлюпками. На них (как это показала та история с «товарищем Мрачным»), обнаружить искомую персону и не составляло особенного труда. А здесь... Он решительно недооценил, вообще не взял в расчет колоссальность «Титаника». Подсознательно при слове «океанский пароход» рисовалось нечто, конечно, большое, но все же не способное создать нешуточных хлопот опытному сыщику.

На деле же... Это оказался едва ли не город. Побольше иного роскошного отеля, в каких приходилось бывать. Разумеется, район поисков не распространялся на в е с ь пароход и был ограничен первым классом — однако и те места, где обитали триста с лишним пассажиров первого класса, оказались, по сути, форменными дебрями.

К а к прикажете обнаружить среди пассажиров очаровательную девушку и молодого человека, возможно, изменившего внешность?

На берегу, в Шербуре, размышляя о предстоящем, Бестужев в конце концов нарисовал в воображении нехитрый план: он будет задерживаться за столом в ресторане, насколько позволят обстоятельства, он будет проводить все время на палубе, до поздней ночи не переступая порога каюты. В конце концов он увидит либо Штепанека, либо Луизу, ну а дальше проследить за ними и определить их, так сказать, местожительство, будет и вовсе, несложным предприятием.

Действительность этот план разнесла в пух и прах. Ресторан первого класса оказался огромным залом с белоснежными стенами, лепным потолком и многочисленными нишами, где располагались отдельные столики. Чертовски трудно было высматривать в нем нужных персон: не станешь же вертеть головой, словно неотесанная деревенщина, бродить по залу, откровенно пялясь на сидящих за столиками…

Он, конечно, ухитрился все же, сохраняя непринужденность скучающего путешественника, и з у ч и т ь весь немаленький зал — но не увидел там искомых ни за вчерашним завтраком, ни за вчерашним обедом, ни за вчерашним ужином. Пришлось с барственно-небрежным видом, изображая крайне привередливого в гастрономическом смысле, пресыщенного светского бездельника, задать несколько вопросов услужливому стюарду. Результаты беседы оптимизма не прибавили, наоборот — оказалось, помимо большого, г л а в н о г о ресторана на верхней палубе, имеется расположенной под ней, в корме, еще один ресторан, поменьше, где как раз могут при желании вкушать пищу особо пресыщенные гурманы. А рядом с ним — еще и «Кафе Паризьён», опять-таки для привеiд. Ну и, наконец, как явствовало из слов стюарда, стремившегося посвятить пассажира во все подробности, Луиза со Штепанеком вполне могли, не привлекая ничьего внимания, преспокойным образом оставаться в ресторанах второго, а то и третьего класса — у богатых могут оказаться самые разнообразные причуды, вышколенная прислуга к этому привыкла и не проявит никакого удивления. Это пассажирам второго класса н е у м е с т н о было бы заявиться в ресторан первого, зато обратный процесс никого, в общем, не удивил бы... Ну, наподобие российских купцов-миллионщиков, которые куража ради едут в дешевый извозчичий трактир побаловать себя копеечными яствами…

А ведь имелись еще библиотека, курительные салоны, всевозможные гостиные, зимний сад, плавательный бассейн, турецкие бани, зал для игр с мячом, прогулочные палубы... Наконец, ни у кого не вызвала бы удивления молодая пара, ведущая в своей каюте затворнический образ жизни, носа не показывающая за порог, требующая приносить им завтраки-обеды-ужины в каюту. И не нужно объявлять себя мизантропами, наоборот, достаточно прикинуться парочкой счастливых молодоженов — и их желание уединиться совершенно будет воспринято всеми окружающими с пониманием...

Короче говоря, сейчас, когда пошли вторые сутки его обитания на этом Левиафане, Бестужев уже прекрасно осознавал: шансы о д и н о ч к и ничтожны. Как ни старайся, столкнешься с д и ч ь ю лишь в результате невероятнейшего везения, прямо-таки чудесного стечения обстоятельств. Одиночка-сыщик абсолютно бессилен в этих условиях. Нужно либо располагать целой командой хватких филеров (что, понятно, нереально), либо в кратчайшие сроки выдумать некий прием, позволивший бы моментально найти тех, кого он ищет. Однако ч т о тут можно придумать, Бестужев себе решительно не представлял. Будь это в пределах богоспасаемого Отечества, давным-давно все, начиная от замурзанного кухонного мужика и кончая осанистым капитаном, очень быстро были бы привлечены к содействию... но что можно придумать здесь, на иностранном пароходе, где магические кое-где слова «Охранное отделение» на здешних обитателей этого плавучего города ни малейшего впечатления не произведут, а большинству окажутся и совершенно непонятны...

Такое вот положение, хуже губернаторского...

Не безнадежное, конечно. Но уже совершенно ясно, что вряд ли удастся найти эту парочку, продолжая в гордом одиночестве странствовать по кораблю. Нужно придумать нечто...

Он мимолетно улыбнулся, не очень уж и весело. Пару лет назад в схожем положении оказался в Волынской губернии поручик Вепринцев — гостиница не такая уж большая, но времени катастрофически нет, а расспросы коридорных, заранее известно, ни к чему не приведут, потому что искомый изменил внешность и безупречными документами обзавелся, так что сразу и не угадаешь, под какой личиной он может выступать... Поручик, бесшабашная головушка, не долго думая, ночью набросал под черной лестницей кучу тряпок, облил их керосином, поджег бестрепетно и кинулся по этажам, вопя: «Пожар!» Дым валил густой, никто особенно не раздумывал — и постояльцы обоего пола, все поголовно пребывая в дезабилье, скопом ринулись из номеров, и очень быстро поручик усмотрел прекрасно знакомого ему субъекта в покривившемся парике. Ну, и сгреб раба Божьего, конечно...

Здесь подобное было бы абсолютно неуместно: даже не из-за препон морального и этического порядка, а чисто технических, если можно так выразиться. В одиночку, не располагая к тому никакими возможностями, Бестужев просто-напросто не в состоянии устроить масштабную и убедительную имитацию пожара — а любая другая придумка не сработает. Не носиться же по коридорам и лестницам с воплями: «Тонем! Тонем!» Не поверят, нисколько. «Титаник», чудо двадцатого столетия, представляется надежнейшим и непотопляемым судном, да наверняка такое и есть...

Итак? Как ни напрягай фантазию, вариантов имеется всего три. Продолжать бесцельно болтаться по ресторанам и салонам — что грозит не принести результатов. Инсценировать некое бедствие, способное вмиг заставить покинуть каюты абсолютно всех — нереально. Искать содействия у капитана — но что в этом случае придумать? О реальных противозаконных шалостях Штепанека, принявшего в качестве гонорара краденые бриллианты, упоминать нельзя — даже если обвинение и удастся доказать, инженер окажется в цепких объятиях французской Фемиды, откуда его вряд ли удастся извлечь... Тогда?..

Погода, как назло, была великолепная, океан поражал спокойствием. Вздохнув, Бестужев поднялся — наступало время завтрака. Со шлюпочной палубы он спустился на широкую лестницу под стеклянным куполом, прошел мимо огромных часов, украшенных бронзовыми аллегорическими фигурами Чести и Славы, через просторный зал, где стены отделаны деревянными панелями с резьбой в стиле времен английского короля Иакова I, а пол устлан огромным пестрым ковром. Можно было воспользоваться одним из бесшумных лифтов, но на лестнице гораздо больше людей, вдруг да и повезет?

Не повезло... Хорошо еще, что пребывание в ресторане не требовало от него никаких усилий. Он неплохо умел управляться с изысканной сервировкой стола, с многочисленными приборами — господа гвардейские офицеры в подобной ситуации в грязь лицом не ударят и пентюхами себя не покажут. Вообще, совершенно справедливо упомянул господин Куприн, что любой офицер в любой момент может оказаться приглашен к высочайшему столу, а потому обязан обучиться соответствующим манерам.

Если бы только не его соседи, навязанные волею судьбы. Точнее, одна-единственная особа из троицы («Бросьте повторять через слово „леди Холдершот“ и зовите меня просто Кристиной, мой мальчик. Вы по годам мне в сыновья годитесь, мой старший даже двумя годами старше вас, так что не смешите меня этой дурацкой чопорностью...»).

Да, так уж выпало, что он оказался четвертым за столом в компании леди Холдершот. Тихоня-воспитанница, очаровательная мисс Эбигел, в разговор практически не вмешивалась, и досадовать на н е е было не за что. Господин спирит на жалованьи, он же Учитель Тинглапалассар (так, изволите ли видеть, именует себя обосновавшаяся в его бренной оболочке древнеассирийская духовная сущность) тоже не доставлял ни малейших хлопот Бестужеву, он большей частью хранил величественное молчанье, прямо-таки надутый спесью (шарлатан, конечно, но безусловно не из мелкоты, обладает стилем и шармом, прохвост, приходится признать...)

Зато миледи. Ох уж эта миледи! Буквально с первых минут выяснилось, что ее сходство с простоватыми замоскворецкими купчихами было не только внешним. Дама оказалась, говоря просторечивым солдатским словечком, свойская — непосредственная, простодушная, болтавшая без умолку. Пользуясь морскими терминами, она моментально взяла Бестужева на абордаж и засыпала массой вопросов: откуда он, по какой причине пустился в заокеанское плаванье, живы ли родители, какого он мнения о здешней публике, читает ли романы, слушает ли музыку, любит ли собак, а если любит, есть ли у него домашние... И так далее, и тому подобное — лавина вопросов, обрушившихся совершенно неожиданно...

Подобная словоохотливая дамочка, пожалуй что, при определенных обстоятельствах похуже какого-нибудь противника, перед которым ты предстал в фальшивом облике, а он, недоверчивый и подозрительный, пустился в детальные расспросы (что в жизни Бестужева не раз случалось). Пришлось слишком многое выдумывать на ходу — и держать все это в памяти, чтобы потом не выскочили противоречия. Он ухитрился изящно и непринужденно увильнуть от прямого ответа, подданным какой державы является (на всякий случай), заметив лишь, что ведет «достаточно обширные дела» в Риге и Лёвенбурге (благо об этих двух городах мог рассуждать с большим знанием вопроса, а леди Холдершот там никогда не бывала). Не особенно-то и раздумывая, в качестве своего «поприща» он выбрал электротехническую промышленность, рассудив, что в столь специфической теме должны плохо разбираться и миледи, и ее воспитанница, и доморощенный ассирийский маг (как оно и оказалось). Зато Бестужев мог, глазом не моргнув, преподносить любые выдумки: электротехника — отрасль очень молодая, только начала свое развитие, всегда можно заявить, что то или это — результат самых новейших достижений, еще не известных широкой публике... Пока что сходило с рук. В какой-то момент «маг», правда, попытался с умным видом рассуждать об электрической природе некоторых спиритуалистических феноменов, но Бестужев, бровью не поведя, парировал:

— Безусловно, это крайне интересный вопрос, но мы с вами занимаемся чересчур уж отдаленными друг от друга аспектами электрической силы, не правда ли?

Магу оставалось лишь признать его правоту величественным наклонением головы — а там в действие бесцеремонно вступила леди Холдершот с очередным градом вопросов. В какой-то момент Бестужеву стало откровенно не по себе: узнав, что он прочно пребывает в холостом состоянии, не обремененный ни обручением, ни помолвкой и пока что намерен в этом состоянии пребывать и далее, леди Холдершот как-то странновато стала поглядывать то на него, то на свою безгласную воспитанницу. Несомненно, в голове у нее возникли идеи самого что ни на есть матримониального характера, ее мысли и взгляды можно было истолковать без труда: симпатичный молодой человек с твердым положением в обществе, недурным доходом и самыми радужными перспективами на будущее... очаровательная, но бедная, как церковная мышь, юная родственница, которую, называя вещи своими именами, понадобится вскоре сбыть с рук, устроив наилучшим образом... Бестужев даже приготовился изложить достаточно убедительную выдумку о некоей старой юношеской любви, в отношении коей он, встав наконец на ноги, намерен предпринять самые активные действия — но, на его счастье, леди Холдершот то ли отказалась от своей идеи, то ли решила отложить ее на будущее время, должным образом продумав...

В общем, он, кажется, неплохо играл принятую на себя роль — благо настоящих электротехников поблизости пока что не появлялось, и разоблачения можно не опасаться. К тому же он с профессиональной хваткой очень быстро отыскал прекрасный повод увести беседу далеко в сторону. Вчера за ужином з а и к н у л с я о своем интересе к спиритизму: мол, ходят самые разные разговоры, сам он не то чтобы верит и не то чтобы не верит, просто был доселе бесконечно далек от этого преинтереснейшего явления...

Всё. С этого момента прекратились расспросы и начались сплошные монологи леди Холдершот — причем свою лепту порой вносил «ассириец», к которому она обращалась за подтверждением тех или иных истин, догм, аксиом и деталей. И за ужином, и позже, в курительном салоне (леди Холдершот египетские пахитоски истребляла в количествах, сделавших бы честь драгунскому вахмистру, так что курительная оказалась не тем местом, где от нее можно спастись) Бестужев узнал о спиритизме, его адептах и повседневной практике столько, что еще немного — и сам окажется в состоянии при нужде изобразить завзятого спирита, с большим знанием дела сможет толковать об эктоплазме, магнетических вибрациях, «бессознательном письме» и языке стуков... А то и медиума из себя представить более-менее удовлетворительно.

Почему-то сегодня его сотрапезники запаздывали, вопреки обыкновению, и Бестужев покончил с первым в совершеннейшем за столом одиночестве, чему, следует признать, был только рад. Как и в течение всего предшествующего дня, время от времени, проделывая это достаточно незаметно, поглядывал влево, на стол, располагавшийся неподалеку от его собственного, — и до сих пор не мог сообразить, с кем же столкнулся. Безусловно, это какое-то притворство, маскарад, театр, но где собака зарыта? Без дополнительных сведений никак не догадаться...

Двое из четверых за тем столом ни малейшего интереса не представляли — пожилая семейная пара, респектабельная, тихая и скучная, державшаяся с уверенным равнодушием людей, которым отнюдь не в новинку такие рестораны и такие пароходы. Третья особа, пожалуй, тоже не вызывала любопытства: скромно одетая дама, довольно далеко продвинувшаяся по пути от тридцати лет к сорока, нельзя сказать, чтобы некрасивая, но какая-то бесцветная, скованная, уж для нее-то, с первого взгляда ясно, окружающая обстановка была в новинку, порой дама, не сдержавшись, бросала вокруг откровенно любопытные взгляды. При этом никак нельзя сказать, что она «из простых»: безукоризненно сидящее дорогое платье, украшения с весьма крупными драгоценными камнями, несомненная сноровка в обращении со столовыми приборами, достигнутая полученной с раннего детства выучкой. Ни тени вульгарности, ничего от парвеню — голову можно прозакладывать, дама из общества, другое дело, у нее вид затворницы, долгие годы безвылазно проживший в какой-нибудь глуши и совершенно не привыкшей к той обстановке, что их сейчас окружала. Провинциальная дворянка, на которую неожиданно свалилось нешуточное наследство? Жертва самодура-мужа или самодура-опекуна, вплоть до последнего времени вынужденная пребывать в помянутой глуши, вдали от коловращения бомонда?

А вот ее спутник... В нем самом, если поразмыслить, опять-таки не усматривалось ничего из ряда вон выходящего или примечательного: полнокровный усач лет сорока, вполне светский, но для людей понимающих меченый невидимым клеймом легонького и з ъ я н а: чересчур самонадеян, к цыганке не ходи, излишне фатоват, с налетом вульгарности, с уверенностью можно предположить, исполнен чванства и совершенно незаслуженного чувства превосходства над окружающими. Дама, как давно удалось установить, перед ним откровенно тушуется, в ее обращенных на спутника взглядах смесь боязливого уважения и преданности...

Как подсказывает жизненный опыт, помноженный на жандармский, подобный субъект с равным успехом может оказаться и абсолютно благонадежным экземпляром, чертовски неприятным в общении, однако законопослушным... и карточным шулером высокого полета, господином ф а р м а з о н о м, значащимся в полицейских картотеках полудюжины европейских держав.

Скорее уж верилось во второе. Поскольку этот господин с тех самых пор, как Бестужев узрел его впервые, щеголял в одном и том же наряде — в р о с с и й с к о й военной форме, сидевшей на нем, нужно признать, как влитая.

На первый взгляд — ничего необычного. Всего-то навсего поручик лейб-гвардии Конного полка: алый колет с петлицами, галуном и эполетами, галунный пояс, синие брюки-чакчиры с двойным алым лампасом и выпушкой, разумеется, без каски и палаша... Где-нибудь в провинции — крайне примечательное зрелище, привлекающее всеобщее внимание (особенно дам), зато в Санкт-Петербурге, набитом блестящими гвардейцами превеликого множества «старых» и «молодых» полков особого интереса, в общем, и не вызовет, пусть и гвардионец, но всего-навсего поручик... кстати, для поручика определенно староват, и весьма...

Но ежели персону сию подвергнет вдумчивому анализу человек понимающий, наподобие Бестужева, кадрового офицера и бывшего «черного гусара» — получится занятно...

Прежде всего, на нем п р а з д н и ч н а я форма — непонятно, с какой стати. Не парадная, не придворная, не повседневная — именно праздничная. Меж тем давным-давно разработаны строжайшие регламенты, в каких именно случаях господа офицеры обязаны появляться в той или иной форме — и э т а (с бальными шпорами, изволите видеть!) моменту нисколечко не соответствует. Регламенты эти знает наизусть любой, только что произведенный в офицерский чин (а то и особенно усердный кадет или юнкер), ну, а уж поручик полка «старой» гвардии, высочайшим шефом которого изволит состоять сам государь император...

За пределами своего Отечества русский офицер появляется в форме, лишь пребывая при исполнении неких служебных обязанностей. Даже если предположить, что этот господин, скажем, направляется для службы военным агентом в одно из российских посольств... нет, и в этом случае он не стал бы щеголять в п р а з д н и ч н о й форме, получился бы, как выражаются флотские, изрядный «гаф», то есть вопиющее нарушение правил...

А уж награды у него на груди! Снова фантасмагория!

Французский офицерский крест Почетного легиона, германский крест Дома Гогенцоллернов... вообще-то немало русских офицеров обладают подобными регалиями, полученными, разумеется, не на бранном поле, а из дипломатических соображений, но в том-то и загвоздка, что они располагаются в п е р е д и российских! Чем опять-таки нарушен очередной строжайший регламент: любая иностранная награда, какой бы почетной и высокой она ни была, обязана пребывать п о с л е отечественных, исключений из этого непреложного правила не существует даже для его императорского величества.

И российские, российские!

На груди у этого странного гвардейского поручика красуются рядышком, в трогательном соседстве д в е Анны третьей степени, причем обе без мечей. Это так же нереально, как Андреевская (либо иная другая) лента на армяке дворника или гвардейские эполеты на вицмундире чиновника Министерства путей сообщения. Будь одна из них получена за военные заслуги, а другая — за сугубо цивильные отличия, еще куда ни шло, встречается такое. Однако д в а одинаковых ордена одной и той же степени, приколотые рядышком... Нереально. Невозможно. Попросту не бывает.

И невозможно представить себе, каким чудом на груди гвардейского поручика оказалась серебряная медаль «За беспорочную службу в полиции», которой награждаются исключительно н и ж н и е чины. Чтобы дворянин, прежде чем стать гвардейским офицером, нес службы в полицейских нижних чинах... это уже из области самой дурной фантазии, господа… Да и лента ее насквозь фантазийная, в русской наградной системе отроду не значившаяся, зеленая с белым и черным...

И, наконец, жемчужина фантазийности!

Он еще раз бросил пристальный взгляд украдкой — нет, никакой ошибки быть не могло...

Последней в ряду наград висела медаль «За усмирение польского мятежа 1863—1864». Ошибиться невозможно, она одна такая, одна-единственная: на лицевой стороне двуглавый орел без каких-либо надписей. Как явствует из даты, означенный субъект участие в усмирении польского мятежа мог принимать разве что в качестве грудного младенчика — но подобных воителей мировая военная история не отметила. Вдобавок висит медаль не на положенной Романовской ленте государственных российских цветов, бело-оранжево-черной, а на черно-синей, опять-таки в наградной системе Российской империи отроду не существовавшей. Польский военный орден, Виртути Милитари, располагался на подобной — но там две узких черных полоски обрамляли синюю, а здесь сине-черная лента, обе полоски равной ширины... Да и последние награждения этим орденом производились при государе императоре Николае Павловиче...

Бестужев задумчиво хмурился — разумеется, вовсе не пялясь неотрывно на это непонятное чудо.

Непонятное? Вот особых непонятностей тут, кажется, и не имелось. Перед ним был несомненнейший авантюрист, присвоивший себе самозваным образом и мундир, и награды — причем плохо разбираясь в последних. Судя по спокойствию, уверенности, непринужденности — перед нами не начинающий фармазон, а экземпляр в подобном ремесле понаторевший. В России он, вздумай появиться на людях с этаким вот подбором наград, был бы крайне быстро изобличен и сдан по принадлежности. Однако здесь, кроме Бестужева, вряд ли найдется хоть один человек, способный разоблачить несообразности. Значит, молодчик подвизается в Европе, где имеет огромные шансы долго еще оставаться неразоблаченным — к тому же плывет он в далекую Америку, где наверняка знатоков российских наград гораздо меньше, чем в Старом Свете.

Тягостная ситуация. У Бестужева руки чесались сграбастать наглеца за шиворот, но увы... В России наблюдаемые «шалости» быстренько привели бы «гвардейца» на жесткую скамью меж двумя конвойными, но здесь Бестужев не располагал никакими официальными полномочиями, к тому же не разбирался в английских законах и представления не имел, как на этакие фокусы взирает британская

Фемида. Согласно международному праву, здесь именно что английская территория, и капитан — средоточие всех возможных властей...

Обидно, досадно до скрежета зубовного. Если этот тип устроит какую-нибудь мошенническую аферу в облике офицера русской императорской гвардии, тень, разумеется, в первую очередь на Россию и ляжет... Но сделать-то ничего нельзя...

Глава вторая

ЧУЖИЕ ХЛОПОТЫ

Подводя итоги своих наблюдений, Бестужев уверился, что столкнулся как раз с брачной аферой. Очень уж характерно дама порой бросала на своего бравого кавалера полные обожания взгляды, стараясь сделать это украдкой — на что он отвечал улыбкой, в которой спутница наверняка видела пылкие ответные чувства, а вот Бестужев — не что иное, как набор театральных штампов из амплуа «героя-любовника» и, пожалуй что, потаенное самодовольство.

Хотя по долгу службы он и занимался исключительно политическими, приходилось окунаться и в мир классической уголовщины. С которой многие «политики» так или иначе переплетены замысловатыми и любопытными связями. В сыске это случается сплошь и рядом: полиция, занимаясь своими обычными клиентами, частенько пересекается с «политиками», а жандармы, соответственно, с уголовными. Так что он имел некоторое представление о тех субъектах, что имеют прямое отношение к Уголовному уложению. Субъекты эти, в общем, по всей Европе одинаковы. Как выразились бы господа марксисты — интернационал...

Все совпадало: дама в возрасте, казалось бы, исключавшем уже романтические приключения, господин с внешностью фата и манерами дешевого соблазнителя из модной мелодрамы. Притом дама, несомненно, из общества и, насколько можно судить по ее драгоценностям, в средствах не стеснена, а господин — несомненный плут и аферист... Ничего оригинального, право...

Ну, а жизненный опыт напоминает, что в подобные авантюры пускаются отнюдь не одни только юные легкомысленные барышни — как полагают любители сентиментальных романов и театральных мелодрам. Дамы в годах, особенно если они оказались изрядно обделенными, деликатно выражаясь, мужским вниманием, сплошь и рядом проявляют не меньшее безрассудство. Наподобие мисс «незамужней тетушки», столь ярко описанной в романе английского классика «Посмертные мемуары клуба господина Пикквика».

Он уже почти покончил с десертом, когда в зале наконец-то появилась, словно линейный крейсер под эскортом миноносок, леди Холдершот, жизнерадостная, сиявшая здоровым румянцем, пышущая жизненной энергией. Воспитанница, как обычно, смиренно шла следом, господин ассирийский маг шествовал вальяжно. Вышколенные стюарды в количестве сразу трех бесшумно возникли за спинками кресел, как им и полагалось, будто бы и не заметивши того обстоятельства, что завтрак, собственно, близился к концу. Здешнее общество имело право на любые капризы, в рамках, дозволенных приличиями...

— Мы, кажется, опоздали? — без малейшего смущения произнесла леди Холдершот. — Что ж, в конце концов, это не пансион для девиц монастырского воспитания... Очень уж благоприятные условия сложились, просидели чуть ли не до утра...

Господин ассирийский маг, чуть наклонив голову, хорошо поставленным баритоном продолжил:

— Здесь, вдали от скопищ людских масс, нарушающих своими эманациями чистоту астрального пространства, особенно удачно проходят беседы с Иным... Эманации эти в массе своей весьма даже нечисты.

Бестужев смотрел на него с некоторым уважением — шарлатан этот ремеслом своим владел в высшей степени умело и впечатление, нужно признать, производил самое впечатляющее: внешность, бархатный баритон, сверкание настоящих крупных самоцветов, загадочные и сложные словеса, изрекаемые как высшие истины... «К приставу Мигуле бы тебя, прохвост, — подумал Бестужев без особой неприязни, — он бы быстренько отучил галиматью плести и дурить голову богатым бабам...»

Он все же не удержался, спросил с простодушным видом новичка, искренне желающего освоить сложную науку:

— На пароходе множество людей... И эманации у многих, подозреваю, не особенно и чистые. Это не мешает?

Не так прост был маг, чтобы взять его голыми руками. Глазом не моргнув, ответствовал:

— Это сложно объяснить непосвященному, молодой человек, но есть значительная разница меж эманациями, если можно так выразиться, перелетными, путешествующими по необитаемым местам, и теми, что, словно сажа в трубе, оседают в обитаемых пространствах...

«Красиво извернулся, поганец», — подумал Бестужев, сохраняя на лице почтительное выражение и вежливо склоняя голову.

— Господин Тинглапаласса сообщил приятную новость: именно здесь, вдали от грязных континентальных эманаций, особенно удачны будут беседы с призраками великих усопших. Вы, конечно, примете участие, Джонни?

Бестужев уже привык к тому, что за этим столом он «Джонни» — именно так, не мудрствуя лукаво, переиначила леди на родное наречие имя mistera Файхте (как она фальшивую фамилию Бестужева произносила). Приходилось смириться: как его только ни именовали во времена служебных странствий под вымышленными именами, случалось и гораздо неблагозвучнее...

— Почту за честь, — сказал он, не удержавшись от взгляда в сторону.

Леди Холдершот его взгляд моментально перехватила:

— Ага! Вы тоже заметили эту интересную парочку?

Бестужев ответил простодушной улыбкой:

— Признаюсь честно, я в детстве мечтал о военной карьере, а этот господин, признайте, производит впечатление…

— На наивных мальчишек вроде вас, — отрезала леди Холдершот. — У военной карьеры, Джонни, есть весьма существенный недостаток: слишком легко получить в лоб кусок свинца в самом ее начале... Своим мальчикам я в свое время категорически заявила: тот, кто решит избрать военную к а р ь е р у, — она с неподражаемой иронией подчеркнула последнее слово, — о наследстве может забыть на вечные времена. Мальчики оказались здравомыслящими... Впечатление, бог ты мой... Нелепые штучки на плечах, нелепые висюльки на груди, которые сами по себе ничего не значат, только в силу глупых условностей. К великому сожалению, находится немало женщин, которых эти глупости прельщают, как вот вас. И эта дуреха...

— Вы ее знаете? — небрежно спросил Бестужев.

— Заочно. Нас друг другу не представляли. К тому же она почти не бывала в свете. Это сестра седьмого графа Кавердейла по прозвищу Шропширская Затворница (ее взгляд горел ярой и бескорыстной радостью завзятой сплетницы, получившей возможность выплеснуть знания на несведущего). Она почти не выезжала, редко бывала в свете... и все ради того, чтобы в один прекрасный миг, в точности как романтическая школьница, пуститься в бегство с бравым военным... Ну, насчет бегства я преувеличила — она как-никак вполне совершеннолетняя и дееспособна... — леди понизила голос. — Однако ее старший братец, надо полагать, от гнева места себе не находит: слишком долго считалось, что Затворница так никогда и не выйдет уже замуж, и ее состояние не уйдет из семьи... А тут, изволите ли видеть... Как легко догадаться, графа ничуть не утешает то, что его новоиспеченный родственник — русский гвардейский полковник, титулован и богат, владеет в Сибири обширными поместьями. Тут уж вступают в действие соображения совсем другого рода: значительной частью фамильных драгоценностей Кавердейлов владеет как раз Затворница, не говоря уже о прочем...

Услышав о поместьях в Сибири, Бестужев не удержался от иронической улыбки. Кажется, его первоначальные догадки полностью подтверждались. Он спросил все так же небрежно:

— Они что же, уже вступили в брак?

— Насколько я слышала, еще нет, — сказала леди Холдершот. — У этих русских какая-то своя религия, в Британии нет таких священников, и вряд ли у наших голубков было время найти такого во Франции. Так что перед нами — всего лишь нареченные, ха-ха... Вы уже уходите?

— В курительную, — сказал Бестужев с поклоном.

Именно в этом направлении только что прошествовал бравый полковник. Бестужев и сам не знал, какого рожна он занимается всей этой историей, которая его совершенно не касается со служебной точки зрения. То ли в том дело, что этот несомненный прохвост своими маскарадами бросает тень на Российскую империю, то ли следует просто отвлечься, чтобы хоть на время забыть о тщетных попытках придумать способ отыскать Штепанека...

В роскошном курительном салоне, как все эти дни, шла крупная карточная игра. Среди участников была публика не совсем и почтенная — профессиональные шулера, по изящным манерам и облику, впрочем, неотличимые от тех, кого они о щ и п ы в а л и. Чтобы это выяснить, не потребовалось блистать талантами сыщика: еще в начале рейса в курительном салоне появился какой-то мелкий чин из корабельной администрации и во всеуслышание объявил:

— Дамы и господа, по моим сведениям, среди присутствующих находятся шулера!

После чего покинул салон с чувством выполненного долга — а что еще он мог сделать? Совершенно та же история, что на волжских роскошных пароходах и больших российских ярмарках: даже если власти прекрасно знают шулера в лицо, нет никаких законных оснований сгрести мерзавца за шиворот и упрятать в кутузку...

По наблюдениям Бестужева, «полковник» совершенно не интересовался картежными столами — то ли специализировался в строго определенной области, то ли не обладал достаточными талантами для мастерского передергивания и извлечения из рукава сразу шести тузов. Ну что же, ничего странного: надо полагать, фамильные драгоценности графской семейки и все прочее сами по себе — достаточно лакомый кусочек, чтобы сосредоточиться именно на нем и не отвлекаться на побочное...

Устроившись в мягком кресле под сенью натуральной пальмы, произраставшей в кадке из махагониевого дерева, Бестужев неторопливо попыхивал папиросой. Мысли поневоле возвращались к нелегкой миссии, которая прочно и безнадежно завязла, словно нагруженная кирпичами телега ломовика на разбитом проселке. И вновь впереди представал совершеннейший тупик. От безнадежности в воображении рисовались вовсе уж авантюристические картины: вот он, используя сохранившиеся от недавних парижских приключений стальные отмычки, под покровом ночного мрака проникает в пустую каюту капитана, извлекает списки пассажиров, которые, конечно же, не хранятся за семью замками, лихорадочно их просматривает, светя спичкой, обжигая пальцы.

Редкостный бред, господа... От полного отчаяния можно и на это пойти, пожалуй, но вряд ли списки пассажиров хранятся именно в капитанской каюте — а где именно они находятся, выяснять нельзя, такие расспросы вызовут подозрение даже у законченного идиота, каковых среди судового экипажа вроде бы не наблюдается... Убедительный предлог, чтобы ознакомиться со списками... но как его придумать, убедительный? И, наконец, даже если удастся что-то выдумать... Что мешало Штепанеку и Луизе назвать любое вымышленное имя? Девица смышленая, как сто чертей, он на ее месте так бы и поступил...

Что самое интересное, с того момента, как он здесь появился, сам стал объектом внимания со стороны ряженого полковника, то и дело бросавшего на Бестужева взгляды украдкой — что Бестужев подмечал краешком глаза. «Полковник» расположился совсем неподалеку, вертел в пальцах незажженную папиросу и как-то уж очень демонстративно шарил по карманам. Ага! В конце концов он с самым непринужденным видом направился к Бестужеву, вежливо осведомился:

— Не найдется ли у вас спичек?

Это было произнесено на весьма приличном французском — чего, в принципе, как раз и можно ожидать от русского гвардейского полковника. Пока что никакой п р и в я з к и...

— Разумеется, месье, — ответил Бестужев на том же наречии, вежливо приподнявшись и протягивая коробок в изящном серебряном футляре.

Разжегши папиросу и поблагодарив, «полковник», как и следовало ожидать при таких обстоятельствах, устроился в соседнем кресле, затянулся, выпустил красивое колечко. Бестужев преспокойно ждал подходов.

И они тут же воспоследовали. «Полковник» все с той же светской непринужденностью поинтересовался:

— Имеете честь быть родственником леди Холдершот?

— Вы ее знаете?

— Не был представлен, — сказал «полковник». — Но миледи — персона в высшем свете известная...

Он выглядел невозмутимым, уверенным в себе — но где-то в глубине глаз таилась тревога, Бестужев не мог ошибаться. Ну что же, все понятно: прохвост наверняка уже знал от своей «нареченной», что она знакома с миледи, пусть и заочно — и справедливо считал, что в такой ситуации возможны непредсказуемые осложнения... Мало ли как может повернуться. Даже людей недалеких угроза понести значительный финансовый ущерб делает весьма предприимчивыми, седьмой по счету граф, пожалуй что, мог и отправить следом за беглой родственницей человечка, сведущего в изнанке жизни, сам Бестужев так бы и поступил, такие вещи в жизни встречаются не реже, чем в авантюрных романах. Закон бессилен — но мало ли способов уладить дело, то есть найти средства воздействия на охотника за состоянием перезрелой девицы. Немало книг написано об изворотливости английских стряпчих, надо думать, романы эти несут в себе реальную основу...

«Так-так-так, — сказал себе Бестужев. — А не оказался ли я предсказателем в е р н е й ш и м?»

Неподалеку от них расположился на диване молодой человек — безукоризненно одетый, совсем юный, со смешными реденькими усиками. Определенно он вел себя несколько нервно — то и дело бросал взгляды на Бестужева и его собеседника, тут же отворачивался с наигранным безразличием... Пожалуй, они и в самом деле стали объектом самого пристального внимания этого мальчишки — вот только он ничуть не походил на прожженного стряпчего, а для тайного агента по деликатным поручениям был чересчур неуклюж, неловок.

Пауза затянулась, и Бестужев сказал преспокойно:

— Увы, не имею никакого отношения ни к семейству леди Холдершот, ни к британской аристократии вообще... Иоганн Фихте, коммерсант из Германии.

— Полковник Капсков, — чуть склонил голову «бравый вояка». — Гвардейский вольтижерский полк его величества русского императора...

«Ах, вот как ты поешь, пташечка...», — ухмыльнулся про себя Бестужев. Ну откуда в российской армии возьмутся вольтижеры, присутствующие исключительно во французской? Даже если предположить, что этот субъект, как иногда случается, просто-напросто пытался подыскать близкое по смыслу слово... Да нет, в императорской армии не найдется таких полков, для именования коих по-французски пришлось бы употреблять слово «вольтижеры»... И эта нелепая фамилия, способная сойти за русскую только для тех, кто совершенно не знаком с русским языком и русской действительностью... Трудно сказать наверняка, но очень похоже, что пташка эта в чужом оперении выпорхнула отнюдь не из России, о которой имеет самые приблизительные представления...

— Очень рад знакомству, — сказал Бестужев.

У него был сильный соблазн заговорить по-русски и посмотреть, какова окажется реакция. Мало ли германских коммерсантов, ведущих дела с Россией, владеет русским в совершенстве? Нет, не стоит торопить события, этак можно и спугнуть...

— За столом миледи я оказался чисто случайно, волею корабельной администрации, — продолжал Бестужев непринужденно. — Значит, вы из России... Мой дальний родственник, барон фон Шантарски — российский подданный, лейтенант гвардейских улан. Быть может, вы встречались в Петербурге? Он служит в полку под названием как это... «Белый медведь»...

Почти без заминки «полковник» ответствовал с приятной улыбкой:

— О, как же, как же. Знаменитый полк. К сожалению, меж нашими полками, как это в гвардии случается, существует некоторая давняя неприязнь, и мы практически не общаемся. Я, увы, не слышал о вашем родственнике...

И с той же хорошо скрытой тревогой впился взглядом в Бестужева: ну-ка, как проглотит сие белыми нитками шитое объяснение немецкий купчина?

Немецкий купчина проглотил, глазом не моргнув, разве что похохатывая про себя вовсе уж откровенно: положительно, теперь и вовсе никаких сомнений, что пташка, точно, к России не имеет ни малейшего отношения...

— Да, эти ваши гвардейские обычаи… — сказал Бестужев. — Я слышал что-то о них краем уха, но, признаться, бесконечно далек от мира военных, не говоря уж о том, чтобы знать русский язык. Он невероятно сложен для меня, хорошо еще, что мои дела никоим образом с Россией не связаны, а ведь я знаю людей, которые именно с Россией дела и ведут, и им приходится с превеликими трудами овладевать вашим языком… Простите, он настолько сложен для немца...

— О да, — с некоторым даже самодовольством произнес «полковник», т е п е р ь окончательно успокоившийся. — Европейцам бывает очень затруднительно им овладеть, язык наш самобытен и сложен...

«Ах ты, сукин кот, — ласково подумал Бестужев. — Надо же, как вошел в образ...»

И с тем же самым простодушным выражением лица, сияя самую малость дурацкой улыбкой, нанес неожиданный удар:

— Простите, господин полковник… Я наслышан о мелодичности и богатстве вашего языка… Как будет, например, по-русски «Я вас люблю»?

«Туше!»* — ликующе воскликнул он про себя. На лице «полковника» отразилась мгновенная растерянность, но он тут же взял себя в руки, притушил в пепельнице окурок, явно выигрывая какое-то время этим действием — чересчур уж долго и старательно тушил, с превеликим тщанием, словно сапер, возившийся со взрывным устройством...

И, подняв глаза на Бестужева, уже совсем спокойно произнес:

— Ах вы проказник! Чует мое сердце, вам эти слова понадобились не просто так... Наверняка есть какая-то русская девушка, на которую вы намерены произвести впечатление...

Бестужев старательно потупился:

— Вы угадали, господин полковник... Я хотел бы произнести это на ее родном языке...

— Она хороша? — с фривольным подмигиванием спросил «полковник».

— О да... — протянул Бестужев, мечтательно уставясь в потолок. — Через месяц, когда вернусь в Берлин, я увижу ее вновь…

---

* *Фехтовальный термин, означающий касание оружием противника.*

При последней фразе лицо «полковника» стало вовсе уж невозмутимым.

— Запоминайте хорошенько, мой милый, — сказал он дружелюбно. — До диабля пиесья крейв. Запомнили?

— Моментально, — кивнул Бестужев.

Так-так-так. Русским мы не владеем совершенно, ваше фальшивое высокоблагородие, разве что с превеликими трудами отыскали в памяти парочку польских ругательств, но и они искажены настолько, что о поверхностном даже знании польского и речи не идет. Европейской породы пташечка...

Он видел, что «полковник» полностью потерял к нему интерес — как только убедился, что имеет дело не с британцем и не с добрым знакомым миледи. Видел краешком глаза, что странный молодой человек по-прежнему то косится на них, то с деланным безразличием отворачивается. Странно, но этот юнец чрезвычайно кого-то напоминает, вот только кого...

— Вы, быть может, хотите быть представленным леди Холдершот? — осведомился Бестужев с невинным видом.

— Я? Пожалуй, нет. Терпеть не могу спиритизма, а эта почтенная дама на нем, простите, помешана...

— Да, я заметил.

— Простите, я вынужден откланяться. Меня ждет дама...

— Приятно было познакомиться, — кивнул Бестужев.

Глядя вслед осанистому прохвосту, Бестужев вздохнул: вот бы в Шантарск его, к Мигуле при ассистировании Зыгало и Мишкина, надолго отбили бы охоту изображать из себя невесть что, не зная ни языка, ни обычаев...

Глава третья

БЕЗМЯТЕЖНЫЕ БУДНИ ВЫСШЕГО СВЕТА

Погасив папиросу, он встал и неторопливо покинул салон. Ни Штепанек, ни Луиза здесь так ни разу и не появились. Он не помнил, курит ли американка — со столь эмансипированной девицы станется — но инженер дымил, как паровоз, значит, теоретически рассуждая, может здесь появиться. С тем же успехом объявиться может в турецкой бане, в одном из ресторанов или кафе, на палубах... но ведь не разорвешься же!

Прихватив с собой купленную у стюарда газету, Бестужев направился на шлюпочную палубу, где еще не был — в надежде, что там, может, и повезет. Ничего другого не оставалось: болтаться там и сям в надежде на счастливый случай, на чудо...

Интересно! Очень быстро он обнаружил за собой, если можно так выразиться, слежку. Настолько неискусную, что происходящее и не заслуживало столь серьезного обозначения... Просто-напросто молодой человек из курительной последовал за Бестужевым — старательно выдерживая некую дистанцию, то ускоряя шаг, то замедляя, опять-таки держась чрезвычайно неуклюже. Разумеется, возникни такое желание, от этого чудака можно было избавиться вмиг, проделав это столь искусно, что юнец и не понял бы происшедшего, остался бы стоять с разинутым ртом, гадая, куда Бестужев мог деться. Но, с другой стороны, зачем? Никакой необходимости в том нет, наоборот, если к тебе прилепился кто-то непонятный, лучше подольше потаскать его за собой, авось что-то и прояснится...

Он поднялся на шлюпочную палубу, самую верхнюю, под открытое небо. Над головой вздымались исполинские трубы, из жерл которых сносило вправо густые шлейфы дыма, небо казалось ясным, гладь океана — безмятежной. Какое-то время Бестужев постоял у борта, меж двумя зачехленными шлюпками, бездумно глядя в море и не испытывая никаких особенных чувств от столь необычной обстановки: необозримая морская гладь, наблюдаемая с верхней точки гигантского корабля, неудержимо вспарывавшего волны, безграничный свод небес, необычно пахнущий океанской свежестью воздух... В другое время он, возможно, проникся бы поэтикой окружающего, безусловно здесь присутствовавшей, но не теперь, когда в голове досадливой занозой сидел один-единственный вопрос, на который не удавалось подыскать ответа...

Он добросовестно прошелся круговым маршрутом вдоль всей доступной пассажирам палубы — столь же неспешно, как прочие обитатели первого класса, гулявшие здесь. И не увидел среди них ни

Штепанека, ни Луизы. Сплошь незнакомые лица. Уныние подкрадывалось нешуточное. Все выглядело бесполезным, нелепым, ненужным — самонадеянный мальчишка, вздумав разыгрывать великого сыщика, столь опрометчиво поднялся на борт этой громадины, где нужного человека отыскать оказалось не легче, чем иголку в стоге сена. А потом придется пересекать океан в обратном направлении, ничего не добившись, имея не один день для печальных размышлений о поражении и собственной глупости…

Он попытался взять себя в руки — как-никак пара дней еще оставалась в его распоряжении. С тоской посмотрел вперед, в сторону корабельного носа, туда, где шлюпочная палуба заканчивалась запретным для пассажиров ходовым мостиком. Там рулевая рубка, там каюты капитана и офицеров — тех, кто только и мог помочь ему в поисках, но власти над ними у Бестужева нет никакой, принудить их невозможно, а придумать какую-нибудь хитрую уловку, когда они совершенно добровольно покажут список пассажиров и дадут необходимые пояснения, представляется уже совершенно невыполнимым... Ну, что здесь можно придумать, господи?

Усевшись в оставленный кем-то у борта раскладной шезлонг, он развернул газету под названием «Атлантик дейли бюллетин». Газета была объемистая, в двенадцать страниц, и издавалась здесь же, на пароходе, благодаря все той же размашистой поступи технического прогресса. Самые свежие и интересные новости сообщались с берега посредством радиотелеграфа и ежеутренне обнародовались с помощью судовой типографии. Достаточно было выложить несколько шиллингов.

Одна маленькая закавыка: эти чертовы британцы в спеси своей как-то совершенно не задумывались над тем непреложным фактом, что по всей Европе (которую они высокомерно именовали «континентом») основным языком для общения меж представителями самых разных народов служит французский. И газету, соответственно, печатали на своем родном языке, которым Бестужев не владел совершенно. Так что он и сам толком не знал, зачем ее приобрел — разве что для дальнейшего поддержания образа беспечного, праздного путешественника; очень многие каждое утро покупали газету у стюардов, вот и он собезьянничал, машинально как-то...

Сердито хмурясь, перелистал страницы, чувствуя себя неграмотным крестьянским мужиком из какой-нибудь Олонецкой губернии, угодившим в стольный град Петербург и не способным прочитать ни единой вывески. Опознав слово «Париж», а чуть позже «Россия» и «полиция», добросовестно проштудировал, если можно так выразиться, всю заметку. Судя по всему, это были новые известия о тамошней пикантной ситуации, возникшей после разоблачения Гартунга — ну да, вот его фамилия красуется. Скандал в высших политическополицейских сферах явно еще бушует — но поди пойми, что тут англичане на своем наречии накорябали... Китайская грамота, и все тут...

Спуститься вниз, кликнуть очередного безропотного стюарда привыкшего выполнять самые причудливые прихоти гостей, велеть перевести? Он, конечно, переведет, но к чему все это? Даже сейчас, не владея английским, можно безошибочно угадать содержание статьи: новые отставки и новые разоблачения, виновники неуклюже оправдываются, стоящие у власти политики пытаются все затушевать, а политики оппозиционные, как им и положено, нагнетают страсти, не истины и справедливости ради, а из своих мелконьких шкурных интересов... Э т а страница жизни бесповоротно перевернута, главное, все обошлось, удалось покинуть Францию целым-невредимым и даже вяло позлорадствовать над проигравшим Гартунгом...

В конце концов он отложил газету и смотрел на море — долго, но отнюдь не бездумно.

Лишь два пути предстают — либо искать Штепанека самостоятельно, что является уже задачей непосильной, либо обращаться за содействием к местным властям, то есть к капитану... вот только с ч е м прикажете?

Безусловно, не стоит представлять себя сыщиком, а Штепанека обвинять в совершении какого-то уголовного деяния — во-первых, подкрепить этакое самозванство нечем, во-вторых, даже если при самом фантастическом исходе авантюры ему и поверят каким-то чудом, то Штепанека до прибытия в порт назначения просто-напросто посадят под замок, уж на таком-то гиганте найдутся помещения, которые нетрудно приспособить на роль узилища… Не годится.

Тогда? «Господин капитан, я русский доктор Иоганн Фихте, ускользнувший от меня подопечный, нуждающийся в незамедлительном продолжении курса лечения... Ч т о за больной? Обладатель некоей экзотической заразной хвори, которую может передать другим пассажирам? Не годится — такая паника поднимется… Душевнобольной, ради его же собственного блага нуждающийся в душеспасительной беседе наедине со своим доктором, пустившимся вслед через океан? Вот это гораздо более предпочтительно, нежели вариант с бациллоносителем...

Так... Цинично рассуждая, внешних признаков у психических болезней не существует, и обвинить человека в том, что он умалишенный, гораздо проще, нежели...

Нет. Любая авантюра с «врачом», преследующим беглого пациента, отпадает бесповоротно. По тем же примерно причинам, что и вариант с «сыщиком». Снова решительно нечем подтвердить свою причастность к славной когорте эскулапов, к тому же на столь роскошных кораблях непременно есть собственный лазарет, а значит, и опытный врач, быть может, и не один... Уж перед ними-то ни за что не сыграть убедительно настоящего доктора.

Где-то рядом витает идея, а в руки не дается, в слова не облекается, снова совершеннейший тупик...

Тяжко вздохнув, словно фамильное привидение старинного замка, Бестужев встал с шезлонга, подошел к борту и, опершись на перила, долго смотрел на море — но на сей раз уже совершенно бездумно.

Он отвлекся, лишь сообразив, что человек справа от него не просто чинно прогуливается, а ведет себя крайне странно — или по меньшей мере предельно загадочно.

Пониже Бестужева на голову, пожилой, одет безукоризненно, как и подобает пассажиру первого класса, но пронизанная нитями седины бородка изрядно взлохмачена, а шевелюра, почти совсем уже седая, нуждается в услугах гребня уже довольно долгое время. Поперек жилета протянулась солидная цепочка отнюдь не «самоварного» золота, в галстуке, на булавке, поблескивает острыми лучиками крупный натуральный брильянт, костюм определенно шит дорогим и умелым портным, одним словом, вполне респектабельный господин интеллигентного вида, вот только ведет себя несообразно платью и облику...

Незнакомец остановился у соседней шлюпки, весь какой-то напряженный, словно туго натянутая струна. Полное впечатление, что он, склонив встрепанную голову к левому плечу, прислушивается к слышным только ему голосам... левую руку отвел назад, а правую, с зажатым в ладони длинным темным предметом, поднял чуть повыше собственного лба... всецело поглощен своим странным занятием, не видит никого и ничего вокруг...

Бестужев на всякий случай приготовился отойти подальше — мало ли что может разыграться, если сей господин не в ладах с рассудком, а такие подозрения закономерно возникают при вдумчивом рассмотрении.

Незнакомец упредил — он одним плавным движением балетного танцовщика оказался рядом с Бестужевым, бок о бок и, словно сейчас только заметил чужое присутствие, сказал сварливо, властно:

— Вас не затруднит чуть отодвинуться?

— Куда? — растерянно спросил Бестужев.

Незнакомец разговаривал с ним на неплохом французском, так что сложностей с общением не возникало.

— Все равно. Лишь бы с этого места. Оно мне необходимо, простите...

Все это время странный господин вовсе на Бестужева не смотрел — и вроде бы не намечал его мишенью для безумного нападения. Бочком-бочком Бестужев отодвинулся, но не ушел, охваченный любопытством.

Проворно вставши на его место, незнакомец разжал кулак — зажатый в нем продолговатый предмет оказался какой-то диковиной статуэткой из ноздреватого темного камня, изображавшей стоящего человека в странном головном уборе и с какими-то загадочными предметами в руках, поднятых на уровень пояса. Поставив каменного человечка на левую ладонь, незнакомец крепко сжал ее, придерживая ноги, а указательным пальцем правой сосредоточенно водил вдоль спины фигурки.

Если вызвать в памяти полузабытый гимназический курс... У Бестужева возникли некие смутные аналогии с Древним Египтом — касаемо диковинной фигурки. И аналогии эти удивительным образом пересекались с другим образовательным курсом, волей-неволей пройденным в компании леди Холдершот и ее личного мага... Ну да, вот именно...

— Изволите быть психометристом, сударь? — вежливо осведомился Бестужев в надежде кое-что понять.

Незнакомец бросил на него быстрый, цепкий взгляд:

— Ого! Я не ожидал встретить в этом скопище мешков с золотом п о с в я щ е н н о г о человека...

Бестужев скромно поклонился — оказалось, он первым же выстрелом угодил в «яблочко». Психометристами, по авторитетным разъяснениям миледи (подтвержденным господином магом), звались субъекты, которые, взявши в руку некий предмет, оккультным способом извлекали из него знания об истории данного предмета, сколько бы веков она ни насчитывала, да вдобавок, изволите ли видеть, о том, что вокруг сей вещички века и десятилетия назад происходило. По твердому убеждению Бестужева, подобные субъекты звались несколько иначе, в чисто медицинских определениях, но он, разумеется, вслух свое мнение высказывать не стал...

— Вот, извольте! — так быстро, что Бестужев не успел ничего предпринять, незнакомец сунул ему в ладонь свою странную фигурку и заставил сжать вокруг нее пальцы. — Как на ваш взгляд? Сосредоточьтесь и скажите...

«Шмякнет он мне сейчас в ухо от всей дури, — грустно подумал Бестужев. — И полицейского не дозовешься, откуда они тут...»

— Ну? — заговорщицким шепотом спросил незнакомец. — Вы ведь о щ у щ а е т е? Я сразу определил по вашему лицу...

Он пока что не проявлял поползновений к рукоприкладству, торчал рядом, посверкивая глазами, как две капли воды напоминая того самого безумного ученого из фантастических романов. Даже нетерпеливо притопывал, выделывая пальцами странные пассы, ничуть не вязавшиеся с его респектабельным обликом.

— Ну, что же вы?

Быстренько освежив в памяти все услышанное за столом леди Холдершот, Бестужев, тщательно подбирая слова, произнес:

— Безусловно, вибрации...

— Вибрации? — поморщился незнакомец. — Вам угодно так э т о называть?

Обретя некоторую уверенность, Бестужев твердо сказал:

— Тысячу раз простите, но та школа, к которой я принадлежу, всегда употребляла именно это определение...

Кажется, он вновь угодил метко. Незнакомец, ничуть не рассердившись, сговорчиво покивал разлохмаченной головой:

— Ну, в конце концов, терминологические различия тут не играют никакой роли... Главное, вы ведь чувствуете?

— Да, — сказал Бестужев. — Вне всякого сомнения...

Он хотел вернуть фигурку, но незнакомец только крепче сжал на ней его пальцы:

— Зло... Эманация зла... Нарастающего, крепнущего... Не так ли?

— О да, — сказал Бестужев надлежащим тоном. — Безусловно...

Взирая на него, вне всяких сомнений, благожелательно, со всем расположением, незнакомец забрал у него фигурку, бережно упрятал в потайной карман черного сюртука и сказал уже другим тоном, насквозь деловым:

— Вы подтвердили мои первоначальные изыскания, молодой человек. Никаких сомнений... Это несчастное судно обречено. Если не принять надлежащих мер, Нью-Йорка мы не достигнем.

— Почему? — с искренним изумлением вопросил Бестужев.

Вежливо взявши под локоток, странный незнакомец неспешно двинулся бок о бок с ним по палубе, негромко вещая:

— Вы же почувствовали растущую эманацию зла? Но вот о его природе наверняка не догадываетесь, да и откуда вам... Вы еще молоды, простите великодушно, и вряд ли далеко продвинулись по избранному пути...

В общем, он ничем не напоминал умалишенного, его речь лилась плавно, неторопливо, в движениях не усматривалось свойственной умалишенным суетливости. И все равно с т а к и м следовало держать ухо востро: оккультист как-никак, мало ли что…

— Я и не претендую на совершенство, — сказал Бестужев, чтобы не затягивать паузу.

— Не обижайтесь, у вас еще все впереди, — ободряюще похлопал его по локтю незнакомец. — Познание требует долгих лет... Позвольте представиться: профессор Гербих из Гролендоргеймского университета. Это в Баварии.

«Так, учтем, — молниеносно пронеслось в голове у Бестужева. — За немца себя выдавать, похоже, не стоит... Мало ли что...»

— Очень приятно, господин профессор, — сказал он. — Меня... меня зовут Михаил Иванов, я из Шантарска... Это в Сибири.

— Состоите при тамошнем университете? — осведомился профессор.

— Видите ли... Университета там пока что нет.

— Чем же вы занимаетесь?

— Вульгарной прозой жизни, далекой от высокой науки, — ответил Бестужев, не раздумывая. — Я торговец...

Он напрасно надеялся, что сей ученый муж, узнав о столь прозаических занятиях собеседника, немедленно оставит его в покое. Профессор, не выпуская его локтя, продолжал непринужденно:

— В конце концов, это не имеет никакого значения, способность осязать тонкий мир не зависит от университетского диплома. Один из лучших психометристов, какого я знал в Баварии, был простым извозчиком, даже не особенно и грамотным... Гораздо ценнее то, что вы способны полной мерой ощущать сопричастность к иному... Корабль обречен, молодой человек. Вы ведь почувствовали вибрации зла, исходящие из трюма...

— А что там? — спросил Бестужев.

Он покорно шагал рядом с профессором, охваченный вялым равнодушием: его миссия начинала казаться проваленной, он взвалил на себя непосильную для одиночки ношу, окружающее порой представало навязчивым сонным кошмаром. Среди гуляющих, которых становилось все больше, он не видел тех, кого жаждал увидеть, — а вот странноватый молодой человек все так же маячил на значительном отдалении, крайне бездарно осуществляя некое подобие слежки...

— В трюме находится египетская мумия, — сказал профессор, чуть понизив голос. — Мумия проклятого всеми тогдашними богами верховного жреца Ипувера, в своей дерзости попытавшегося проникнуть в секреты, которых он был недостоин. Тамплиеры в свое время вывезли ее в Европу, наверняка пытались использовать в своих ритуалах... Чем для них это кончилось, известно. Мумия, если можно так выразиться, стала путешествовать по разным странам, переходя к разным хозяевам, от алхимиков к откровенным авантюристам, от королей к плебеям...

В нем не было ничего от умалишенного, наоборот, он говори рассудочно, убедительно, словно лекцию студентам читал, речь его лилась плавно. Бестужев покорно внимал. Перед ним помаленьку разворачивалась многовековая жуткая история проклятых ссохшихся останков, за долгие столетия проделавших причудливый путь от Флоренции до Эдинбурга и от Мадрида до Кракова — напоминавшая, если нанести ее на карту, причудливые каракули ребенка. И повсюду, по горячим уверениям профессора, опрометчивые владельцы мумии, не догадавшиеся вовремя ее избыть, подвергались страшным несчастьям. Среди них встречалась масса известных имен, знакомых по гимназическому учебнику истории — казалось, профессор именно его и листал в свое время, без колебаний подверстывая к своей истории всех мало-мальски заметных персонажей былых времен. Получалось, что и Ричард Львиное Сердце погиб из-за того, что вовремя не сбыл мумию с рук, и Валленштейн («Всем ведь известны его оккультные занятия, коллега слушан — а вот торговец из глухого уголка азиатских заснеженных пустынь...

— Пожалуй, вы правы, — после короткого раздумья сказал профессор, наконец-то отпуская его локоть. — Британская спесь общеизвестна... Я отправлюсь один. Времени нет совсем, эманации распространяются, суля несчастье...

Он церемонно раскланялся и решительными шагами направился в сторону ходового мостика. Бестужев покачал головой, глядя ему вслед: каких только чудаков ни встречается на свете, особенно среди господ оккультистов, и ведь наверняка не стеснен в средствах, если смог себе позволить билет первого класса на таком пароходе... Даже Наполеона, изволите ли видеть, сгубили эти подобные вяленой вобле останки...

Глава четвертая

КОНКУРЕНЦИЯ ПОСРЕДИ ОКЕАНА

Японский разъезд принял бой без малейших колебаний. Едва схлынуло секундное ошеломление после того, как всадники увидели друг друга, послышалась длинная неразборчивая команда их офицера — непонятная, пронзительная, яростная, и над головами тускло мелькнули выхваченные клинки, четверо в распахнутых коротких полушубках понеслись, ускоряя аллюр.

Бестужев дал Арапчику шенкеля, привычно выхватывая клинок. Его на полголовы обошел урядник Мохов, крутя шашкой и по старому казачьему обычаю гикая и визжа не хуже заправского диктора времен имама Шамиля и князя Барятинского. Трое остальных забайкальцев тоже улюлюкали и выли наперебой. Япошки в грязь лицом не ударили, с их стороны раздалось уже знакомое, ожесточенное, громкое:

— Баа-ааа-нзааай!!!

Глухой грохот копыт по влажному, перемешанному с грязью снегу, азарт, полнейшее отсутствие мыслей...

— Баанзай!

— Мать твою сучью!

Всадники сшиблись, осаживая разогнавшихся коней. Бестужев без труда увернулся от первого, наобум, удара, повернул Арапчика, прикрылся клинком, готовясь к замаху. Скуластое, косоглазое лицо, разодранный в крике рот (зубы великолепные, белейшие, один к одному — выхватило сознание нереально четкий кусочек происходящего), желтые петлицы, желтый околыш фуражки с пятиконечной звездочкой, взлетевшая сабля...

Бестужев так и не осознал, что произошло. Его изготовившаяся к парированию и удару рука с шашкой даже не повисла, а словно бы пропала неведомо куда — и клинок японского офицера сверкающей полосой обрушился на него, ударил в лоб, замораживая нежданной стужей...

Он дернулся, открыл глаза. Через несколько томительных мгновений, исполненных хаотичного мельтешения мыслей и ощущений стало ясно, что японские кавалеристы были всего лишь сонным кошмаром, призраком из прошлого. Однако в лоб ему и в самом деле упиралось что-то твердое и холодное, невеликое размерами. В каюте стоял почти полный мрак, до рассвета еще определенно далеко. Учитывая обстановку, прижатая к его лбу штуковина, будем пессимистами, скорее всего являлась револьверным дулом — в данной ситуации именно этого и следовало ожидать…

Сон улетучился, осталась доподлинная реальность, в которой над Бестужевым нависала смутно угадывавшаяся в полумраке человеческая фигура, от которой несло дешевым одеколоном и табаком — что никак не позволяло причислить эту персону к миру бесплотных духов.

Раздался приглушенный, неприятный голос:

— Только дернись у меня, парень. Мозги вышибу, клянусь Мадонной...

Это было произнесено по-немецки, со своеобразным акцентом. Не пришлось долго напрягать память, чтобы припомнить, где он уже слышал этот голос — с его обладателем в Вене приходилось встречаться даже дважды, и всякий раз встречи эти протекали, если можно так выразиться, в весьма занятной обстановке...

Глаза понемногу привыкли к полутьме — точно, коренастая фигура в котелке, а рядом угадывается вторая... Она-то и склонилась над постелью, под подушку, рывком приподняв голову Бестужева, скользнула рука и принялась старательно обшаривать постель, безусловно, в поисках того предмета, какой иные мизантропы сплошь и рядом перед сном именно туда кладут, иногда даже сняв с предохранителя.

Очень быстро обладатель бесцеремонной конечности установит тот непреложный факт, что оружия под подушкой не имелось. Он убрал руку, выпрямился, бросил краткую реплику на непонятном языке, вероятнее всего, английском.

В ответ поодаль кто-то произнес пару фраз на том же языке, похоже, имевших приказной характер. Нависавшая над Бестужевым фигура сообщила:

— Парень, я сейчас уберу пушку, а ты вставай и смирненько садись за стол, поговоришь с приличным человеком. Только смотри у меня, чуть что, получишь по башке моментально и полетишь в море рыбок кормить... Соображаешь?

— Соображаю, — сказал Бестужев, не шевелясь.

— Ну вот и ладненько. Имей в виду, полиции тут не водится, так что ори не ори, фараоны не прибегут. Да и не успеешь ты у нас заорать...

Револьверное дуло отодвинулось в полумрак, тут же обе фигуры предусмотрительно отступили подальше — ну да, эти субъекты уже два раза были Бестужевым побеждены и кое-какое представление о его бойцовских качествах имели... Бестужев приподнялся, сел на постели.

Сна не было и в помине, какой тут сон... Голова работала четко. Он, разумеется, не был здесь безоружным — разве что постарался принять должные меры, чтобы оружие не попалось на глаза убиравшему каюту стюарду: ничего страшного, в общем, если и попадется, но господа обитатели первого класса подобные предметы с собой вряд ли носят, не стоит привлекать внимание к своей персоне...

Браунинг с двумя запасными обоймами, завернутый в носовой платок, был упрятан в узкой щели меж стенкой каюты и постелью, достаточно глубоко, чтобы туда не проникла рука уборщика. Извлечь его нетрудно, вряд ли эти господа видят в темноте, как кошки... но смысл? Не хватало еще устраивать перестрелку в каюте первого класса, с неизбежными ранеными, а то и трупами. Пока что смертельной опасности для себя не чувствовалось, в случае чего можно обойтись руками и подручными предметами, благо темнота ставит его в равное положение с вооруженными гостями...

Вмиг обдумав все это, он встал, накинул висевший в изножье постели халат, сделал два шага в полумраке, отодвинул кресло и присел за стол, напротив неразличимой фигуры. От стола легонько попахивало горячим стеарином, виднелась тоненькая, с волосок, полосочка тусклого света — ага, там стоял потайной фонарик...

Тихий щелчок — и дверца фонарика чуть приоткрылась, на стол легло пятно света, и в нем появились руки, небрежно листавшие заграничный паспорт Бестужева.

— Итак, Файхте... Господин Айвен Файхте из России... Имеете честь украшать своей персоной Министерство юстиции? Ну что же, неплохо придумано, священники и юстициарии смотрятся крайне респектабельно. Великолепное качество. Вы пользуетесь безукоризненными документами, которые стоят немалых денег... Что же, я уже давно понял, что вы не из мелких...

Это было произнесено на французском — на весьма неплохом, да что там, безукоризненном французском. И голос был совершенно другой, нежели у этих двух субъектов: хорошо поставленный, бархатный, моментально вызвавший ассоциации то ли с оперным певцом, то ли с опытным адвокатом. Вероятнее всего, второе — оперные певцы в подобных делишках обычно не участвуют, а вот адвокаты, для которых голос является, смело можно сказать, таким же рабочим инструментом, как топор для плотника...

— Что вам угодно? — мрачно спросил Бестужев.

— Вы предпочитаете разыгрывать неведение? Это чуточку смешно, право. Вряд ли у вас несколько дел одновременно, милый господин Файхте. Дело у вас давно уже одно-единственное. И мы с вами прекрасно понимаем, в какой персоне оно заключается, в каком интересном изобретении... Будете упираться или все же не станете выставлять себя на посмешище, разыгрывая тупого упрямца? Вы ведь прекрасно понимаете, о чем я?

— Допустим, — сказал Бестужев. — И все же это еще не означает, что я умею читать мысли. Здесь возможны самые разные варианты... С кем имею честь, кстати?

— Называйте меня попросту, дружище Айвен. Меня зовут Лоренс. Мы, американцы, стремимся к простоте в общении...

— Уж не законник ли вы? — спросил Бестужев.

— На основании чего вы сделали такой вывод? — поинтересовался Лоренс ничуть не сердито, скорее весело.

Бестужев сказал то, что думал:

— Ваши интонации, ваш голос, вы им играете, как жонглер шарами. Мне приходилось бывать в судах и слушать хороших адвокатов...

Поскольку незваный гость не проявлял никаких признаков нетерпения, Бестужев тоже принял соответствующий тон. Чем дольше длится беседа, тем больше поневоле расслабятся те два питекантропоса, что располагались сейчас за его спиной на безопасном отдалении...

В пятне света от потайного фонаря появились две ухоженных ладони человека, явно в жизни не занимавшегося презренным физическим трудом. Два раза сошлись в беззвучных хлопках. На правом мизинце сверкнул острыми лучиками немаленький брильянт, несомненно, настоящий.

— Браво, Айвен, браво! Я все более убеждаюсь, что встретился с человеком весьма неглупым, мало напоминающим тех двух олухов с пистолетами, что торчат у вас за спиной...

— А они не обидятся на такую характеристику?

— Они ни словечка не понимают по-французски, безмятежно сообщил Лоренс. — Правда, у них есть д р у г и е достоинства... Несмотря на некоторый недостаток интеллекта, они великолепно обучены выполнять приказы... Любые. Они ничуть не щепетильны и давно уже не приходят в ужас при мысли о нарушении закона либо заповедей Божьих... Понимаете? Я хотел бы напомнить для начала, что совсем недалеко от нас с вами располагается иллюминатор, который нетрудно открыть, и он достаточно велик, чтобы пропихнуть туда даже значительно превосходящего вас по комплекции человека. Лететь вниз не так уж и долго, будучи предварительно оглушенным, человек не производит ни малейшего шума. Сейчас раннее утро, всплеск ничьего внимания не привлечет. И — все... Был человек, и пропал бесследно в безбрежном океане... Это не угроза. Это всего-навсего напоминание о возможном развитии событий в случае, если мы не договоримся... К р а й н е легко именно так и поступить, оставшись вне всяких подозрений... Или я не прав?

— Правы, — сумрачно согласился Бестужев. — Интересные, я смотрю, персоны — американские адвокаты...

— О, у нас достаточно своеобразная страна, — беззаботно протянул собеседник. — Впрочем, человеку вроде вас она, я думаю, понравится. Вы не бывали у нас?

— Пока не приходилось.

— Вам понравится, — заверил Лоренс. — Человеку вашей... э-э, профессии, к тому же обладающему неплохими деньгами, наша страна представляет массу возможностей... Но давайте перейдем к делу. Вы прекрасно понимаете, что меня интересует.

— В общих чертах, — сказал Бестужев. — А вот что именно... Я уже говорил, что здесь возможны самые разные варианты...

— Пожалуй, вы правы, — легко согласился собеседник. — Что ж, давайте конкретизируем... Мне от вас необходимо одно: номер каюты инженера Штепанека. Или мисс Луизы. Короче говоря, мне нужно знать, где они обитают.

«Ну конечно, — хладнокровно подумал Бестужев. — Они прошли тот же путь, что и я. Они тоже поняли уже, что, действуя без поддержки корабельного начальства, чисто любительскими методами, болтаясь по общим помещениям и прогулочным палубам, искомого ни за что не обнаружить за считанные дни...»

— Почему вы считаете, что я должен знать такие вещи? — спросил Бестужев.

— Я вам не отказываю в уме и житейской сметке, Айвен. Почему же вы не признаете эти качества за мной? Ясности ради: я был в Вене с самого начала. Не участвовал в событиях, поскольку это не входит в мои прямые обязанности, но ко мне стекалась вся информация, которую собирали не только эти два олуха, но и агенты половчее. И я много знаю о вашей роли в событиях. Вы старательно разыскивали Штепанека... дважды при этом пересекаясь с этими вот двумя исполнительными парнями. С некоторых пор вы действовали в самом трогательном единении с мисс Луизой — то она спасала вас в трудную минуту, то вы поступали соответственно.

Не буду врать, что у меня есть полная картина ваших приключений, но того, что я знаю, вполне достаточно. Даже при том, что ваши французские похождения мне толком неизвестны. Ну, достаточно венских... Вы расхаживаете при оружии, хватко пускаете его в ход, не колеблясь, участвуете в нескольких противозаконных забавах. Карманы ваши набиты безупречными документами на разные имена... Не столь уж сложные умозаключения приходится проделать, чтобы понять: вы, Айвен, принадлежите к тому немногочисленному и крайне интересному племени, которое привыкли называть международными авантюристами. Надеюсь, вы не подумаете, что я осуждаю вашу профессию? Отнюдь! Я человек достаточно широких взглядов и на многое смотрю философски. Профессия как профессия, не хуже любой другой, к тому же занимаются ею люди весьма незаурядные, далекие от примитивной уголовщины... Вы, конечно же, международный авантюрист высокого полета, я достаточно долго прожил в Европе и составил некоторое представление о людях вашей увлекательной профессии...

— Вы чертовски проницательны, месье Лоренс, — усмехнулся Бестужев.

— Надеюсь, — серьезно сказал Лоренс. — Именно благодаря этим качествам я и зарабатываю неплохие деньги. Вообще-то... — он помедлил. — Вообще-то сначала у меня имелась и другая рабочая догадка, я допускал, что вы секретный агент какого-то европейского государства — в игре участвовало несколько подобных персонажей, представлявших чуть ли не полдюжины держав. Однако в дальнейшем от этой версии пришлось отказаться. Когда стало совершенно ясно, что аппарат Штепанека в военном деле представляет ценность не большую, нежели кофемолка. Агенты д е р ж а в, один за другим обнаруживая эту бесспорную истину, друг за другом выходили из игры, что вполне объяснимо: нет на свете армии, которая всерьез заинтересовалась бы аппаратом, понявши, что он собой представляет... Нет, и все тут...

Бестужев ощутил нечто похожее на жгучий стыд: этот тип рассуждал логично и здраво, он просто-напросто не предусмотрел, что существует на свете оборотистая особа императорской фамилии, способная превратить п у с т ы ш к у в полновесные деньги. У них в Америке нет императорской фамилии, а в Старом Свете... в Старом Свете, положа руку на сердце, подобный оборот дел возможен только в одной-единственной державе...

— Что до в а с, вы как раз из игры не вышли, — продолжал Лоренс. — Наоборот, участвовали в ней самым активным образом, и это в конце концов позволило сделать вывод, что вы — сугубо ч а с т н о е лицо, нанятое мисс Луизой для определенных действий. Что ж, вам блестяще удалась ваша партия. Вы обошли всех конкурентов, устроили вашу драгоценную добычу на «Титанике» и пустились в путь. Однако я, как и вы, не привык бросать дела на полдороге, особенно когда ничего еще не решено. На кон, знаете ли, поставлена моя репутация. Я просто не имею права обмануть доверие моих нанимателей. Цинично вам признаюсь, дело тут не в честности, а в мотивах гораздо более приземленных. Если я провалю это дело, потеряю репутацию человека, способного успешно проворачивать сложные дела — а это самым катастрофическим образом отразится на моих доходах. Вы, человек достаточно специфической и деликатной профессии, обязаны меня понимать, как никто... У меня нет возможности выбора, — в его голосе зазвенел металл. — А потому я ни перед чем и не остановлюсь, благо располагаю надежными инструментами, — он небрежным жестом показал за спину Бестужева, где «инструменты» порой нетерпеливо переминались с ноги на ногу, сопели и вздыхали. — Мне нужно знать местоположение Штепанека или Луизы — лучше, конечно, в первую очередь Штепанека... И вы мне это расскажете.

— Вы так уверены?

— А что, у вас есть выбор? — небрежно поинтересовался Лоренс. — Вы же неглупый человек и должны понимать: если переговоры окажутся неудачными, те ребятки, что топчутся сейчас за вашей спиной, без колебаний могут порасспрашивать вас и н а ч е... Совсем не так, как это сейчас делаю я. Вы в конце концов все выложите... вот только, боюсь, получите при этом столь необратимые повреждения, что оставить вас на этом свете будет попросту невозможно, придется отправить тем путем, который я вам уже обрисовал: иллюминатор, океан... Вы еще так молоды... Или вам надоела жизнь?

— Ничуть, — мрачно сказал Бестужев.

— Вот видите. Простите тысячу раз, но избранное вами жизненное поприще — впрочем, как и мое — совершенно не предполагает рыцарской верности и тому подобных глупостей, уместных разве что в романах сэра Вальтера Скотта. Мы с вами — люди приземленные и ценим лишь вульгарный металл... Не так ли? У вас не может быть д р у г и х интересов в этом деле, кроме презренного металла... впрочем, как и у меня. Мы же не в сказке, где король вознаграждает принца за содеянное рукой принцессы и половиной королевства. Вряд ли вы успели настолько очаровать мисс Луизу, чтобы она потеряла голову, и события развернулись именно что по старым сказкам. Очень прагматичная и холодная особа, несмотря на юный возраст... Да и отец ее, уж простите, от подобного зятька был бы не в восторге. Так что я совершенно уверен: никакой р о м а н т и к и, — он иронически подчеркнул голосом это слово, — тут нет и в помине. Исключительно дело, как говорим мы в Америке, business. Отношения нанимателя и наемного работника. Сколько она вам заплатила?

— Это несущественно, — сказал Бестужев.

— Ну что вы! Напротив, это весьма существенно! Я понимаю, что немало... однако ее возможности все же не безграничны. Хотя старина Хейворт и весьма богат, его капиталы не идут ни в какое сравнение с теми деньгами, какими располагают мои наниматели. Хейворт — одиночка-любитель, именно так обстоит. А я представляю синдикат, картель... вам понятны эти термины? Прекрасно. В детали позвольте не углубляться, но поверьте на слово, что по сравнению с капиталами картеля Хейворт выглядит уличным чистильщиком ботинок... Я имею полномочия не скупиться. Иногда выгоднее заплатить, нежели... Кстати, оцените мое благородство. Я вполне мог бы приказать этим двум орангутангам добиться у вас признания своими методами, а выделенные мне немалые деньги бесцеремонно смахнуть в свой карман — и ни одна живая душа не узнала бы правды... Меж тем я играю честно и готов платить сполна...

— Прикажете верить, что дело в благородстве? — усмехнулся Бестужев.

Лоренс коротко рассмеялся:

— Ну ладно, ладно, мы с вами пташечки одного полета... Признаюсь, благородство тут ни при чем. Мне хорошо платят именно потому, что я проворачиваю дела чисто — без трупов, без уголовщины... — в его голосе вновь явственно прозвучал металл. — Правда, когда дело того требует и наниматели согласны, приходится, пусть редко, использовать любые методы... И это наш с вами случай. Мне нельзя отступать. Это все равно что самоубийство. Но я, повторяю, намерен играть честно. Папаша Хейворт вряд ли в состоянии оказался предоставить дочке неограниченные полномочия.

А я... Ну конечно, мои возможности тоже не безграничны, но все же они в ы ш е... Что скажете?

Он вырвал листок из маленького карманного блокнота, энергично черкнул на нем что-то и придвинул бумажку под свет потайного фонарика. Бестужев наклонился, всмотрелся. Увиденное поневоле впечатляло: одна-единственная цифирка и пять нулей — очень примечательная цифирка, надо признать, целое состояние, столько и Луиза ему в Вене не предлагала... Если допустить, что неведомые наниматели этого прохвоста и в самом деле намерены честно расплатиться — крепенько же вас приперло, господа мои, если вы согласны б а б а х н у т ь этакие деньжищи... А ведь, если подумать, Штепанек на такие деньги очень даже п о в е д е т с я, он уже продемонстрировал откровенную алчность, самое недвусмысленное сребролюбие...

— Позвольте, — Лоренс отобрал у него бумажку, свернул в шарик и спрятал себе в карман. — Ну как? Я располагаю такими средствами, можете не сомневаться.

Бестужев пожал плечами, подпустил в голос неуверенности, колебаний:

— Это, конечно, звучит крайне заманчиво...

Лоренс словно ждал похожей реплики, его рука нырнула в потайной карман пиджака столь резко, словно потянулась за оружием в момент угрозы. Однако в пятне тусклого света появился не пистолет или нож, а продолговатая книжечка, каковую адвокат и раскрыл. Чековая книжка, конечно, чек заполнен по всем правилам, на половину помянутой суммы, подписан...

— Вот так, — произнес Лоренс не без самодовольства, аккуратно, привычно оторвал заполненный чек, положил его на стол между ними. — Как видите, аванс не так уж плох...

Бестужев усмехнулся возможно циничнее:

— Простите, а где гарантии, что на вашем счете в банке есть такие деньги? Что этот банк вообще существует? Что чек не поддельный?

— Это хорошо... — столь же цинично усмехнулся Лоренс. — Если человек начинает торговаться — считайте, полдела сделано...

— Ну, а все-таки? Нет никаких гарантий, кроме вашего слова. А я, простите, абсолютно не верю словам незнакомых людей...

— Это понятно, — кивнул Лоренс. — Но что поделать... Ваша профессия должна была приучить вас к риску, не правда ли? Иначе просто и невозможно... Уж не посетуйте, вам придется рискнуть. Потому что выбор у вас небогатый: либо вы пойдете на риск и примете чек — который, я вас заверяю, вам без разговоров оплатят в любом американском банке — либо вам в конце концов придется иметь дело с Сидом и Чарли, что повлечет за собой самые печальные последствия для одного из нас... Других вариантов попросту нет. Так что рискните, молодой человек, дело того стоит... Если вы с р а з у назовете мне номер каюты инженера, то вторую половину получите уже через часок-другой, как только мы убедимся, что вы нам не соврали...

— Заманчиво... — протянул Бестужев.

— Вот что, Айвен, — сказал Лоренс решительно. — Давайте не будем переливать из пустого в порожнее. Я не ограничен временем, просто не люблю лишней болтовни... Мы сделаем так... — Он резким движением придвинул чек к локтю Бестужева. — Считайте, что аванс вы получили. Даю вам сутки на размышление — это именно тот разумный срок, которым я располагаю. Сутки у меня, пожалуй что, есть... Обдумайте все, взвесьте, наберитесь смелости рискнуть, ради куша, который попадается людям вроде нас с вами единожды в жизни. Я не педант, я не явлюсь за ответом минута в минуту — но по прошествии суток вам придется принять решение и дать самый недвусмысленный ответ. Вы это понимаете?

— Понимаю, — сказал Бестужев.

Лоренс вкрадчиво продолжал:

— Я надеюсь, вы прекрасно понимаете также, что ваши возможности маневрировать, лавировать, схитрить ограничены до предела. Я не страдаю излишней доверчивостью — я просто все продумал. Предположим, вы откроете все вашей очаровательной нанимательнице... И что тогда? Обращаться за защитой к капитану бессмысленно: вы не сможете подкрепить ваши слова уликами. Слово известного и респектабельного нью-йоркского адвоката против слова крайне смутного субъекта... Чересчур уж фантастическая история для простых английских моряков, согласитесь. Англичане большие законники и не верят облыжным обвинениям, не подкрепленным убедительными доказательствами. Даже если мисс Луиза отправит папеньке телеграмму по радиотелеграфу, он все равно не сможет ничего предпринять: положение, в котором мы все находимся на борту плывущего в океане судна, имеет как свои недостатки, так и несомненные преимущества — в данном случае для меня. Итак, это бессмысленно — рассказывать все Луизе и ждать помощи от капитана. Зато мы разозлимся, и очень. Останется достаточно времени до прибытия в порт, чтобы заставить вас горько раскаяться. Если учесть, что в моем распоряжении, кроме этой парочки, есть и еще люди, о которых вы не имеете ни малейшего представления... Вы окажетесь в совершенно безвыходном положении. Мы своего добьемся так или иначе, а вот вы... вас на этом свете уже не будет. Подумайте над этим как следует, вы ведь должны быть очень неглупым человеком...

Он опустил руку, извлек из жилетного кармашка изящные золотые часы и поднес их к пятну света:

— Мои часы идут точно... Вы запомнили время? Отсчет начинается... Вам ведь все понятно?

Бестужев кивнул, не поднимая глаз. Как бы там ни было, он получал передышку на некоторое время, не столь уж и маленькое. За сутки многое может случиться... Час стоит жизни, день бесценен. Откуда это? Не припомнить сейчас, но именно так говорил герой какой-то классической пьесы...

— Ну что же, дорогой Айвен? — спросил Лоренс едва ли не с отеческой заботой. — Вы не собираетесь принимать необдуманных решений?

— Не собираюсь, — мрачно отозвался Бестужев.

— Вот и прекрасно. Обдумайте все как следует. Такие деньги сваливаются раз в жизни...

— Где мне вас найти?

— Не утруждайтесь, — засмеялся Лоренс. — Я же сказал — сутки я могу себе позволить. Я вас сам навещу, старина, по истечении срока, можете не сомневаться...

Глава пятая

ИМПРОВИЗАЦИИ

Когда дверь тихонечко затворилась за чертовой троицей, Бестужев не двинулся с места, они так и сидел, положив локти на стол, опершись головой на руки. Рассветало, и предметы обстановки, хотя еще и не приобрели четких очертаний, но все же проступали контурами в сереющем полумраке. Под локтем белел продолговатый листочек, на коем значилась поражающая воображение сумма.

А впрочем, она может быть и стократ грандиознее... Даже окажись Бестужев тем, за кого его принимают, бесчестным авантюристом — невозможно продать сведения, которыми не располагаешь... то есть возможно, конечно, но не в таких условиях.

Никаких сомнений, компания серьезная — и через сутки наверняка постарается привести все свои угрозы в исполнение, что жизнь Бестужеву осложнит предельно. И если он к этому времени не ухитрится придумать нечто заведомо беспроигрышное, жди беды. Будь это на твердой земле, он без труда нашел бы способ раствориться в безвестности, исчезнуть... впрочем, на твердой земле и эта троица вела бы себя иначе, совершенно по-другому…

Как это изволил выразиться проныра-адвокат? В их положении есть как свои недостатки, так и несомненные преимущества. В точку. Например, как Бестужеву некуда от них скрыться, так и им никуда от него не улизнуть... Вот только что тут можно придумать? Что он там говорил? Радиотелеграф... телеграмма... Отбить в Петербург депешу, попросить, чтобы оттуда связались с соответствующими учреждениями его величества короля Британии, каковые, в свою очередь, связались бы с капитаном и попросили его оказать все возможное содействие... Не столь уж фантастический план...

Вот только д е т а л и... В них-то и загвоздка.

Излагать все открытым текстом никак невозможно — конспирация... Окольными фразами? Велики шансы на то, что попросту не поймут... черт возьми, да для иных обстоятельств окольных фраз и не существует, пожалуй что. Как ни снисходительна к пассажирам первого класса пароходная обслуга, как ни потакает их капризам, шифрованную депешу у него ни за что не примут, это противоречит каким-то правилам, он выяснил... Разумеется, если прикажет капитан... Но здесь возвращаешься к прежним раздумьям: ч т о изложить капитану?

Что предпринял бы на его месте н а с т о я щ и й международный авантюрист, мастер афер? Ни угрозы, ни подкуп здесь решительно не годятся. Правду... правду, честно говоря, нечем подкрепить.

Нужно преподнести ложь — столь феерическую, грандиозную, вопиюще фантастическую, что она сошла бы за правду. Вот только придумать ее никак не удастся...

Бестужев встал, нажал пуговичку электрического выключателя, и под потолком ярко засветилась люстра. В каюте, как и до визита гостей, царил безукоризненный порядок, вот только верхний правый ящик вычурного комода в стиле сецессион был выдвинут примерно на треть. Там у Бестужева и лежал его заграничный паспорт. Выглядит так, словно только один, этот ящик и открывали, а потом, уходя, поленились наводить порядок. Вот так вот зашли в незнакомую каюту, наобум Лазаря выдвинули первый попавшийся ящик в поисках паспорта, а паспорт там и оказался, изволите ли видеть... На магов, психометристов и прочих теософических волшебников эти господа решительно не похожи. Есть объяснения гораздо более житейские.

...Выйдя из каюты безукоризненно одетым к завтраку, Бестужев прошел в конец коридора, к лифтам и роскошной лестнице, но подниматься по ней не стал, остановился у перил в небрежной позе человека, кого-то ожидавшего — никаких подозрений он вызвать не мог, а вопросы никому и в голову не придет задавать, с какой стати?

Минут через пять в противоположном конце коридора показался тот самый стюард, что каждое утро убирал его каюту — бесшумно двигавшийся, словно бы даже бестелесный человечек в безукоризненном белом кителе. Человек, у которого найдутся ключи, позволяющие ему войти в любую каюту — как же иначе, обязанности требуют-с... Человек из категории тех, к кому приятно относиться, словно к мебели — а меж тем, как выяснил Бестужев на личном опыте, это в точности такие же люди, как все остальные, со всеми человеческими слабостями...

Выждав не более минуты, Бестужев кошачьим шагом направился к своей каюте, осторожно потянул ручку, и она подалась — ну, разумеется, зачем стюард станет во время уборки запираться изнутри? Вошел на цыпочках. Никакой такой уборки, собственно и не требовалось, но своеобразный шик трансатлантического лайнера обязывал — и услужающий в белом кительке выполнял, по сути, бесполезную работу, переставлял стулья на пару вершков, добиваясь какой-то ему одному ведомой симметрии, обмахивал метелочкой из птичьих перьев стеклянный абажур вычурной лампы на столике, проделывал еще что-то столь же ненужное...

Извлекши из кармана свой собственный ключ, Бестужев тихонечко запер дверь изнутри и, ступая нарочито громко, вошел в каюту. Стюард покосился на него с некоторым удивлением, но ничего не сказал — однажды они вот так уже сталкивались. Он отвернулся, увлеченный неправильной, по его мнению, складочкой на постели... и Бестужев явственно почувствовал в нем некую т р е в о г у, а там и перехватил брошенный украдкой взгляд, боязливый, совершенно неуместный при обычных обстоятельствах. И окончательно уверился в своих догадках.

Приблизившись на пару шагов, он произнес непререкаемым барским тоном, стоя с холодным и властным выражением лица:

— Откройте это, — и кивнул на громадный иллюминатор в начищенном бронзовом ободке с бронзовыми же затейливыми приспособлениями.

— Простите?

— Вы не поняли, любезный? — сощурился Бестужев с видом барона былых времен, привыкшего не то что пороть непокорную челядь, а и на воротах вешать. — Откройте окно.

— Это иллюминатор...

— Ах, вот как? — бросил Бестужев. — И этот факт что-нибудь меняет? По-моему, это должно открываться...

— Безусловно, сударь...

— Так откройте.

— Зачем? — с неподдельным удивлением вопросил стюард.

— Затем, что я так хочу. Это противоречит каким-то там правилам? Регламентам?

— Н-нет.

— Что же вы тогда стоите, любезный? — вопросил Бестужев вовсе уж ледяным тоном. — Или мне принести на вас жалобу? Немедленно откройте!

Теперь только стюард вспомнил о своей незавидной роли, вынуждавшей исполнять самые нелепые капризы обитателей этой части судна. Он подошел к иллюминатору и, недолго потоптавшись, принялся все же отворачивать один за другим бронзовые барашки, которых насчитывалось не менее дюжины. Бестужев наблюдал за ним, не испытывая особенной злобы. Справившись с последним, стюард приналег, и огромное круглое стекло в массивной раме чуточку отошло. Оглянулся. Бестужев энергичным жестом призвал не останавливаться на достигнутом. Совершенно смирившись с происходящим, стюард распахнул иллюминатор полностью. В каюту моментально ворвался прохладный морской ветерок, явственно повеяло дымом из пароходных труб.

— Э нет, — сказал Бестужев, бесцеремонным жестом попятив обратно собравшегося было отойти в глубь каюты стюарда. — Стойте там, где стоите, именно там ваше место в событиях, милейший, если вы еще не поняли...

Унылое равнодушие на ничем не примечательной физиономии стюарда мгновенно сменилось нешуточным испугом — Бестужев достал браунинг (который отныне твердо решил постоянно носить при себе, учитывая обстоятельства), поднял его на уровень глаз и демонстративно отвел затвор, загоняя патрон. Холодно усмехнулся:

— Вы ожидали чего-то другого, любезный? После того, что учинили?

Поморщился: перед ним стоял скучный мышонок, совершеннейшее человеческое ничтожество — но в Вене совсем недавно из-за такого вот убогого мозгляка погибли люди, которым он и в подметки не годился. Так что жалости не было — а ошибиться он не мог, потому что других объяснений попросту не имеется...

Присмотрелся: иссиня-черные волосы, крупный нос, чисто выбритые, но тем не менее казавшиеся небритыми щеки. Возможно, и француз, но очень уж напоминает итальянца, каких в Париже Бестужев повидал немало...

Лоб стюарда покрылся крупными бисеринками пота, лицо медленно бледнело. Бестужев молчал, нехорошо ухмыляясь, нагнетая напряжение. В конце концов его противник — если только столь почетное определение приложимо к столь жалкому созданию — не выдержал, жалко улыбнулся, спросил дрожащим голосом:

— Изволите шутить, сударь?

— Изволю оставаться серьезным, — отрезал Бестужев, прикрикнув грозно: — Стой, не дергайся! Дверь я запер, у тебя все равно не получится сбежать... Не бойся, уродец, стрелять я не буду — к чему такие крайности? Я просто-напросто дам тебе по голове и выкину в море. Никто и не определит, что ты выпал именно отсюда — ну кому сейчас на верхних палубах придет фантазия перевешиваться через борт и смотреть на волны? Сознание ты потеряешь еще здесь, вода чертовски холодная, как я слышал... Да и хватятся тебя очень не скоро. Подозреваю, я окажусь вне всяких подозрений... Не правда ли?

И он послал стюарду широкую улыбку, от которой тот откровенно застучал зубами. Слабо трепыхнулся, подумав, должно быть, о бегстве, но Бестужев загораживал ему дорогу с видом угрожающим и непреклонным.

— Сударь... — пролепетал стюард, обильно заливаясь потом. — Помилуйте, сударь, за что?

— А ты не догадываешься?

— Вы... Я... За что?

— Бездарный из тебя актер, — сказал Бестужев брезгливо. — Никакой убедительности, право же... Подумай хорошенько. Вспомни, кто тебе велел обыскать мои вещи и запомнить, где лежит паспорт, кому ты открыл дверь своим ключом за часок до рассвета, чтобы они могли незамеченными сюда войти... Память отшибло, или язык проглотил?

Стюард оказался легким пациентом, как любил выражаться по этому поводу пристав Мигуля. Ни капли невозмутимости, ни тени убедительности, невинность изображает столь наигранно, что веры ему нет ни малейшей, и никаких сомнений более не остается.

Как и следовало ожидать, он все же попытался держаться до конца:

— Сударь, вы, право, вбили себе в голову неизвестно что... Такие фантазии...

Не колеблясь, Бестужев упер ему дуло пистолета в скулу:

— А собственно, какая тебе разница, повредился я в уме от неумеренного пития, или абсолютно прав в подозрениях на твой счет? В любом случае лететь тебе головой вниз в холодную воду... Хватит! — рявкнул он тихонечко. — Я все знаю точно, поскольку твои... наниматели тебя же мне и выдали. Мы договорились, понятно? В таких делах никто не жалеет мелкой скотины вроде тебя... Я и так все знаю... кроме некоторых подробностей, которые мне необходимы. Ну? Нет у меня времени, мерзавец!

Стюарда трясло крупной дрожью. Он пытался пятиться, но, естественно, очень быстро уперся спиной в массивную раму иллюминатора, так что прохладный ветерок вмиг растрепал его безукоризненную набриолиненную прическу. Бестужев неумолимо продолжал:

— Осталось разве что считать до трех. Раз, два...

— Сударь! — возопил стюард, постукивая зубами. — Но ведь все обошлось благополучно, не правда ли?

— Для тебя это не играет никакой роли, — отрезал Бестужев. — До двух я уже досчитал, помнится? Остается...

— Подождите! Положение у меня было безвыходное...

— Как всегда в таких случаях, а? — хмыкнул Бестужев, видя, что добился своего. — Итак?

— Сударь, вам, наверное, не понять, что значит для нас землячество...

— Италия? — спросил Бестужев.

— О да, сударь, вы так проницательны... Калабрия... Изволите ли видеть, для нас считается прямо-таки делом чести помочь земляку на чужбине... К тому же... Вы, наверное, не знаете, но есть такие общества... тайные общества... только безумец может им отказать в услуге... Все так сплелось... Я столько лет добивался нынешнего положения, у меня семья, четверо детей…

— Считай, что я умилился, — отрезал Бестужев. — Ну? Как это все было?

— Я и сам видел, что господин из пятьсот семнадцатой каюты — итальянец, но мое положение не позволяло приставать к нему с расспросами, да и зачем? Он сам ко мне обратился, когда я убирал каюту... вошел неожиданно и спросил, слышал ли я о «О черном когте»... Как будто можно быть уроженцем Калабрии и не слышать... Эти господа занимаются большой политикой, но они еще и... в общем, добывают деньги р а з н ы м и путями... Для них переступить через труп все равно, что другим через порог, это страшные люди...

Это название ничего Бестужеву не говорило, но он никогда и не занимался вплотную итальянскими подпольщиками. Знал лишь ровно столько, сколько необходимо знать человеку его профессии, отправившемуся п о р а б о т а т ь в Европу: как и во многих других странах, итальянцы создали кучу тайных организаций, где политика и разбой порой переплетаются самым причудливым образом...

— Это страшный человек, он подробно обрисовал мне все печальные последствия, если...

— Вот это меня не интересует, — сказал Бестужев. — Опиши-ка мне его быстренько...

Он внимательно слушал, задав несколько уточняющих вопросов. Загадочный итальянец, насколько можно судить, ничуть не походил ни на Чарли, ни на Сида — по описанию, это несомненно был «синьор из общества», как выразился собеседник — а те двое чересчур простоваты, да и выглядят совершенно иначе. Так и остается непонятным, являются ли итальянец и Лоренс одним и тем же субъектом, или это два разных человека — Бестужев видел только холеные руки незваного гостя и слышал голос, а это немногим помогает в опознании...

— Представьте себе мое положение... — нудил стюард. — С одной стороны — нешуточная угроза для жизни, с другой — некоторая денежная сумма, для человека моего положения... Тот, второй, потом дал мне денег...

— Второй?

— Да, когда мы, так сказать, договорились... Этот синьор отвел меня в другую каюту, на этой же палубе... Там был другой господин, не такой страшный, скорее уж обаятельный...

— Он очень вежливый и обходительный, — сказал Бестужев утвердительно. — У него вкрадчивый, бархатный голос, сделавший бы честь миланскому оперному баритону... У него холеные руки, никогда не знавшие черной работы, и здесь, — он коснулся своего правого мизинца, — кольцо с большим брильянтом?

— О да... Прекрасный, настоящий камень... И голос, обходительность, тут вы в самую точку... Мне показалось, что он тут и есть самый главный... мой земляк относился к нему с несомненным почтением...

— Дальше.

— Я должен был перед рассветом провести на эту палубу двух господ с палубы Д, из каюты второго класса... Мне следовало тихонечко отпереть дверь своим ключом, подождать, пока все закончат беседу... Я так и сделал...

Еще и итальянец, подумал Бестужев. Следовательно, Лоренс не соврал — у них и в самом деле есть еще и четвертый, а может, и другие, помимо этих... Следует учесть... За Бестужевым наверняка таскается шпик, совершенно ему незнакомый, ничем не отличающийся по внешнему виду и манерам от прочих пассажиров первого класса. Наниматели Лоренса не жалеют денег, не стоят за расходами...

— Сударь, поймите мое положение...

— Довольно, — сказал Бестужев. — Закрой иллюминатор, скотина. Купание пока что отменяется. Но если ты пискнешь хоть слово этим... господам... Купаться все же придется. Либо я тебя отправлю вниз головой в воду, либо они. Ты ведь уже понял, что впутался в игры, где за борт отправляют не задумываясь?

— Пресвятая Дева, ну зачем это бедному человеку? Который не старается лезть в чужие дела, а хочет лишь тихо и незаметно зарабатывать на жизнь... У меня четверо детей, сударь, вы себе и не представляете, какие это расходы...

— Уж не собираешься ли ты, братец, и у м е н я выклянчить деньжонок? — с любопытством спросил Бестужев. — Похоже, так и обстоит, вон как у тебя на роже хитрость заиграла... Вынужден разочаровать: от м е н я ты денег не дождешься. Вопервых, я злопамятен, а во-вторых, я тебе только что подарил жизнь, а это ценнее всех сокровищ мира... Пшел вон! И держи язык за зубами, если не хочешь поплавать в холодном океане совершенно самостоятельно, без корабля... Брысь!

Когда стюард ни жив ни мертв улетучился из каюты, Бестужев в ней тоже не задержался — вышел, запер дверь и направился на шлюпочную палубу. Ведомый исключительно отвращением к безделью — у него пока что не оставалось другого выхода, кроме как кружить по всем помещениям и местам, где бывают пассажиры первого класса, в надежде, что чудо все-таки произойдет...

На глаза ему почти сразу же попался ряженый «полковник» с перезрелой английской мисс знатного рода, коварно умыкнутой из фамильного гнездышка. «Полковник» раскланялся с Бестужевым крайне доброжелательно, как со старым знакомым. Надо отдать прохвосту должное, он был по-настоящему импозантен и производил впечатление на несведущих — а вот его спутница, наоборот, являла собою смесь, казалось бы, несочетаемого — застенчивости и вызова, эти чувства сменяли друг друга с поразительной быстротой, и это было комично, невзирая на ситуацию, в коей Бестужев оказался. Ага, а вот и странный молодой человек, на кого-то похожий, он обретался поблизости, следуя за «полковником» и его дамой столь же неуклюже...

Бестужев рассеянно глядел вслед парочке — бедной даме, которую, пожалуй, следовало пожалеть, и прохвосту, никакого сожаления недостойному.

И тут его форменным образом о з а р и л о.

Пришедшая в голову идея была, по меркам Российской империи, столь беззастенчивой, наглой, побивающей все приличия, что в первый момент Бестужева в холод так и бросило, и он мысленно возопил себе самому: «Ну это уж чересчур!!!» Однако, чем более эта шальная идея у м а щ и в а л а с ь во взбудораженном мозгу...

Это даже не авантюра, это что-то не в пример более дерзкое, не имеющее аналогий в истории российского политического сыска — да, пожалуй что, и в долгой практике соответствующих к о н т о р других держав. Дерзость немыслимая, нетрудно представить, как отвисали бы челюсти у его непосредственного начальства, как вылезали бы из орбит глаза, как багровели бы физиономии в преддверии оглушительного рыка: «Вы что, с ума сошли, мальчишка? В смирительную рубашку! В отставку без пенсии! В Сибирь по Владимирке!»

Да, несомненно, многие из начальствующих особ именно так и отреагировали бы, попроси у них Бестужев согласия на столь дерзкую акцию. Но начальства здесь нет, и, если провести все тонко, оно и не узнает никогда, какими методами была достигнута победа. Не судят победителей, согласно пословице... Ну, или по крайней мере не копаются вдумчиво в деталях. На фоне несомненного триумфа детали уже кажутся ненужными, не о всех нужно упоминать в отчетах...

Чем больше он размышлял, тем сильнее укреплялся во мнении, что шансы у него есть, и нешуточные. Обострившийся от тоскливой безнадежности ум подсунул именно то, что могло увенчаться успехом. Это он и искал: ложь столь грандиозную и беззастенчивую, что она способна сойти за правду и в глазах весьма неглупых людей. С одной стороны — безумная авантюра, почерпнутая из романов Люди и Поль де Кока, а также сонмища их гораздо более бездарных подражателей. С другой же... Во всем этом, что ни говори, наличествовала жизненная правда. Другого выхода все равно нет...

Он более не колебался.

Глава шестая

ПОСЛАНЕЦ ИМПЕРАТОРА

Не позже чем через четверть часа Бестужев самым энергичным шагом двигался к ходовому мостику, запретному для пассажиров независимо от положения на судне. Он запретил себе раздумывать, колебаться, взвешивать вся «за» и «против» — чтобы не потерять должный к у р а ж.

Как и следовало ожидать, наперерез ему выдвинулся матрос в безукоризненной форменке, заступил дорогу, вежливо, но непреклонно протарахтел что-то на английском наречии. Бестужев, не замедляя уверенного шага, ухом не поведя, глазом не моргнув, небрежно отстранил его с пути с видом особы королевской крови, законно считающей себя вправе пребывать, где только вздумается. Направился к первой попавшейся двери — нельзя было терять кураж, никак нельзя... Сейчас он нисколько не маскировался под штатского, наоборот, без труда заставил тело вспомнить п р е ж н е е и двигался чеканным офицерским шагом, твердой поступью, одной рукой словно бы придерживая саблю у бедра, а другой отмахивая, не парадный отбивал, конечно, это было бы нелепо и смешно, однако было в его фигуре нечто такое, отчего матрос стушевался, дорогу заступить более не пробовал, тащился следом, ворча что-то, возмущенно-унылое...

Дверь распахнулась, и навстречу вышел несомненный судовой офицер: фуражка с белым верхом, эмблемой и золочеными листьями на козырьке, золотые полоски на рукавах черной тужурки, сверкающие пуговицы... Уверенности в нем имелось гораздо больше: пусть и определив беглым взглядом, что имеет дело с человеком из общества, а значит, обитателем привилегированной палубы, он тем не менее словно бы небрежно оказался на пути так, что обойти его не было никакой возможности. Вежливо, твердо произнес фразу на английском.

— Простите, сэр, не понимаю, — остановившись, ответил Бестужев по-французски.

Моряк без тени замешательства перешел на приличный французский:

— Тысяча извинений, сударь, но согласно строгим морским регламентам пассажирам запрещено здесь находиться. Думаю, вам будет лучше...

Бестужев бесцеремонно перебил:

— Тысяча извинений, месье, но у меня неотложное дело к капитану. Волей-неволей приходится идти на нарушение регламентов...

Матрос торчал за его спиной, шумно сопя. «Ничего, — подумал Бестужев, — тут все-таки цивилизованная Европа, за шиворот не сгребут и в тычки не выпроводят...»

Офицер после секундного раздумья произнес:

— Быть может, вы будете так любезны изложить ваше дело мне? Я передам капитану и сообщу вам о...

Бестужев вновь его прервал, столь же напористо:

— Простите, но ваше служебное положение, молодой человек (офицер был немногим старше Бестужева), как это ни прискорбно, пока что не позволяет вам быть посвященным в т а к и е секреты... Я должен говорить с капитаном.

Офицер смотрел на него пытливо, с явственным колебанием. Уверенный тон и напористость — великое дело... Бестужев стоял с гордым, осанистым, п р е в о с х о д и т е л ь н ы м видом, ему не раз приходилось наблюдать, как иные особенно спесивые генералы взирают на мелочь пузатую вроде армейских поручиков из захолустных гарнизонов. Примерно такое выражение лица он и копировал старательно.

С ноткой неуверенности (и словно бы смешинкой в глазах, определенно!) офицер спросил:

— Надеюсь, ваше дело не касается мистических пророчеств о судьбе нашего судна?

Ирония, точно, угадывалась. Бестужев крепко выругался про себя: походило на то, что баварский профессор из университета с непроизносимым названием оказался настырным и успел здесь побывать, иначе такую реплику не объяснить...

Он поднял брови и прибавил высокомерия в голосе:

— Простите? Меня в данный момент не интересуют ни мистика, ни ваше судно. У меня д р у г и е заботы. Немедленно передайте капитану, что с ним по неотложному политическому делу хочет побеседовать майор российской императорской гвардии.

И офицер д р о г н у л! Вновь окинув Бестужева пытливым взглядом, он сделал такое движение, словно собирался пожать плечами, но в последний миг воспитанность удержала его от столь вульгарного жеста.

— Соблаговолите подождать немного, месье, — сказал он и скрылся за дверью.

Вернувшись довольно быстро, он произнес нейтральным тоном.

— Капитан вас просит.

И вежливо распахнул перед Бестужевым высокую дверь. Однако Бестужев заметил краем глаза, что офицер послал матросу выразительный взгляд, и тот остался на месте в недвусмысленной позе легавой собаки, готовой заняться дичью. Вполне возможно, что визит сюда профессора оказался достаточно бурным и заставил принять меры предосторожности...

Скудные познания Бестужева в морском деле не позволили ему сделать вывод о точном названии помещения с тремя столами, где были аккуратно расстелены карты — да в этом и не было смысла. Он вошел, остановился у стола, из-за которого навстречу ему поднялся плотный широкоплечий человек с совершенно седыми волосами и бородой, лихо щелкнул каблуками и поклонился коротким офицерским поклоном:

— Позвольте представиться: Бестужев, майор российской императорской гвардии...

— Капитан Эдвард Смит, — слегка поклонившись, приятным голосом произнес моряк. — Садитесь, прошу вас.

Бестужев уселся, честно и открыто глядя на первого после Бога человека на судне. Несмотря на тихий благожелательный голос и благообразную внешность, этот импозантный старик, вне всякого сомнения, мог при необходимости рявкнуть так, что у любого разгильдяя затряслись бы поджилки. Морские капитаны, насколько можно судить, ничуть не похожи на прекраснодушных, вялых душою интеллигентов. Бестужев припомнил все, что читал о капитане «Титаника» в шербурских газетах: самый высокооплачиваемый капитан британского торгового флота, тактичен, обладает нешуточным чувством юмора, тридцать два года служит в компании, у всех команд, над которыми начальствовал, пользовался любовью, уважением и доверием... Это плавание — его последний рейс, как писали — своего рода триумфальный уход с подмостков в роли капитана самого большого пассажирского судна в мире... Не повышая голоса и не выходя из себя, умеет поддерживать железную дисциплину...

С одной стороны — крепкий, справный мужик, пользуясь российскими простонародными словечками. С другой же... Громадный жизненный и профессиональный опыт такого вот морского волка несколько односторонний, вот ведь что, на море ему нет равных, а вот в сухопутных делах, сложностях и интригах он такой же профан, как Бестужев в морском деле...

Капитан мастерски изобразил на лице вежливое внимание:

— Итак, сударь?

— Мое дело нельзя изложить в двух словах, — сказал Бестужев. — Так что заранее прошу прощения за многословие...

— Я вас слушаю, — бровью не поведя, откликнулся осанистый морской волк.

«Господи, помоги! — мысленно воззвал Бестужев. — Не для себя стараюсь, для дела!»

Сохраняя на лице прежнюю невозмутимость, он заговорил:

— Я — офицер российской императорской гвардии и в настоящий момент выполняю личное, деликатное поручение его величества. Нет необходимости напоминать такому джентльмену, как вы, о необходимости сохранять совершеннейшую тайну... Моя миссия хранится в полном секрете...

С великолепно скрытой иронией капитан Смит осведомился:

— Что, на моем корабле...

— Обстоятельства сложились так, что именно ваш корабль и стал ареной... — сказал Бестужев. — Дело в следующем: сын одного из великих князей (он, не мудрствуя лукаво, перевел «великого князя» как «наследного принца») связался с откровенной авантюристкой самого низкого происхождения. Потерял голову настолько, что намеревается сочетаться с ней законным браком в Америке.

— Почему именно в Америке? — невозмутимо спросил капитан.

Ответ у Бестужева был заготовлен заранее:

— Вы, должно быть, слышали, что наша церковь отличается некоторой независимостью от подобных ей европейских? Впрочем, насколько мне известно, точно так же обстоит и с вашей, британской, англиканской церковью...

— Да, я слышал, — кратко ответствовал капитан с непроницаемым лицом.

Бестужев продолжал г л а д к о:

— Молодые люди, как вы понимаете, покинули нашу страну в крайней спешке и под большим секретом. Они очень, очень спешили оказаться побыстрее от родины, прекрасно понимали, что о случившемся очень скоро уведомят императора, и за беглецами будут отправлены... соответствующие посланцы. И в Германии, и во Франции им просто некогда было искать н а ш е г о священника, и уж тем более его нет у вас на корабле... У вас ведь нет православного священника, верно?

— Верно, — ответил капитан, невозмутимый, как скала.

— В Америке у них будет возможность остановиться и перевести дух. Там немало русских... и не так уж трудно отыскать священника. Нет никаких законных препятствий этому браку... но представьте себе последствия! Молодой человек имеет безусловное право на престол... пусть даже находясь в числе более чем дюжины особ такого же ранга. Однако, вступив в брак с особой… оставим этикет и назовем ее попросту простолюдинкой! Вступив в подобный брак, юноша эти права теряет, окончательно и бесповоротно. Думаю, вы представляете реакцию его семейства... В Британии, насколько мне известно, подобные коллизии тоже случались, и не обязательно с особами королевской крови, уж вы-то, подданный его величества короля Великобритании — кстати, близкого родственника нашего императора — должны понимать щекотливость ситуации. Республиканцы наподобие французов вряд ли способны осознать в должной мере нешуточный трагизм обстановки, но мы с вами, подданные старых монархий...

— Да, — сказал капитан. — Ситуация не из приятных.

— Разумеется, наши... не стремящиеся к широкой известности учреждения предприняли соответствующие меры. Не ограничиваясь этим, его величество отправил в Европу особо доверенных гвардейских офицеров. Мне повезло больше других, я нашел парочку в Шербуре, но они успели сесть на «Титаник». Пришлось броситься следом...

Он замолчал, откинулся на стуле, изображая некоторую нервозность — впрочем, особо лицедействовать и не пришлось, он и в самом деле нервничал не на шутку...

— Ну вот, теперь вы все знаете... — проговорил Бестужев, тяжко вздохнув на манер сценического привидения.

Как он и ожидал, после умышленно затянутой им самим паузы последовал вопрос, заданный тем же бесстрастным тоном:

— И какого же содействия вы от меня ожидаете... господин майор?

— Я переоценил свои силы, — ответил Бестужев, не медля. — Действуя в одиночку, отыскать беглецов здесь, на корабле, попросту невозможно. У меня есть кое-какие сведения о личности и биографии этой девицы, я думаю, они произвели бы должное воздействие на неосмотрительного молодого человека и позволили бы ему осознать, что он угодил в лапы беззастенчивой авантюристки с весьма небезупречным прошлым... Но как мне их отыскать? В особенности если они, есть сильные подозрения, практически не покидают каюту? Без помощи судового персонала мне их не найти, а время летит, его осталось совсем немного... В Америке они с легкостью могут от меня скрыться... и произойдет непоправимое. Император, отправляя нас с этим поручением, выразил надежду, что мы оправдаем высочайшее доверие... Если… Мне, как гвардейскому офицеру, останется лишь пустить себе пулю в висок... Мне необходимо ваше содействие, капитан. Теперь вы все знаете.

Он замолчал, исподтишка наблюдая за бесстрастным лицом собеседника. В конце концов, придуманная им история не несла в себе ничего необычного. Не единожды во многих королевских домах Европы приключались подобные коллизии, и не так уж давно, достаточно вспомнить хотя бы загадочную смерть наследника австро-венгерского трона в замке Майерлинг...

Поймав внимательный взгляд капитана, он понурился, произнес с убитым видом:

— История, разумеется, из ряда вон выходящая, однако, в сущности, не столь уж и оригинальная...

— Да, пожалуй, — кивнул капитан. — Случалось подобное, и у нас в Британии, и на континенте... Порой мне по своему положению приходится выслушивать истории гораздо более удивительные. Не далее как вчера ко мне обратился крайне эксцентричный господин, представился германским профессором университета и настоятельно требовал, чтобы мы отыскали в трюме среди грузов некую древнеегипетскую мумию и немедленно выбросили ее в море, поскольку она, каким-то мистическим образом, изволите ли видеть, сулит «Титанику» гибель... Не знаю вашего отношения к мистике, но мое скорее скептическое... к тому же я не могу поступать подобным образом с законно перевозимым грузом независимо от его характера... Ваша история выглядит гораздо более житейской, если можно так выразиться...

И он замолчал, поглядывая выжидательно, бесстрастно.

— Вы хотите сказать, что не можете верить мне на слово? — спросил Бестужев напрямую.

Капитан ничего не сказал — он только чуть приподнял брови и мимолетно воздел глаза к потолку, ухитрившись выразить этим довольно сложную гамму чувств, вполне понятных человеку, находящемуся в здравом рассудке. Действительно, у английских джентльменов принято верить людям благородным на слово, но далеко не всегда, не везде, не во всем...

Однако Бестужев нимало не стушевался.

— Ну, разумеется, капитан, — сказал он рассудительно. — На вашем месте я тоже не верил бы на слово незнакомцу в столь важном и щекотливом деле... Но я и не собираюсь убедить вас верить мне на слово, наоборот... По вполне понятным причинам я не могу отправить телеграмму и написать обо всем открыто, тайна должна быть глубочайшей. Здесь-то мне и понадобится ваше содействие...

Он вынул из кармана листок, аккуратно развернул его и положил перед капитаном. Тот бросил на него беглый взгляд:

— По-моему, это какой-то шифр...

— Разумеется, — сказал Бестужев. — Депеша, конечно же, зашифрована. Судовой радиотелеграфист от *меня* ее не примет, но вы — другое дело...

— Видите ли...

— Позвольте, я закончу? — сказал Бестужев. — Я вовсе не прошу у вас адресовать депешу непосредственно в Петербург. Отправьте ее в Лондон, в ваше Министерство иностранных дел. Сообщите им, что к вам обратился за содействием русский офицер, выполняющий крайне деликатную миссию... разумеется, не упоминая подробностей. Сообщите обо мне, приведите мою фамилию... вот здесь значится фамилия человека в нашем посольстве, который незамедлительно даст надлежащие разъяснения вашим дипломатам и подтвердит, что ко мне нужно относиться с должной серьезностью и доверием... Как видите, я не ограничиваюсь словами, я предоставляю окончательное решение даже не вам, а вашим дипломатам... Все это, смею думать, достаточно убедительно...

— Пожалуй, — сказал капитан. Поднял на Бестужева глаза. — Надеюсь, вы в полной мере осознаете, что ведете крайне серьезную игру? Способную привести к весьма печальным последствиям...

— Для самозванца, мошенника, авантюриста, — подхватил Бестужев. — Давайте называть вещи своими именами, капитан... Да, я прекрасно отдаю себе отчет, чем чреваты подобные игры для *аферистов*... но я действительно гвардейский офицер, и история, с которой я вас познакомил, увы, не вымышлена... У меня просто не оказалось другого выхода, а времени остается совсем немного. Я надеюсь...

— Я даю вам слово, что депеша в Лондон будет отправлена незамедлительно, — сказал капитан.

В глазах у него явственно читалось: «В конце-то концов, никуда ты в случае чего с корабля не денешься, голубчик… За борт ведь не прыгнешь, вплавь не улепетнешь...»

Но Бестужева т а к и е взгляды уже нисколечко не волновали — главное было сделано...

...Оказавшись на палубе, он встал у борта и долго, бездумно смотрел на морскую гладь, бесконечную рябь до горизонта.

Изъянов в своем плане он пока что не видел. Если отрешиться от совершенно ненужных сейчас угрызений совести касаемо беззастенчивой авантюры — имеются все шансы на успех. В депеше он, разумеется, и словечком не упомянул, к а к у ю штуку удумал, просто-напросто сообщал кратенько, что не в состоянии за оставшееся время самостоятельно выследить пребывающего на борту инженера, а потому вынужден обратиться за содействием к капитану, «преподнеся ему убедительную выдумку» — в связи с чем просит хорошенько надавить на британцев, чтобы не волокитили с инструкциями капитану. Человек в лондонском посольстве, коего он назвал капитану, действительно существует — и основную часть времени посвящает заботам, далеким от ч и с т о й дипломатии. Как и подобные ему сотрудники в доброй полудюжине российских посольств, он прекрасно осведомлен на всякий случай, что обязан при необходимости оказать любое содействие обратившимся к нему персонам наподобие Бестужева. Учитывая специфику дела, в Петербурге предпочитали скорее уж пересолить, нежели недосолить...

Министерство иностранных дел любой державы — учреждение серьезное и ответственное. Да и капитан Смит — персона, достойная доверия. Рано или поздно британцы (разумеется, сначала попробовав самостоятельно расшифровать депешу, что у них вряд ли получится), передадут ее в посольство, господину Мачульскому, а уж тот медлить не будет ни секунды, и с Петербургом свяжется молниеносно — а уж там тоже промедления не будет ни малейшего... Ну, а потом, если все удачно завершится... Капитан Смит не из болтливых, а мемуаров, как правило, подобные ему морские волки не пишут. Вряд ли он, уйдя на заслуженный отдых, станет распространяться обо всей этой истории, и наверняка судьба его никогда не сведет с некоторыми персонами из российского Генерального штаба или Особого отдела департамента полиции. Чересчур уж феерические стечения обстоятельств потребовались бы... Ни одна живая душа не узнает, что Бестужев, осатанев от безнадежности, сочинил историю, за которую, получи она огласку, мог бы и пулей вылететь в отставку без пенсии и без мундира... Обойдется. Главное — выполнить полученный приказ, возможно, и не во всем были неправы господа иезуиты с их знаменитой поговоркой касаемо целей и средств...

Да, ручаться можно, т а к о й штуки еще никто в Охранном отделении не откалывал за все время его существования. Ну, а что прикажете делать, если не было иного выхода?

Правда, придется изрядно поломать голову, чтобы придумать для начальства ту самую «преподнесенную капитану убедительную выдумку» — но это уже дело десятое и особых трудностей не сулит, еще будет время, несколько дней придется провести в море, пересекая Атлантику в обратном направлении, а потом еще ехать поездом чуть ли не через всю Европу. В таких условиях можно сочинить не просто убедительное объяснение, а целый авантюрный роман немаленького объема...

Одно-единственное обстоятельство способно загубить весь план — п р о м е д л е н и е. Если чертовы англичане заволокитят дело (бюрократия — бич не одной лишь Российской империи) если должные инструкции капитану все же последуют, но безнадежно опоздают... Менее чем через сутки к нему п р и л и п н е т этот заокеанский краснобай и прохвост, адвокат Лоренс со всей своей честной компанией, и компания эта, без сомнений, может оказаться понастоящему опасна, ибо в средствах стесняться не привыкла. Нужно, пожалуй что, придумать и план действий на случай, если британская бюрократическая машина так и не успеет сработать...

— Джонни, мальчик мой, вот вы где!

Бестужев встрепенулся, поднял голову. К нему приближалась леди Холдершот в сопровождении своей всегдашней свиты — Бедная Родственница и Господин Маг. Вот только им на сей раз сопутствовала другая пара, самозваный «полковник» по-прежнему неизвестного для Бестужева происхождения и обольщенная им перезревшая провинциальная дева. Причем совершенно ясно становилось, что они, пользуясь морскими терминами, уже пребывают в составе эскадры, возглавляемой линейным крейсером «Миледи Холдершот», что было для Бестужева чуточку неожиданно.

— У вас был чрезвычайно задумчивый и серьезный вид...

— Задумался о делах, — сказал Бестужев чистую правду.

На некотором отдалении он увидел персону, которую и ожидал — странный юнец, неумелый преследователь. Потоптавшись, он отпрянул к борту и крайне неуклюже притворился, будто с превеликим интересом рассматривает зачехленную спасательную шлюпку, словно это некое неведомое чудо морское.

— Отрешитесь от них хотя бы на время плавания, — приказным тоном распорядилась миледи. — Познакомьтесь: полковник Капсков из России...

— Мы, собственно, уже знакомы с господином Фихте, — сообщил мнимый гвардионец, улыбаясь самым доброжелательным образом.

— Вот и прекрасно. Господин Фихте — мисс Роуз Кавердейл, невеста господина полковника.

«Интересно, — подумал Бестужев, склоняясь к ручке означенной мисс. — Миледи не проявляет особого расположения к военным, о „полковнике" отзывалась скорее насмешливо — следовательно, он сам ухитрился ей навязать свое общество, на что подобные субъекты большие мастера. Ну что же, обычные привычки этаких вот мошенников, стремящихся обрасти немаленьким числом великосветских знакомых...»

— Пойдемте, Джонни, — решительно сказала миледи. — Мы все готовы, искали только вас. Вы ведь проявили самый горячий интерес…

— К чему?

— Вот так-так! — воскликнула леди Холдершот. — Вы что, уже забыли? Господин Тинглапалассар считает, что сегодня идеальный день для общения с духами великих.

— Ах да, я и запамятовал... — покаянно сказал Бестужев. — Пойдемте, конечно, это должно быть очень интересно и познавательно...

Он готов был сейчас заниматься и не такой чепухой, лишь бы не проводить наедине с собой долгие часы тревожного ожидания.

Глава седьмая
ЕГО КОРСИКАНСКОЕ ВЕЛИЧЕСТВО

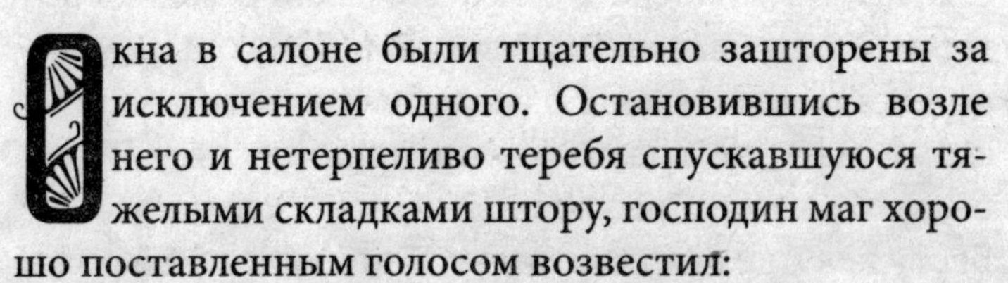

Окна в салоне были тщательно зашторены за исключением одного. Остановившись возле него и нетерпеливо теребя спускавшуюся тяжелыми складками штору, господин маг хорошо поставленным голосом возвестил:

— Прошу вас, садитесь, дамы и господа. Рекомендую заранее изгнать все посторонние мысли, особенно скептические — как показала многолетняя практика, скепсис и легкомыслие отрицательно влияют на отзывчивость гостей. Наши гости — порождение крайне тонкого духовного плана, они весьма чувствительны к отрицательным эманациям мысли...

«Два мошенника в столь невеликом помещении — это уже чересчур, — подумал Бестужев, усаживаясь по левую руку от миледи. Даже не скажешь сразу, который из них хуже — брачный аферист или теософический шарлатан, обоих хотелось поручить душевной опеке даже не пристава Мигули, а простого сельского урядника, отроду не читавшего книг вообще, зато, как показывает житейский опыт, сохранившего нешуточное здравомыслие...»

Они расселись за круглым столом, покрытым свисавшей до самого пола бархатной скатертью, чрезвычайно удобной для оккультиста-мошенника, навострившегося выстукивать собственным каблуком «послания из мира духов» — Бестужев порой читывал в газетах повествования о спиритических сеансах, в том числе и о тех, что заканчивались позорным разоблачением медиумов. Насколько можно догадаться, з д е с ь подобная участь ассирийскому магу не грозит — по причине отсутствия настроившихся на разоблачения скептиков. Не Бестужеву же выступать в этой донкихотской роли, что бы он ни думал об этаких вот магах...

Леди Холдершот привычно, судя по жесту, водрузила на стол ладони с растопыренными пальцами — и ее призреваемая родственница повторила это с большой сноровкой. Прочие, как и Бестужев, замешкались.

— Делайте, как мы, — энергично командовала леди Холдершот. — Коснитесь мизинцем моего, Джонни. Да, именно так... Постарайтесь, чтобы наши пальцы постоянно соприкасались, иначе цепь разорвется... Да, именно так, господин полковник... Не размыкайте пальцев, астральную связь крайне легко прервать, но чрезвычайно трудно бывает восстановить... Итак?

Маг приблизился мягкой кошачьей поступью, всмотрелся:

— Прекрасно... Дамы и господа, прошу вас, выслушайте внимательно... Как справедливо заметила миледи, астральную связь крайне легко прервать, но чрезвычайно трудно восстановить, и поэтому приложите все старания, чтобы случайно не разомкнуть цепь... Воздержитесь от каких-либо замечаний на посторонние темы, абсолютно — это тоже способно прервать *связь* даже бесповоротнее, нежели нарушение цепи... Если пожелаете задать вопрос, произносите его внятно, но негромко, со всей учтивостью — невозможно предсказать заранее, кто именно решит нас навестить, это могут оказаться крайне уважаемые при жизни персоны, вплоть до титулованных... Неучтивость оскорбляет духов и побуждает их держаться подальше...

Он зажег высокую толстую свечу в вычурном массивном подсвечнике, прошел к окну и задернул последнюю штору. В салоне воцарился полумрак, лица, озаряемые зыбким пламенем свечи, показались Бестужеву новыми, незнакомыми, понемногу в помещении стал распространяться диковинный запах, пряный, резковатый — вероятнее всего, свеча была собственным магическим атрибутом ассирийского прохвоста, прихваченным в дальнюю дорогу, вряд ли на роскошном пароходе забота о пассажирах доходила до того, чтобы держать для их нужд запас оккультных принадлежностей...

Маг подсел к столу, но не проявил ни малейших поползновений включить свои руки в пресловутую «цепь». Он выложил на свободное место загадочный предмет — массивную доску из темного дерева, где располагались по кругу искусно выточенные из слоновой кости буквы. Они шли друг за другом не по алфавиту, а хаотично, и Бестужев, скосив глаза, не смог определить с ходу, английский это алфавит или французский. Не немецкий, уж точно — не видно тех букв, что стоят в немецком наособицу и в других европейских алфавитах не встречаются...

— Сосредоточьтесь, дамы и господа...

Вслед за тем обосновавшийся в двадцатом столетии древний ассириец осторожно, словно имел дело с тончайшим стеклом не толще мыльного пузыря, положил в центр буквенного круга треугольник из того же темного дерева, украшенный странным замысловатым знаком из слоновой кости. Теософическое образование Бестужева, смело можно сказать, делало первые робкие шаги, и он не смог определить, что это за иероглиф.

Маг заговорил негромким, бархатным голосом, безусловно исполненным просительных интонаций:

— Не соблаговолит ли кто-то из незримо веющих вокруг вступить в беседу с искренними адептами, исполненными веры в потустороннее?

Какое-то время ровным счетом ничего не происходило. Потом треугольник дрогнул под пребывавшими вроде бы в неподвижности пальцами мага, нацелился острым углом на одну из букв, тут же переместился к другой, к третьей, а там принялся вертеться, словно сошедшая с ума секундная стрелка часов. Поначалу Бестужев приглядывался с искренним интересом, но быстро понял, что не в состоянии сообразить, какое же слово получается из удостоенных внимания треугольника букв — вряд ли и остальные были в состоянии это сделать. Что, конечно же, скептически подумал Бестужев, предоставляет господину магу самые широкие возможности для интерпретации. Нужно признать, искусная работа — полное впечатление, что длинные, нервные пальцы мага тут ни при чем, и треугольник вращается именно что благодаря тем самым спиритическим вибрациям. Ну что же, иные пароходные шулера на Волге способны откалывать фокусы и почище...

Маг возвестил, будто бы даже растерявшись от собственного успеха:

— Дамы и господа, нас удостоила общения фаворитка императрицы Марии Антуанетты принцесса де Ламбаль! Ее высочество, насколько я могу судить, настроены благосклонно и готовы говорить...

«Жаль, что в истории я не продвинулся дальше гимназического курса, — подумал Бестужев. — Будь я каким-нибудь приват-доцентом, наверняка знал бы позабытые всеми остальными подробности из жизни бедной принцессы, ставшей жертвой революционной черни. И непременно задал бы вопросы, на этом знании основанные — чтобы корректно и непреклонно посадить мага в галошу...»

Маг заговорил — д р у г и м, чужим голосом, гораздо более похожим на приятное женское контральто:

— В достижении успеха кроются и печали, дорогие мои... Я вижу среди вас офицера, он отмечен наградами и удостоится не раз новых... но далеко не все они принесут радость, как и чины...

Несмотря на полумрак, нарушавшийся лишь тусклым сиянием ароматической свечи, Бестужев видел, как на самодовольной усатой физиономии самозваного «полковника» промелькнуло искреннее удивление, с которым он на миг не смог совладать. Ну, разумеется, никаким офицером он не был и наград наверняка не имел отроду, если не считать таковыми судейские вердикты. А Бестужева он, как и остальные, искренне полагал насквозь цивильным экземпляром... Но позвольте... Ведь именно к Б е с т у ж е в у произнесенное относилось в полной мере! Не все из его наград принесли радость, да и чины... Не мог же маг каким-то чудом узнать его подлинную сущность, биографию, прошлое? Решительно невозможно! Следовательно, какое-то дикое совпадение, нельзя же верить всерьез...

«Полковник» нарушил тишину — как и предписывалось в начале, тихим, откровенно удивленным голосом:

— Как же награды могут приносить вовсе не радость, а...

У Бестужева осталось полное впечатление, что в двух шагах от него раздался серебристый женский смешок. И вновь женский голос из уст мага:

— Вы скорее все узнаете, бравый господин... До встречи...

Треугольник замер.

— Принцесса нас покинула, — сказал маг своим обычным голосом. — Такое случается часто, духи порой не расположены к долгой беседе... Давайте сосредоточимся, дамы и господа, я чую явственно исходящее от кого-то из вас недоверие и убедительно прошу его отринуть... Не воздвигайте преграду на пути дружественно настроенных собеседников...

Едва слышное скрипение — это треугольник вновь ожил, он, выражаясь морским языком, то дергался вправо-влево на пару-тройку румбов, то вращался, замирая, целя острием на очередную букву...

Маг возгласил ликующе:

— Дамы и господа, нас удостоил общением великий Наполеон Бонапарт!

«Сеанс у нас получается с этаким французским прононсом» — подумал Бестужев, настраивая себя на самый легкомысленный лад, чтобы отрешиться от серьезных раздумий насчет произнесенной певучим женским голосом реплики, имевшей к нему самое прямое отношение. Взаправду нет и не может быть таких вещей, это все шарлатанство, чревовещательство вкупе с шулерской ловкостью пальцев, беспардонный обман...

Маг заговорил мужским голосом, но опять-таки ч у ж и м, он бросал короткие, рубленые фразы, чуть коверкая французский на незнакомый манер, слова звучали высокомерно, насмешливо:

— Многое может измениться, но не тяга к роскоши. Мало просто путешествовать с удобствами. Нужно еще непременно потащить и в море дворцовую роскошь. Как будто это помогало в тяжелый миг. В пустыне золото бесполезно, вы не купите ни глотка воды, ни кусочка хлеба...

— Но, простите, сир... — буквально пролепетала леди Холдершот с несвойственной ей робостью. — Так уж принято... Так устроен мир...

— Вот именно, — насмешливо отчеканил высокомерный голос. — Мир устроен, как устроен — небо и черная вода... Вам еще не холодно, дорогие? В самом деле, не холодно?

Короткий смешок — словно сухую палочку переломили с хрустом. Своим обычным голосом маг с величайшим пиететом вопросил:

— Сир, не ответите ли на вопросы собравшихся здесь?

Снова неприятный смешок:

— А почему бы и нет? Вы меня развлекаете. Вы так напыщенны и уверены в себе... Что вас интересует? Сдается мне, кое-кому хотелось бы знать, получит он или нет крест Почетного легиона...

«Да что же это такое? — в растерянности подумал Бестужев. — Снова обо мне? Я вовсе не жажду этой французской регалии, но раз или два с некоторым интересом и в самом деле думал, еще на суше: чем все кончится в случае успеха? Расщедрятся ли наши французские союзнички на обещанные за поимку Гравашоля кресты зеленой эмали?»

Маг осторожно заметил:

— Мы не вполне понимаем вас, сир... Речь, надо полагать, идет о господине полковнике?

Послышался короткий, лающий смех:

— Думайте, милейший, как вам угодно, я ничего не навязываю. Честно сказать, меня не интересуют полковники. Слишком много их я создал и слишком много лишил чинов...

— Буду ли я счастлива? — послышался тихий женский голос, не уверенный, звеневший от напряжения.

Бестужев даже не сразу и понял, что этот голос принадлежал Затворнице. Покосился направо, добросовестно стараясь не отнимать пальца от мизинцев соседей справа и слева. Провинциальная перезревшая дева подалась вперед, ее рот приоткрылся, на лице читались робость и надежда.

Короткий хохоток:

— Ну, разумеется, милочка! Человек, познавший истину, может с полным на то правом именовать себя счастливцем, ха-ха...

Воцарилось тягостное молчание. Должно быть, у каждого имелись вопросы к неистовому корсиканцу, но, как сплошь и рядом случается в подобной ситуации, все вылетело из головы...

Бестужев не сразу и понял, что это он сам говорил:

— Ваше величество... Будет ли в ближайшем времени большая европейская война? Наподобие ваших... кампаний?

— Успокойтесь, — ответил насмешливый голос. — От подобного Европа будет избавлена еще лет сто. Чтобы повторить мои кампании, нужна и личность должного полета. А с таковыми в нынешней Европе, простите великодушно, бедновато... Или я не прав?

Бестужев готов был признать правоту своего собеседника — все равно, о подлинном духе императора идет речь, или мастерских усилиях опытного чревовещателя. Для большой европейской войны, втянувшей бы в свой разрушительный круговорот все или большинство европейских стран, необходима и личность полета Бонапарта — злой гений, исполненный решимости играть государствами, как пешками, приводить в движение огромные армии. Меж тем, если присмотреться вдумчиво, среди европейских монархов и государственных деятелей что-то не усматривается такой персоны. Кайзер Вильгельм вроде бы не прочь примерить на себя серый походный сюртук «маленького капрала» — но вряд ли и под силу в одиночку погрузить Европу в грохот настоящей большой войны, по размаху не уступающей наполеоновским...

— А вот скажите... — неуверенно начал вдруг «полковник». — Это правда, то, что говорят насчет монеты, в которой таится чек на пять миллионов франков?

Раздался трескучий хохот:

— Беда с этими бакалейщиками... И мысли у них куцые...

— Но, ваше величество... — вмешалась, правда, с должным почтением, воспитанница леди Холдершот. — Это и в самом деле очень интересно, мы еще в школе спорили, была ли такая монета, или все сочинили...

— Вы всерьез полагаете, милая девушка, что вам имеет смысл над этим думать? — отозвался насмешливый голос, выговаривавший французские слова с тем же своеобразным акцентом. — Какая глупость, право!

— А о чем же думать? — тихо произнесла девушка.

— Лодки, моя крошка, лодки! — послышался ответ. — Иногда ценней всего не золото, а лодки. Которых невозможно обрести за все золото мира. Все же нынче с вами ужасно скучно...

Послышался скрежет, треск — Бестужев успел заметить, что деревянный треугольник словно бы собственной волей взвился в воздух, вылетел из круга отливавших матовой белизной букв, чиркнул по столу, едва слышно, полетел на пол и успокоился где-то там, глухо стукнув. Пламя свечи отчаянно колыхнулось и погасло. Все оказались в совершеннейшем мраке — но Бестужев отчего-то продолжал прижимать мизинцы к пальцам соседей, да и они не шелохнулись.

Неизвестно, сколько продолжалось всеобщее оцепенение. Наконец раздался голос мага:

— Боюсь, дамы и господа, это все на сегодня. Нам недвусмысленно дали понять, что разговор прерван, и бессмысленно пытаться его продолжать... Что ж, так нередко случается...

Слышно было, как он отодвигает кресло, встает, направляется к окну и шумно раздвигает тяжелые портьеры. В салон хлынул дневной свет, тогда только люди зашевелились, убрали руки со стола, еще какое-то время сидели в совершеннейшем молчании.

— Ну что же, Джонни? — спросила леди Холдершот. — Надеюсь, вы прониклись?

— Все как-то слишком быстро кончилось... — сказал Бестужев.

— Считайте, что вам повезло. Порой можно провести за столом гораздо больше времени, но так и не удостоиться хотя бы словечка с той стороны.

— О да… — поддакнула воспитанница. — Как в тот вечер у кузины Рейчел...

— Его величество, такое впечатление, был не в духе, — натянуто улыбаясь, сказал «полковник».

— Что поделать, — совершенно обыденно, словно речь шла о некоем реальном знакомом, сказала миледи. — Император никогда не отличался кротким нравом, я помню случай, когда он сыпал одними проклятьями, так и не сказав хоть одной осмысленной фразы, а сегодня по крайней мере мы удостоились самой настоящей беседы...

— Достаточно туманной, — сказал Бестужев.

— Гости сплошь и рядом предпочитают именно так изъясняться, — наставительно сказал маг, выглядевший довольным и радостным. — Скрупулезная точность — качество, присущее лишь нашему грубому миру, а тонкий живет по иным правилам... Пойдемте, дамы и господа? Боюсь, сегодня нам ничего более не достигнуть...

В коридоре Бестужев приотстал, поравнялся с «полковником» и с неподдельным любопытством поинтересовался:

— А о какой монете шла речь?

— Вы не слышали? — удивился «полковник». — Это очень известная история. В свое время Бонапарт выпустил монеты нового образцы и чекана, серебряные франки. Уж не знаю почему, но существовала опасность, что в народе они будут расходиться плохо. И было объявлено, что внутри одной из них мастерски спрятан документ, предъявителю коего Французский банк выплатит пять миллионов золотом.

— И народ не бросился тут же разламывать эти монеты? — усмехнулся Бестужев.

— О, это-то было предусмотрено... Деньги должны были быть выплачены по прошествии длительного периода, а не сразу — император наверняка задавался тем же вопросом, что и вы сейчас, неплохо зная психологию людей... Однако... Прошло столько лет, монеты исключены из обращения, очень давно их принялись со всеми предосторожностями ломать... Но документ так и не объявился. Пять миллионов франков золотом…

На его лице появилась невольная улыбка, исполненная алчного блаженства — или блаженной алчности, взгляд мечтательно устремился в потолок. «Хорошо тебя припечатали, неважно кто, пусть и не зная твоей подлинной сути, — ухмыльнулся про себя Бестужев. — Бакалейщик...»

— Знаете, что самое забавное? — спросил он. — Даже если монета с чеком внутри и существовала, ее сто раз могли потерять по неосторожности, и она сейчас покоится где-нибудь в земле, в Испании, или в болоте, в России, или под полом где-нибудь в Баварии...

— Это-то самое печальное, — серьезно ответил «полковник».

Глава восьмая

ТОРЖЕСТВО ДОБРОДЕТЕЛИ

Поначалу Бестужев не обращал особенного внимания на окружающих, здесь, в роскошном коридоре, опасаться нападения конкурентов не стоило, да и не прошел еще отведенный ему срок. Однако сработали профессиональные привычки, и он неким подсознательным чутьем отметил: с л е ж к а...

Вот только слежка оказалась какая-то неуклюжая и нескладная, в общем, и не заслуживавшая столь серьезного именования. На некотором расстоянии от него двигался тот самый молодой человек, крайне бездарно изображая, будто направляется куда-то по своим надобностям и Бестужевым не интересуется вовсе... У Бестужева возникло сильнейшее желание на него цыкнуть, как на приставучую муху или расшалившегося котенка...

Он справился с этим вполне уместным побуждением, дошел до своей каюты и отпер дверь. Вошел безбоязненно, но все же готовый к неожиданностям — пронырa-адвокат мог решить, что выделенные его нанимателями денежки выгоднее прикарманить, а соперника попросту отправить головой в иллюминатор. Знаем мы этих судейских, они везде одинаковы...

Незапертая им дверь распахнулась, чувствительно стукнув Бестужева по плечу, и в каюту ворвался вышеозначенный молодой человек, захлопнул тщательно за собой дверь и уставился на Бестужева в приступе этакой забавной решимости и с напускной бравадой. Видно было, что чувствует он себя страшно неуверенно, но пытается выглядеть грозно.

Бестужев лишь отступил на шаг, глядя с любопытством. На серьезного противника юнец не походил нисколечко, даже интересно было выяснить наконец, что понадобилось этому занятному преследователю. С американскими бандитами мы уже сталкивались, с духом Бонапартия беседовали, о злокозненной египетской мумии наслышаны... что на сей раз?

— Простите, чем могу служить? — спокойно спросил Бестужев. — Что вам угодно?

Молодой человек выпалил:

— Мне угодно, чтобы вы, прохвосты, отказались от своих грязных замыслов! Иначе... Иначе... Я не шучу с вами!

Его рука нырнула под пиджак — и в следующий миг появилась на свет божий, отягощенная револьвером британской армии «Веблей», каковой он навел на Бестужева старательно и неумело. Обращался он с оружием примерно так, как преклонных лет и самого благонравного поведения монахиня с бутылкой шампанского, доведись ей держать в руках столь непривычный и богомерзкий предмет.

На происки все тех же конкурентов это решительно не походило — соперники были как-никак людьми серьезными, что и демонстрировали порой. Стоявший же перед ним эксцентричный субъект, кажется, держал оружие впервые в жизни, он обхватил четырьмя пальцами скобу, не положив ни единого на спусковой крючок, так что опасаться выстрела не приходилось нисколечко. Когда Бестужев это понял, не испытал ничего, кроме сильнейшего раздражения: словно в тот момент, когда он готовил своих людей к атаке на японцев, рядом с ним неведомо откуда объявился чистенький гимназист первого класса и принялся расспрашивать, как господин офицер относится к полководческому искусству персонажей древней греческой истории...

Он подумал мельком, едва ли не со скукой, что «Веблей» — удивительно некрасивое оружие. «Бульдоги» всевозможных марок у британцев весьма даже изящны, а вот «Веблей» уродец какой-то, прости господи...

— Молодой человек, — иронически усмехнулся Бестужев. — Вам никто не говорил, простите великодушно, что у вас скверные манеры? Врываться в каюту к незнакомому человеку, угрожать револьвером, да вдобавок не соизволить дать объяснения...

— Вы сами все прекрасно понимаете, прохвост!

При этом он, в точности как это пишут авторы бульварных романов, пытался испепелить Бестужева ненавидящим взглядом — да, господа литераторы правы, подчас именно так в жизни и выглядит, удивительно точное определение...

Бестужев пожал плечами:

— Я вас решительно не понимаю.

— Бросьте!

— Честное слово.

— И вы еще говорите о чести? — сардонически расхохотался юнец.

— Хотите правду? — спокойно сказал Бестужев. — Боже упаси, я не намерен оскорблять вас подозрением, будто вы сбежали из сумасшедшего дома. Я не врач и не беру на себя ответственность ставить диагнозы... Но, простите, у меня создалось впечатление, что вы сбежали прямиком из бульварного романа — ваш вид, ухватки, поведение... Будь это в романе, казалось бы, что я коварный злодей, обольстивший вашу юную сестру... но в жизни я не знаю за собой таких поступков.

Молодой человек теперь выглядел определенно растерянным — похоже, сцена, заранее им обрисованная в воображении, на деле оказалась непохожей на все, рисовавшееся в мыслях. Возможно, он искренне полагал, что Бестужев будет себя вести както иначе. Ну да, оказавшись в такой ситуации, мелодраматические злодеи, как правило, с изменившимся лицом отшатываются к стене, и их черты искажает гримаса злобной растерянности. Кажется, так.

— О да! — воскликнул молодой человек. — В ы, ничего не скажешь, к самому обольщению не причастны... но вы ведь сообщник, и не вздумайте отпираться! Сколько он вам пообещал за содействие? Немало, должно быть?

Тьфу ты, черт! У Бестужева забрезжила некая догадка. Теперь он понял, к о г о ему напоминает этот забавный юнец — Затворницу, конечно. Угадывалось явное фамильное сходство.

Все встало на свои места. Бестужев искренне расхохотался — до того нелепым и н е у м е с т н ы м было обвинение. Молодой человек взирал на него вовсе уж оторопело. Он даже грозно потряс в воздухе револьвером — по-прежнему держа его так, что выстрела, даже случайного, можно было не опасаться.

— Так-так-так, — сказал Бестужев. — Подозреваю, столь необычным образом я только что познакомился с одним из представителей славного рода Кавердейлов?

Молодой человек выпрямился, словно аршин проглотил:

— Рональд Кавердейл, если вам угодно! Я отправился следом, чтобы... чтобы... Мне совершенно ясно, что тут и речи быть не может о высоких и подлинных чувствах! Вы парочка мошенников, сударь, да-да! Джингль, вот кто ваш дружок! Проходимец Джингль! А вы, надо полагать, Джоб Троттер... Думаю, литература не входит в число ваших интересов, так что позвольте пояснить мои слова.

— Не нужно, — сказал Бестужев, усмехаясь. — Я прекрасно понял, о чем идет речь, мне тоже доводилось читать великолепный роман вашего гениального земляка... Я даже готов согласиться, что ваше сравнение крайне остроумно... в той его части, что касается некоего господина в блестящем мундире. Однако на мой счет вы решительно ошибаетесь…

Проговаривая все это с самым спокойным видом, он ухитрился непринужденно переместиться парой шагов ближе к юнцу — и, ринувшись вперед, резким движением обеих рук выбил револьвер у незадачливого налетчика. Безболезненными такие действия не бывают — и молодой человек согнулся, охая прямо-таки по-детски.

Отступив на безопасное расстояние, Бестужев выдвинул барабан. Револьвер оказался заряжен по всем правилам. Покачав головой, Бестужев спрятал его к себе в карман и сказал наставительно:

— Будь я вашим папенькой, я бы вас выпорол, вот что... Это не игрушки, знаете ли…

Молодой человек выпрямился, все еще потирая ушибленную кисть. На лице его уже читалась совершеннейшая безнадежность, он таращился даже не со страхом — просто-напросто не представлял, как держаться и что сказать в столь резко изменившихся обстоятельствах. Бестужев почувствовал к нему самую искреннюю жалость.

— Послушайте, — сказал он. — Ну с чего вы взяли, что я сообщник этого субъекта?

— Но он же сам мне сказал!

— То есть? — поднял бровь Бестужев.

— Я пытался поговорить с ним сегодня… Он меня форменным образом высмеял и посоветовал держаться подальше, потому что его друг, то есть вы, человек решительный и всегда вооружен... Я ведь видел, как вы дружески беседовали с ним в курительной... Он недвусмысленно намекал, что вы способны даже...

— Отправить вас за борт?

— Да, что-то в этом роде… Я же видел, как дружески вы с ним держитесь...

— Возможно, я вас разочарую, — сказал Бестужев. — Но я впервые увидел этого типа только на пароходе и не имею к нему никакого отношения, а уж к его планам тем более. Вас примитивно обманули, юноша… Насколько я понимаю, у вашего семейства нет никаких юридических оснований предпринять против беглецов какие-либо законные меры?

— Вот в том-то и беда! — У молодого человека буквально слезы на глаза наворачивались. — Ни малейших оснований... С точки зрения закона он неуязвим… Вы, в самом деле, не его друг и сообщник?

— Никоим образом, — сказал Бестужев.

— Мне так хочется вам верить... Да, мы ничего не можем предпринять, юристы нашего семейства так и заявили с сокрушенным видом... Но я чувствую, что дело кончится с о в с е м плохо. Этот мошенник может ее попросту бросить там, за океаном, и скрыться с добычей…

— Вполне возможно, — задумчиво сказал Бестужев. — Не столь уж невероятный поворот событий, бывает и так… Значит, семейство отступилось, не видя законных способов... и только вы кинулись следом? На что же вы надеялись, простите? Что сможете его усовестить? Напугать?

— Не знаю... — покаянно сознался юный милорд. — Я просто обязан был что-то предпринять... Речь идет о моей родственнице…

«А также о драгоценностях, оцененных в весьма приличную сумму, — подумал Бестужев, отнюдь не склонный умиляться рассказу. — Сколько в побуждениях этого юнца от благородных чувств и сколько от скучной житейской прозы — это, конечно, тема для дискуссии... которую нет ни малейшей охоты вести. Если смотреть в корень, «полковник», никаких сомнений, погнался не за девицей, а за деньгами, и, что самое печальное, он и в самом деле преспокойно может ее бросить в чужой стране без гроша в кармане, скрывшись с драгоценностями. Причем, что немаловажно, тень при этом ложится именно что на российскую императорскую армию. Это-то обстоятельство и побуждает...»

— Что же мне делать? — горестно вопросил в пространство молодой Кавердейл.

Бестужев усмехнулся:

— Поставить свечку за мое здравие... ах да, вы же англичанин, и вам этот обряд попросту неведом... ну, в таком случае вы можете, разве что, выпить за мое здоровье потом... Надеюсь, вы не принадлежите к обществу трезвости? Вот и прекрасно...

— Я не понимаю...

— Пойдемте, — сказал Бестужев, прямо-таки насильно выпроваживая юного милорда в коридор. — Скажите мне номер его каюты... или ее... думаю, они все же соблюдают приличия и одну каюту пока что не заняли…

...Когда он вошел, услышав позволение после энергичного стука, «полковник» поначалу уставился на него вполне дружелюбно, но тут из-за его спины, как чертик из коробочки, возник юный Кавердейл. Брови «полковника» взлетели вверх, лицо неприятно перекосилось — а сидевшая тут же Затворница с тихим вскриком подняла руки к лицу:

— Ронни...

«Полковник» тут же овладел собой — в любом случае, он был не дурак и не трус. Сухо бросил:

— В чем дело, господа?

— Вам еще нужно что-то объяснять? — воинственно начал англичанин. — Вы увезли эту леди...

«Полковник» прервал его с завидным самообладанием:

— Милейший, «эта леди», как вы изволили выразиться, покинула Англию совершенно добровольно, не правда ли, дорогая? Что столь же существенно, моя невеста совершеннолетняя, может располагать собой, как ей заблагорассудится, она не находится под чьим-либо опекунством и вольна в поступках... И уж безусловно пребывает в здравом рассудке. Посему, господа шантажисты, я б попросил бы вас покинуть каюту, или мне придется, крикнуть стюарда.

Затворница взирала на него с восхищенным обожанием — столь беззаветным, что Бестужев передернулся. Он решительно отстранил растерявшегося юношу, шагнул вперед и сказал холодно:

— Все так. Однако есть и некоторые обстоятельства...

— Я понял, понял! — воскликнул «полковник» и даже пару раз хлопнул с дурашливым видом в ладоши. — Все, как в романах! Вы — почтенный адвокат… правда, без седин и черного сюртука, но это несущественно. Главное, сейчас вы извлечете из кармана связку бумаг, из которых неопровержимо явствует, что у меня есть где-то законная супруга с шестью ребятишками, мал-мала меньше... Или, берите выше — доказательства того, что я беглый каторжник? Ну, давайте же! Что вы стоите? Поразите меня в самое сердце серьезными уликами... которых нет и быть не может, ха-ха!

Он оглянулся на спутницу с триумфальным видом, приглашая ее посмеяться вместе — и Затворница в самом деле расхохоталась искренне, весело. «Полковник» приосанился:

— Ну, что там у вас с доказательствами, дружище?

— Я не осведомлен о вашем матримониальном положении, — сказал Бестужев. — А также о ваших отношениях с правосудием... хотя подозреваю, что вам приходилось с ним сталкиваться, и отнюдь не в качестве потерпевшего...

— Ля-ля-ля... — протянул «полковник», прямо-таки наслаждаясь собственной победой. — В таком случае, не будете ли вы столь любезны покинуть каюту самостоятельно, не дожидаясь...

— Еще не время, — продолжил Бестужев по-французски, а потом неожиданно перешел на русский: — Будь моя воля, я бы тебя, скотина, отвел на съезжую и велел выпороть как следует, чтобы не мог сидеть на заднице битый месяц... Ну, что таращишься, усатая рожа? Понял хоть что-нибудь?

Судя по лицу «полковника», он не понял ни словечка... Ухмыльнувшись, Бестужев вернулся к французскому:

— Значит, вы полковник российской императорской гвардии... Отчего же, сударь, вы ни словечка не понимаете по-русски?

— Вы считаете эту тарабарщину русским языком? — как ни в чем не бывало спросил «полковник».

— Это именно что русский язык, — сказал Бестужев спокойно. — Поскольку это именно я русский из нас двоих, мне, согласитесь, виднее... Вы великолепно говорите по-французски. Следовательно, могу подозревать, и читать в состоянии на этом языке?

Он достал из кармана свой заграничный паспорт, открыл и поднес к самому носу «полковника». Вот теперь с того враз слетел наглый апломб, взгляд характерным образом з а м е т а л с я. Бестужев тем временем поднес паспорт Затворнице:

— Надеюсь, и вы читаете по-французски, сударыня? Да-да, это русский паспорт, и сам я русский и говорил я с этим господином на чистейшем русском языке, которого он отчего-то не понимает...

— Вздор, вздор! — «полковник» бросил на свою спутницу взгляд, в который постарался вложить максимум убедительности, как и в тон. — Ах, вот как... Русский... Молодой человек, вы, наверное, далеки от высшего света? Ну, разумеется, иначе вы знали бы что в семьях м о е г о уровня детей учат исключительно на французском, так издавна принято...

— Б ы л о когда-то принято, не спорю, — сказал Бестужев. — Очень-очень давно... Вы хотите сказать, что, не зная русского, служите в армии, и отдаете приказы солдатам на французском? Как же они вас понимают? Или они тоже поголовно представители знатнейших родов, родному языку не обученные? Может быть, вы объясните еще, почему вы именуете себя полковником, однако носите на эполетах звездочки поручика?

Молодой Кавердейл издал откровенный возглас удивления.

— Вот именно, юноша, — сказал Бестужев. — Этот господин и не русский, и не офицер. Что касается его наград...

Он подошел вплотную и, небрежно касаясь пальцем ленточек орденов и медалей, заговорил, обрисовывая истинное положение дел. Объяснял, почему на груди русского офицера просто-напросто не может оказаться т а к и х медалей, а также двух орденов одной и той же степени. «Полковник» уже не пытался что-либо возразить, он сидел с застывшим лицом, глаза лихорадочно бегали, но на ум, сразу видно, не приходило никаких спасительных отговорок — да и откуда им взяться? Молодой Кавердейл сиял, как новенький полтинник, Затворница слушала прямо-таки с ужасом, и Бестужев старался на нсс нс смотреть...

— Имеете что-нибудь возразить, сударь? — спросил он, закончив краткую лекцию. — Любопытно будет послушать...

— Черт знает что... — пробормотал «полковник», избегая смотреть на свою даму.

— Простите, — сказал Бестужев. — Вы неправильно обрисовали ситуацию... Ничего подобного. Точные знания, не более того… Где вы с т и б р и л и мундир? У старьевщика купили, или в театре? Соблаговолите вновь обратить внимание на мой паспорт... Как видите, там написано, что я состою на службе в Министерстве ю с т и ц и и. То есть отношусь к департаменту, с которым вы наверняка уже общались в худшие для вас времена... Вы идиот! — бросил он резко, напористо. — Прежде чем рядиться русским гвардейским офицером, следовало бы предварительно поинтересоваться, с к о л ь к о лет сибирской каторги по законам Российской империи полагается человеку, самозванно присвоившему себе звание гвардейского офицера, а также российские ордена, на которые у вас нет права... Могу вас заверить, немало...

— Но позвольте! — вскрикнул «полковник» уже совершенно другим голосом. — Мы на британском пароходе!

— Да, я заметил, — сказал Бестужев без улыбки. — Мы на британской территории. Однако меж Россией и Британией существуют самые дружеские отношения, закрепленные соответствующими договорами, монархи наших стран — родственники... Капитан располагает на судне всей полнотой власти. Я немедленно обращусь к нему как официальное лицо и обвиню вас в серьезнейшем нарушении законов Российской империи, после чего потребую вашего ареста. На корабле это нетрудно осуществить, особенно на таком большом. Не забывайте, что существует еще радиотелеграф, по которому капитан очень быстро может связаться с землей, попросить консультации и совета... Или вы всерьез полагаете, что англичане отчего-то предоставят убежище уголовному преступнику? Насколько я знаю, их либерализм до т а к и х высот не простирается... Документы у меня в полном порядке. А вот что касается в а с? Вы способны предъявить соответствующие документы, подтверждающие вашу личность? Позвольте усомниться. Даже если какие-то документы у вас есть, они не имеют отношения ни к России, ни к ее гвардии... Обратным же рейсом вы отправитесь назад в Англию, а уж там вас встретят люди, перед которыми оправдаться будет так же трудно, как передо мной сейчас... Ну, что же вы молчите? Отчего на вашей благородной физиономии так явственно читается не то что растерянность, а, не побоюсь этого слова, и откровенный страх? Так просто опровергнуть мои вздорные обвинения — всего-то лишь нужно отправиться со мной к капитану, и наша беседа расставит все по своим местам...

«Полковник» убито молчал.

— Итак? — спросил Бестужев без всякого торжества. — Вы намерены сказать что-то убедительное? Или направиться со мной к капитану? Ну же!

«Полковник» вскинул голову, неприятно оскалясь:

— Вот эти, — он ткнул пальцем в сторону Кавердейла. — Никогда не станут подавать жалобу, чтобы не казаться посмешищем в глазах высшего света. Не так ли, господин юный лорд? Английская пресса умеет больно вышучивать...

Послышался сдавленный вскрик — это Затворница, белая, как полотно, выпрямилась во весь рост. Встретившись с ней взглядом, Бестужев поспешно отвел глаза — столько там было жесточайшего разочарования, и горя, и еще многого... Она вдруг, закрывая лицо ладонями, кинулась из каюты.

— Бегите за ней, что вы стоите! — распорядился Бестужев, хватая молодого англичанина за локоть и подталкивая к двери.

Тот, потоптавшись, опрометью кинулся следом. Бестужев тяжко вздохнул. Совершенно как в романах, добродетель восторжествовала, а порок и корысть были наказаны самым недвусмысленным образом — но на душе у него было нисколечко не радостно, перед глазами все еще стояло лицо женщины, с которой жизнь обошлась так жестоко.

Он повернулся к самозванцу — и тот, увидев его глаза, невольно отшатнулся. У Бестужева и в самом деле было сильнейшее желание врезать по этой самодовольной харе так, чтобы зубы брызнули на ковер — но он сдержался. Еще и оттого, что подобные меры ничего не способны доказать таким вот проходимцам…

— Ну что вы, право, так расходились? — «полковник» все еще нервно поводил глазами, но казался почти спокойным. — Каждый устраивает свою жизнь, как может. Точно вам говорю, Кавердейлы жалобу в суд ни за что не подадут, иначе в самом деле долго будут посмешищем для всех бульварных листков Великобритании… А вы... Стоит ли вам со мной возиться, сударь? Все равно, могу вас заверить, врачи меня признают не вполне здоровым по части вот этого, — он повертел пальцем у виска. — Мания такая у меня, знаете ли — наряжаться офицером и вешать на грудь незаслуженные награды... Болезнь, хворь, недуг... Если покопаться, найдутся и соответствующие бумаги в европейских судах... Был исследован медиками и получил соответствующий диагноз... Уж поверьте на слово. Если вы все

Часть вторая

ЧЕРНАЯ ВОДА

Пространство, Время и Число
Упали тихо с тверди черной
В морей безлунное жерло.
Молчанье тьмы заволокло,
Как некий саван необорный,
Пространство, Время и Число...

Ш. Леконт де Лиль

Глава первая

ОТ ИМЕНИ И ПО ПОВЕЛЕНИЮ...

Поначалу Бестужев уже привычным путем направился на ходовой мостик, но стюард вежливо указал ему путь в другую сторону, Бестужев встревожился было — мало ли какие неожиданности могут подстерегать самозванца, взявшегося играть в т а к и е игры? Капитан, чего доброго, не ограничившись суховатым комментарием событий, на всякий случай поведает на берег о странном молодом человеке, словно живьем вынырнувшем из авантюрного романа со сногсшибательной историей, оттуда же позаимствованного. Если бы об этом стало известно в Петербурге... смотря на кого нападешь, конечно, но более чем вероятно, что за подобные проказы влепят сполна...

Оказалось, ничего страшного, ничуть не напоминающего те каюты на пароходе, что служат для изоляции субъектов, которых ни за что не стоит оставлять на свободе. Обширный салон канцелярского вида: повсюду шкафы с бумагами, картонными папками, целыми фолиантами, три стола тоже завалены бумагами в таком количестве, что вряд ли кто-то успел в столь сжатые сроки завести на Бестужева такую вот гору...

Капитан поднялся ему навстречу с видом словно бы чуточку сконфуженным.

— Позвольте для начала принести вам свои искренние извинения, господин майор, — сказал он, печально хмурясь. — Признаться, ваша история мне с самого начала показалась… не вполне современной, скажем так. Я человек консервативный и давно уже не слыхивал ни о чем подобном...

— Увы, Майерлинг... — бесстрастно произнес сидевший тут же крайне респектабельный господин в цивильном, с аккуратно подстриженными усиками, сразу производивший впечатление человека из общества.

— Да, пожалуй... — фыркнул капитан. — И все равно, мне это сначала показалось слишком уж неправдоподобным.

— Потому что вы давно забыли собственные безумства на этом поприще, капитан…

— Возможно, — бесстрастно кивнул капитан. — Итак, господин майор, какого бы мнения я ни был о вашей истории сначала, уже через несколько часов весь мой скептицизм улетучился. Да, вот именно, буквально несколько часов... Я получил строжайшие инструкции из Лондона оказывать вам все возможные содействия, исходящие от таких особ, которых в последнюю очередь можно заподозрить в шутках и розыгрышах, особенно если они находятся при исполнении служебных обязанностей... Не удивился бы, получи я в завершение приказ его величества... Там, в Санкт-Петербурге, судя по быстроте и категоричности ответов, делом, вы правы, руководят... — он из уважения к неназванным высоким особам двух великих держав выпрямился в кресле.

— Я надеюсь, никто по радиотелеграфу не вдавался в детали? — осторожно поинтересовался Бестужев.

— Ну что вы! Кому бы в голову пришло… Вашу личность и важность вашей миссии подтвердили в самых недвусмысленных выражениях, и этого достаточно...

Бестужеву было и радостно, и весело. Он поставил все на одну-единственную карту — и выиграл после первого же небрежного взмаха банкомета. Теперь, если провести все грамотно, никто никогда и не узнает, на что он посягнул и самым возмутительным образом дерзнул...

Капитан повернулся к штатскому:

— Позвольте вам представить: Брюс Исмей, генеральный директор компании. Возможно, вам не понравится, что я расширил круг посвященных, но мистер Исмей просто обязан по долгу службы первым узнавать о таких происшествиях...

— Я понимаю, — кивнул Бестужев.

— А это — мистер МакФарлен, — капитан чуточку небрежно, почти не поворачиваясь в ту сторону, указал на третьего участника беседы с английской стороны, примостившегося поодаль, у высокого открытого шкафа с картонными папками. — Думаю, без него тоже не обойтись...

Помянутый поклонился с видом чуточку сконфуженным. Бестужеву он сразу показался инородным телом здесь — неуклюже как-то сидел на краешке стула, покручивая в широких ладонях котелок и, казалось, только и ждал момента, чтобы покинуть канцелярию.

В голосе капитана звучало то самое аристократическое пренебрежение:

— Мистер МакФарлен — субинспектор Скотленд-Ярда, сопровождающий судно с парочкой своих помощников... э-э, на случай возможной необходимости. Пассажиры первого класса — люди, стоящие на самой высшей ступеньке социальной лестницы, для коих негласный полицейский надзор попросту оскорбителен... хотя и здесь случаются некоторые, э-э-э, инциденты, связанные, например, с карточной игрой, но именно эти самые дамы и господа, прежде всего, возмутились бы, узнай они о присутствии на палубах первого класса... Однако существуют еще и второй класс, и третий, населенный публикой вовсе уж не нашего круга — и уж они-то требуют соответствующего присмотра. Поэтому инспектор с подчиненными обитает во втором классе, где порой может оказаться полезен. Однако, учитывая масштаб случившегося, замешанных в нем особ, инстанции, откуда последовали указания... одним словом, я решил все же пригласить и инспектора, в надежде, что он, чем черт не шутит, может оказаться полезен. Вы ведь здорово разбираетесь во всяких таких делишках, как вас, МакФадден?

— МакФарлен, сэр, вы очень добры...

— Мне, разумеется, пришлось посвятить мистера МакФаддена в детали случившегося. Можете не беспокоиться, майор, инспектор будет держать язык за зубами, ибо малейшая болтовня имела бы для его карьеры пагубнейшие последствия... Не так ли?

Инспектор поклонился, вжимая голову в плечи. Чувствовал он себя здесь крайне неуютно, благородные джентльмены относились к нему свысока — а вот Бестужев, наоборот, был только рад, что на борту оказался профессиональный сыщик — толковый, надо полагать, кого попало не пошлют надзирать за соблюдением законности на самый большой в мире пассажирский пароход...

— Любая болтовня будет иметь пагубнейшие последствия для всех, — с убитым видом поведал генеральный директор. — Я холодным потом обливаюсь, когда представлю возможные заголовки газет... Особенно разнузданных американских листков, для которых не существует ничего святого. Репутация «Титаника», стань все известно, окажется под ударом, между судоходными компаниями, признаюсь вам по совести, существует самая беззастенчивая конкуренция, где в ход идет все, разве что кроме абордажей... Эта история окажется сущим подарком для множества тех самых беззастенчивых господ, наше пуританское общество содрогнется при известии, что именно наше судно избрали для бегства эти... эта парочка... Репутация, приличия, общественное мнение... Скандал с новым браком мистера Астора, слава богу, давно отшумел и перестал быть лакомым кусочком для газетчиков... Но если выплывет на свет божий еще и это... — он чуточку театрально схватился за седеющие виски. — Репутация компании под угрозой, господин майор... Я умоляю вас проявить всю возможную деликатность...

Этот суетливый человек, чем-то неуловимо смахивающий на приказчика из дорогого магазина, Бестужеву не понравился с самого начала — но что тут прикажешь делать, коли именно он здесь хозяин, стоящий даже над самим капитаном? Сохраняя на лице полнейшую невозмутимость, Бестужев вежливо сказал:

— Мистер Исмей, не забывайте, пожалуйста, что в сохранении совершеннейшей тайны заинтересован и еще один императорский дом... связанный родственными узами с вашим монархом. Так что я заинтересован в сохранении тайны еще более вашего...

Дай себе волю — хохотал бы долго, заливисто. Но он сдержался, конечно, он сидел, словно аршин проглотил, чопорный не хуже этих двух высокопоставленных служителей, озабоченный репутацией компании.

— Какое содействие вам потребуется? — живо воскликнул Исмей. — Мы с капитаном Смитом готовы оказать любое... в тех, разумеется, рамках, которые оставят дело в строжайшей тайне.

— Содействие... — повторил Бестужев. — С вашего позволения, я в первую очередь поговорил бы с господином инспектором. — Он встал и пересел поближе к сему второсортному персонажу, встретившему его уныло-выжидательным взглядом.

Судя по печальному виду полицейского сыщика, он не испытывал и тени восторга оттого, что оказался замешанным в столь деликатное и громкое дело, наоборот, отбивался бы от такой чести руками и ногами, подвернись возможность. Наверняка обременен семьей, для коей единственным источником дохода является его полицейское жалованье, а, учитывая возраст, об одном должен мечтать — без замечаний и погрешностей по службе дожить до момента, когда сможет выйти в отставку с неплохой пенсией. Такие вот служивые везде одинаковы. И хороши еще и тем, что при необходимости выполнят приказ без обсуждения и не задав ни единого вопроса...

— Вы говорите по-французски? — спросил Бестужев.

— Да, сударь.

— Отлично... Значит, в деле вы осведомлены... У вас наверняка есть какие-то вопросы? Прошу, задавайте.

После явного промедления инспектор решился:

— Насколько я понимаю, сударь, молодая пара не имеет возможности обвенчаться здесь, на корабле, но намерена сделать это в Нью-Йорке при первой же возможности, и тогда... тогда дело можно считать проваленным?

— Совершенно верно.

— Прошу прощения, господин майор... Речь идет о совершеннолетней, дееспособной особе, которой невозможно законным образом помешать вступить в брак?

— Верно, — кивнул Бестужев.

— Но если вы не можете обратиться к закону... Вы, следовательно, располагаете некими... средствами убеждения? Иначе не отправились бы следом?

«Он не дурак», — подумал Бестужев. Коснулся кончиками пальцев потайного кармана пиджака:

— Эта особа, инспектор, была в свое время довольно неосторожна, и не в ее силах оказалось уничтожить... следы прежней неосмотрительности. В конверте у меня лежат бумаги, которые заставят даже безоглядно влюбленного, романтичнейшего юношу взглянуть на предмет своей страсти совершенно другими глазами... Детали вас интересовать не должны...

— О, я и не претендую!

— Так что поверьте на слово: компрометирующие бумаги, которые у меня при себе, моментально приведут юношу в чувство, благо он весьма неглуп и, что таить, чертовски спесив... Он достаточно свободомыслящ и влюблен, чтобы, не колеблясь, связать жизнь с особой самого простого звания... но только в том случае, если она окажется чистейшим и благонравнейшим созданием. То, что лежит у меня в кармане, рисует облик совершенно иной девицы — и любой уважающий себя мужчина этакий экземпляр женской породы отвергнет моментально...

Инспектор кивнул:

— Да, подобное в практике не раз встречалось... Вы собираетесь направиться к ним в одиночку?

— Так, наверное, будет лучше, — сказал Бестужев. — Однако, господа, есть единственное, существенное препятствие... Я попросту не знаю, в какой каюте они обитают. За все время, что я провел здесь, на корабле, мне не удалось их встретить, подозреваю, они стараются каюту — или кают — не покидать. Мне известны имена, под которыми они здесь выступают... я знал, какие они присвоили себе в Европе, но для плавания они могли и придумать совсем другие... Теперь понимаете, господин Исмей, какого рода сотрудничество мне от вас требуется? Вы мобилизуете всех своих подчиненных — естественно, не объясняя им сути дела, — пусть закопаются в списки пассажиров первого класса...

Исмей не без некоторого сарказма бросил:

— Но если вам неизвестны их фальшивые имена...

— Для этого есть методы, — сказал Бестужев, видя, как в глазах инспектора появилось совершеннейшее понимание. — Нет нужды искать именно их. Следует методично исключать тех, кто ими заведомо не являются. Например, мистер Астор и его супруга исключаются первыми, как и моя добрая знакомая леди Холдершот со всей свитой. И так далее. По-моему, это не столь уж невыполнимая задача, в особенности, если те, кто начальствует над стюардами, опишут им внешность нашей четы...

Исмей поморщился:

— Это означает огласку...

— Ни малейшей, — уверенно сказал Бестужев. — Все можно проделать в глубочайшем секрете... Вы что-то хотите сказать, инспектор?

Тот кивнул:

— В конце концов, всем, участвующим в поисках, можно сказать — якобы по секрету, якобы как признак большого к ним доверия — что разыскивают парочку пароходных шулеров, обделывающих свои делишки в среде высшего общества. Довольно распространенное явление, мне самому приходилось заниматься чем-то похожим, и люди такое объяснение воспринимают без удивления...

— Вы совершенно правы, — сказал Бестужев. — Господин Исмей, вам следовало бы начать работу немедля...

— Боже мой, чем мне предстоит...

— Но вы ведь помните, ч ь и интересы замешаны? — спросил Бестужев с той обманчивой мягкостью, в которой человек неглупый сразу чует жесткий приказ. — К т о меня послал сюда, к т о в Лондоне отдал приказ мне содействовать?

— Помилуйте, я не прекословлю... — ответил Исмей, угрюмо уставясь в стол. — Я все понимаю...

— И еще, — сказал Бестужев, — мне потребуется помощь ваших людей для некоторых действий...

Исмей прямо-таки взвился:

— Вы же заверяли, что не будет никаких действий!

— Их и не будет, — сказал Бестужев. — Собственно, речь идет всего-навсего об имитации действий. Дело в том, что ситуация несколько осложнена. У этой дамочки — я имею в виду особу, вознамерившуюся породниться с некоей особой монаршей крови, — есть пара-тройка сообщников — по сути обыкновенные авантюристы, не опасные и примитивные. Но кое-кто из них плывет первым классом. Мне нужно будет предварительно принять кое-какие меры, чтобы выбить их из игры. Не предпринимать никаких действий — но создать у них впечатление, что действия могут быть в любой момент произведены...

— Что вы имеете в виду? — насупился Исмей.

Бестужев кратко объяснил, что он имеет в виду.

— Не могу сказать, что это мне нравится...

Бестужев холодно улыбнулся:

— Быть может, мне следует отправить еще одну шифродепешу в Лондон, объяснить ситуацию и попросить дополнительных указаний? Думаю, капитан не будет против этого возражать?

— Не имею права, — невозмутимо сказал капитан. — У меня совершенно недвусмысленные инструкции...

— Итак, мистер Исмей?

— Хорошо, хорошо, — уныло протянул паладин пароходной компании. — Мои люди немедленно займутся поиском пассажиров, вы получите все мыслимое содействие в этих ваших... имитациях... я подчиняюсь неизбежному... — На его лице читалось искреннее отчаяние. — Первый рейс лучшего в мире, самого неуязвимого судна, гордости компании... и надо же такому случиться...

— Не переживайте так, — сказал Бестужев. — Если все будет проделано достаточно быстро, сохранено в тайне, никто ничего и не узнает, репутация компании не пострадает...

— Вот что... — сказал Исмей с весьма даже неприязненным видом. — Вам, господин майор, придется принять во всем этом самое активное участие. Вы знаете их в лицо, вы, как я понимаю, имеете прямое касательство к деликатным делам...

— Разумеется, — сказал Бестужев. — С превеликой охотой. Я и сам собирался это предложить.

Инспектор, явно колебавшийся, наконец, решился:

— Сэр, быть может, в таком случае и я могу рассчитывать...

Мистер Исмей прямо-таки взмыл над массивным столом, его глаза форменным образом метали молнии, а в волосах, казалось, затрещали электрические разряды:

— Инспектор, не забывайтесь! Хотите примазаться и воспользоваться случаем? Только через мой труп! Есть существеннейшая разница меж миссией господина майора и вашими и д е й к а м и...

— Это не идейки...

— Я уже выразил свое мнение достаточно ясно! Благодарите бога, что вас вообще пригласили с ю д а на тот случай, если вы окажетесь способны принести н е к о т о р у ю пользу в н а ш и х делах. Это еще не означает, что вы можете под шумок обделывать свои делишки...

— Я бы не сказал, что это м о и делишки... — упрямо пробурчал инспектор.

— Не играйте словами. Или вы хотите сказать, что ваши действия тоже будут и м и т а ц и е й? Ничего подобного! Забудьте об этом, вам понятно? Устраивать эти ваши полицейские налеты и обыски в п е р в о м классе? — он так произнес последние слова, словно речь шла о некоем святилище. — На моем лучшем пароходе? Чтобы об этом стало известно сразу по прибытии в Нью-Йорк? Или у вас есть точные доказательства?

— Я их и рассчитываю получить... — сказал инспектор кротко.

— Только не на моем пароходе! — рявкнул Исмей. — Устраивайте подобные шуточки где-нибудь в кварталах Сохо или иных местах обитания плебса. — Он выпрямился. — Я вас более не задерживаю, инспектор. Отправляйтесь в канцелярию, где вы, быть может, окажетесь хоть чуточку полезны в работе со списком пассажиров. Или прикажете отправить телеграмму в Ярд моему доброму знакомому с настоятельной просьбой вас унять? Вы, надеюсь, понимаете, кого я имею в виду? И отдаете себе отчет, какие последствия такая телеграмма будет иметь для вашего будущего?

— Понимаю, сэр, — смиренно ответил инспектор.

— Вот и не морочьте мне голову вашими жуткими анархистами. Я подозреваю, вы в свободное время взахлеб читаете грошовые романчики по два пенни за выпуск... Итак, мы поняли друг друга, инспектор?

— Да, — угрюмо ответил тот.

Бестужев не понимал, о чем идет речь, но отчего-то чуял нешуточное предубеждение к Исмею — потому что немало навидался таких вот чванливых господ, облеченных немалой властью и озабоченных не истиной, а соблюдением внешних приличий (что порой приводило к скверным последствиям). И наоборот, профессиональным нюхом он чуял в инспекторе толкового служаку. Но что он мог поделать, не зная вдобавок сути дела?

Исмей сказал со вздохом облегчения:

— Итак, все решено, господа, я надеюсь? А потому...

Дверь распахнулась. Корабельный офицер не вошел — вбежал без тени пресловутой английской чопорности либо морской солидности. Фуражка у него была сбита набекрень, верхняя пуговица тужурки расстегнута, а на лице читалось нешуточное потрясение. Он выпалил длинную фразу на английском, Бестужев не понял ни словечка, но присутствующие буквально остолбенели. Показалось, что поддавшийся вперед инспектор намерен что-то сказать — но в следующий миг он опомнился, с видом явной безнадежности повесил голову...

— Что-то случилось? — спросил Бестужев.

Исмей нервно похрустывал пальцами, его взгляд метался, как у человека, лихорадочно искавшего выход. Капитан был бесстрастен.

— Ничего, господин майор, — первым нарушил он молчание. — Обычные мелкие неполадки, без которых невозможен ни один рейс... Жаль только, мельчают моряки, не умеет молодежь вести себя невозмутимо...

Бестужев не верил ему ни капельки: у Исмея был вид человека, которому вдруг сообщили, что его поместья сгорели, все до единого, управляющий выгреб абсолютно все деньги и ценности и сбежал, ну, а вдобавок, в качестве завершающего штриха, выяснилось, что и супруга бежала с кучером, так что всего достояния только и осталось, что револьвер на ночном столике...

Однако Исмей, как ни странно, нашелся первым. Когда он повернулся к Бестужеву, его голос звучал почти ровно:

— Господин майор, все, о чем мы говорили, начнет претворяться в жизнь не позже чем через четверть часа, даю вам честное слово. Сейчас же... поймите меня правильно... я был бы бесконечно благодарен, если бы вы оставили нас одних. Возникли некоторые технические проблемы, требующие немедленного обсуждения... Это не займет много времени...

— Разумеется, — кивнул Бестужев.

Едва он стал поворачиваться, чтобы уйти, инспектор все же собрался с духом и решительно выпрямился во весь рост:

— Сэр, но Кавальканти...

Бестужев навострил уши.

Уже без прежней деликатности Исмей почти выкрикнул:

— Извольте забыть о к н я з е Кавальканти и о первом классе вообще, вам понятно? Хватит! Вы удивительно тупы! Еще одно слово — и телеграмма в Лондон будет отправлена... Что-то и теперь неясно?

— Яснее ясного, сэр, — буркнул инспектор и, круто развернувшись на каблуках, устремился к выходу, едва не задев плечом успевшего в последний миг посторониться Бестужева. Тот, откланявшись, тоже направился прочь из каюты. Не успел он закрыть за собой дверь, как там вспыхнул оживленный разговор на английском.

Оказавшись на палубе, он огляделся. Инспектор не ушел далеко — он стоял у борта и, вперившись в морские волны яростным взглядом, ворча под нос что-то неразборчивое и определенно ругательное, пытался разжечь короткую прямую трубочку. Ветер гасил спички одну за другой, и в конце концов детектив с яростным несомненным чертыханьем вышвырнул трубку за борт. «Остается надеяться, что у него есть запасная», — подумал Бестужев, решительно приближаясь.

— Простите, инспектор, не поговорить ли нам в более уютной обстановке? — сказал он.

Инспектор, топорща усы — что делало его чрезвычайно похожим на рассерженного дикобраза — повернулся к Бестужеву, пару секунд созерцал его налитыми кровью глазами. Потом, явно сделав над собой некоторое усилие, язвительно осведомился:

— Вы полагаете, моя скромная персона может интересовать столь высокопоставленных особ, как вы, сэр? Нам, людишкам мелким, до вашего поднебесья далековато...

— Как знать, — спокойно сказал Бестужев. — Вы только что упомянули господина Кавальканти, верно? Эта персона и меня крайне интересует...

Еще бы! Именно это имя носил господин, который и управлял несчастным стюардом, как марионеткой: заставил обыскать каюту Бестужева, потом, ночью, провести из второго класса в первый двух американских громил…

— В самом деле? — инспектор смотрел на него с яростной надеждой.

— Вряд ли здесь двое людей с одной и той же несколько экзотической фамилией, — сказал Бестужев. — Меня крайне интересует господин Кавальканти из пятьсот семнадцатой каюты. Иные недоброжелатели говорят о нем, что он имеет прямое отношение к довольно мрачной организации с названием «Черный коготь», которая, кроме занятий политикой, еще и добывает деньги на оную методами, в приличном обществе недопустимыми...

— Разрази меня гром! — прошипел инспектор. — Это тот самый тип, которого я пытался взять под жабры!

— Вот видите, — сказал Бестужев. — У нас с вами, положительно, общие интересы... Давайте поговорим?

— Вы же слышали, меня только что выставили отсюда и велели носа более не совать...

Бестужев усмехнулся:

— Вряд ли эти господа станут лично осматривать палубу первого класса, чтобы убедиться в вашем отсутствии. Если не попадаться им на глаза... Давайте спустимся в курительную.

Глава вторая

СЮРПРИЗ ЗА СЮРПРИЗОМ

Он выбрал давно присмотренное местечко в углу, где высокая пальма совершенно скрывала небольшой диванчик от взоров всех присутствующих. Предосторожность нелишняя — был большой риск оказаться в плену у миледи, жаждущей углубить и расширить его теософское образование...

— Я одного только не пойму, — сказал инспектор, уже гораздо спокойнее разжигая трубочку (как и предполагал Бестужев, у него нашлась еще одна). — Вы тут занимаетесь чем-то таким чертовски важным, предотвращаете скандал в одном, деликатно говоря, высоком семействе... При чем тут Кавальканти?

— Я не вдавался в некоторые детали, — сказал Бестужев. — Видите ли, этой ночью ко мне нагрянули несколько весьма решительно настроенных господ и пытались меня запугать. Так вот, эту, с позволения сказать, конференцию устроил как раз господин Кавальканти. Я прижал одного из мелких сообщников, и он быстро мне все выложил...

— Понятно, — сказал инспектор без всякого удивления. — Девица, надо полагать, наняла пару-тройку головорезов, чтобы на всякий случай были под рукой? Как же, знакомо... Не хочу вас пугать, господин майор, но вы в опасности...

— В некоторой, согласен, — сказал Бестужев.

— Отнеситесь серьезно. Я понимаю, что вам, офицеру, плевать на опасность...

— Я полицейский, любезный инспектор, — сказал Бестужев.

— Вы?! Но вы же гвардейский майор, следовательно, джентльмен...

— Одно другому не мешает, — сказал Бестужев. — Разве в вашей полиции не служат гвардейские офицеры и джентльмены?

— Да, разумеется... но на таких постах, на таких... — он взирал теперь на Бестужева, как унтер на командира полка. — Вы, стало быть, такой пост занимаете... Оно и понятно, простому служаке такого дела не поручат...

— Сейчас это не имеет никакого значения, — сказал Бестужев нетерпеливо. — Главное, мы оба полицейские, а значит, легко найдем общий язык... Я ничего не знаю об этом самом Кавальканти, а меж тем мне прямо-таки необходимо знать все о противнике, согласитесь...

— Да, конечно...

— Он действительно князь?

— Да вроде бы. У них, в Италии, таких куча:

за душой — только громкая фамилия и родовой герб...

— И он в самом деле — главарь «Черного когтя»?

— Вот именно, — сказал инспектор. — Я не знаю, насколько вы в этом разбираетесь, сэр... На континенте, особенно в Италии, таких шаек множество. Обычно они называют себя анархистами, радикальными социалистами и прочими пышными именованиями. Но на деле, как-то так получается, больше интересуются банковскими сейфами и чековыми книжками состоятельных людей...

— Ну, ничего нового, — сказал Бестужев. — Я в этом неплохо разбираюсь, служу не первый год...

— Тогда вам и не надо ничего объяснять... Мне этот тип впервые попался на глаза полтора года назад в Бристоле. Там он со своими головорезами выжал крупную сумму у одного негоцианта, тоже итальянца. И мы ничего не смогли сделать, потому что потерпевший категорически отказался против них свидетельствовать. Меня это не особо и удивляет — страшные люди, сэр, через труп способны перешагнуть, как через бревно. У них в Италии другие порядки, бедняга справедливо опасался стать жертвой какого-нибудь несчастного случая или неизвестного злоумышленника. Что поделать, континент, сэр... — произнес он с неподражаемым, исконно британским превосходством. — Будь этот князь британским подданным, я бы нашел на него управу...» да, впрочем, *у нас* подобные фокусы и не в ходу...

— А здесь вы, следовательно, встретили его и решили...

— Не совсем так, сэр. Я заранее знал, что он сядет на «Титаник» — получил кое-какую информацию от французских коллег. Ну, мы и взяли молодчика под наблюдение. И очень быстро выяснились интересные вещи. Сам он, как и подобает его сиятельству — прах его разбери! — расположился в первом классе. Но во втором и третьем плывут несколько его людей, самое малое семь или восемь. Возможно, они просто-напросто отправились в Америку на *гастроли* — к очередным своим богатым соотечественникам, которые, заведомо известно, ни за что не станут обращаться в полицию... Однако... Французы получили какие-то туманные сведения, что Кавальканти со своей шайкой попытается предпринять что-то на «Титанике». Ни деталей, ни подробностей — но человека, который мне это рассказал, я знаю давно, он толковый полицейский и хорошо разбирается в итальянских делах.

— Возможно, имелось в виду как раз то, что их наняла некая оборотистая девица? — сказал Бестужев.

— Хотелось бы верить... Однако все может обернуться и похуже. Французские полицейские агенты в Италии по каким-то своим соображениям настаивают, что в игре присутствует *бомба*... Бомба, — повторил он тихо, уставясь на Бестужева строго и серьезно. — И я склонен им верить. Я своими глазами наблюдал в Шербуре, как Кавальканти садился на «Титаник» с достаточно объемистым и определенно тяжелым саквояжем, который он нес сам. Хотя пассажиры первого класса никогда на моей памяти не волокли собственноручно объемистый багаж — для этого всегда есть камердинеры, слуги, носильщики... Конечно, попадаются эксцентричные миллионеры, которые, скажем, ни за что не доверят слуге чемодан с какой-нибудь коллекцией тропических бабочек, будут нести его сами. Мало ли какие причуды встречаются в этом кругу. Однако когда я точно знаю, кто такой Кавальканти, возникают самые нехорошие предчувствия и я склонен верить французам...

— И вы серьезно полагаете, что в саквояже он пронес на корабль бомбу?

— А что здесь невозможного, сэр? Столько было случаев... Не на кораблях, правда... Ничего невозможного, когда речь идет об этой публике.

— Да, пожалуй, — согласился Бестужев. — Я, собственно, не о том... Вы что же, полагаете, что он собирается взорвать бомбу здесь, на «Титанике»? Во-первых, корабль слишком велик, чтобы ему могла причинить вред одна-единственная бомба. Я сам читал в газетах, что корабль разделен несколькими водонепроницаемыми переборками, даже если один отсек будет затоплен, в другие вода не проникнет.

— Да, так и обстоит...

— Вот видите. Во-вторых… Даже если корабль и было бы возможно уничтожить одной-единственной бомбой… Куда в таком случае денутся они сами? Не станут же добровольно гибнуть вместе с судном? Я изрядно перевидал этой публики и что-то не помню среди них добровольных самоубийц — особенно когда речь идет о таких вот субъектах, больше похожих на бандитов, чем на идейных… Потихоньку украсть шлюпку и скрыться перед взрывом? Но до ближайшей суши сотни миль, да и плывем мы не в теплом Средиземном море, а в достаточно прохладных местах, где попадаются даже ледяные горы…

— Есть еще одна возможность, — сказал инспектор совсем тихо.— Заложить бомбу перед самым приходом судна в Нью-Йорк, чтобы она взорвалась, когда никого из них уже не будет на борту. Если уж они, как вы сами убедились, без особого труда нашли сообщника среди стюардов, могут найти среди кочегаров или механиков… если уже не нашли. На таком корабле масса укромных уголков, где можно надежно спрятать небольшой саквояж… Часовой механизм, а то и химический взрыватель… Мне случалось гоняться за ирландскими бомбистами, и я немного разбираюсь во всех этих штуках…

— Пожалуй, во всем этом есть смысл… — задумчиво произнес Бестужев. — В самом деле, если взрыв произойдет, когда они сойдут на берег… Против них даже не будет никаких улик…

— И нет никакой возможности им помешать заложить бомбу, — уныло сказал инспектор. — Это не корабль, а плавучий город, даже если капитан объявит полную мобилизацию экипажа, невозможно перекрыть все доступы к местам, где можно спрятать бомбу...

— Иными словами, есть только один способ, — сказал Бестужев. — Сцапать господина Кавальканти, если у него в каюте обнаружится бомба. Как-никак обладание такими предметами противозаконно, в том числе и на британской территории… Но вас, насколько я успел уяснить, не желают слушать?

— Вот именно, — горько признался инспектор. — Нет, слушали, конечно, но действовать запретили, вы были свидетелем... У меня такое впечатление, что *сам* капитан был бы не против. Бомба на борту судна — это крайне неприятно для любого капитана! Но решает все мистер Исмей, он бог и властелин, в том числе и над капитаном. А мистер Исмей считает, что первый класс — это святилище, куда плебеям вроде меня вход воспрещен. В любом случае. Он мне много наговорил высокопарного о репутации компании... Нельзя не признать, что иные из его аргументов весьма убедительны: он, как и вы, полагает, что никто не станет взрывать корабль в открытом море, кроме того, полагает, что Кавальканти мог поручить бомбу кому-нибудь на хранение, ее уже нет в его каюте, и если я туда совершенно противозаконно вторгнусь с обыском, может возникнуть судебная тяжба — опять-таки со страшным ущербом для репутации компании. Но я-то! — Он постучал себя по груди кулаком с зажатой в нем курящейся трубочкой. — Но я-то не первый год в полиции, я нюхом чую, что бомба у него… Зачем отдавать ее кому-то еще, если первый класс как раз и есть самое подходящее для нее место? Неприкосновенная территория? Короче говоря, мне велено не лезть не в свое дело и ограничиться всяческим содействием вашей миссии, которая неизмеримо важнее моих, как кое-кто выражается, «шотландских плясок»... — инспектор помялся, но решительно продолжал: — Как полицейский полицейскому… Сдается мне, что взрыв корабля в нью-йоркской гавани был бы для мистера Исмея самым приемлемым выходом...

— Почему?

— Во-первых, это случилось бы не в плаванье. Взрыв в порту на репутацию компании не повлияет ничуть, всегда можно переложить вину на американцев, которые-де недосмотрели, когда местные принесли на борт бомбу... Во-вторых, судно застраховано, любой ущерб будет возмещен... Насколько я знаю, от этого может даже произойти некоторая прибыль… О нет, боже упаси, я не хочу сказать, что мистер Исмей сознательно препятствует задержанию террориста, чтобы… Просто взрыв в порту не принесет ни малейшего ущерба ничьей репутации.

— Идеальный британский джентльмен... — усмехнулся Бестужев.

— Разные бывают джентльмены, сэр, вы это, должно быть, не хуже меня знаете... Смотрите!

— Что?

— Вон, Кавальканти... — шепотом произнес инспектор, указывая взглядом.

Бестужев самым небрежным движением чуточку повернул голову. Красавец лет тридцати в безукоризненном смокинге, который он носил с изяществом светского человека, в общем, мало походил на классического итальянца, какими их представляет публика: ничуть не смугл, скорее светлый шатен, уж никак не жгучий брюнет, можно принять и за немца, и за русского…

— Пунктуален, прах его побери, — тихонько сказал инспектор. — Выкурит сигару, потом пойдет играть в карты с теми вон двумя господами...

— Серьезный человек, это чувствуется, — сказал Бестужев, прищурясь. — Я повидал немало этой публики в разных странах… Итак... Вы, наверное, хотели бы просить меня, чтобы я обратился к капитану? Или помог преодолеть сопротивление Исмея?

После недолгого молчания инспектор признался, мрачно уставясь на носки собственных ботинок:

— Я б хотел... Но вы же не станете впутываться в мои мелкие дела, когда заняты такой миссией...

Бестужеву отчего-то стало немного неловко: как-никак он получил льготное положение, о коем инспектор и мечтать не смел, с помощью откровенного обмана...

— Я полицейский, — сказал он без улыбки. — Сдается мне, нам следует быть столь же солидарными, как наши клиенты — они-то пребывают в самом тесном единении и потому чувствуют себя вольготно... — видя, как на простоватом лице инспектора вспыхнула неприкрытая радость, он поторопился добавить: — Но, простите великодушно, я не пойду с этим ни к капитану, ни к Исмею... О нет, не оттого, что считаю с в о ю миссию важнее. Простонапросто у меня есть сильнейшие подозрения, что это будет безрезультатно. Они оказывают мне всяческое содействие, как вы сами знаете, в д р у г о м деле. Знают, что э т о пресловутого ущерба репутации не принесет. А что до Кавальканти... Побуждения у Исмея останутся прежними, верно? В э т о м он вовсе не обязан мне содействовать — а значит, подозреваю крепко, и не станет. Разве что откажет в гораздо более вежливых и дипломатических выражениях, нежели это было с вами... Наверняка этим и кончится. Может, вы считаете иначе?

— Да нет, — чуточку подумав, сказал инспектор. — Конечно... Где одно, а где другое... Скорее всего, вы правы, господин майор. С вами все будет точно так же — разве что дипломатии побольше. — Он зло усмехнулся. — Я, конечно, при других обстоятельствах, может, и попробовал бы рискнуть карьерой, п р и ж а т ь этого напыщенного павлина... я про Исмея... только з д е с ь все бесполезно. Даже если я попробую пойти ва-банк, мне попросту закроют доступ к радиотелеграфу... Не та обстановка...

— А что, его можно на чем-то прижать? — быстро спросил Бестужев.

Тяжко вздохнув, инспектор какое-то время посапывал трубочкой с довольно горестным видом. Поднял глаза, криво ухмыльнулся, снова вздохнул:

— Не хотелось мне... Как-никак краса и гордость британского флота... Честь Англии и все такое... Хотя я-то, если раскинуть, шотландец... Помните, когда мы были у капитана, прибегал помощник? Вы, конечно, не поняли, что он сказал, вы же не понимаете по-английски... Покончил с собой один из механиков шестого котельного отделения. Надо полагать, не выдержал напряжения, бедняга...

— Это что, такая тяжелая работа — быть механиком в котельном отделении?

Инспектор огляделся и, лишь убедившись, что их разговор недоступен ни одному постороннему уху, заговорил, понизив голос едва ли не до шепота:

— Сэр, в одном из бункеров горит уголь. Самовозгорание, знаете ли. Говорят, это нередко случается, особенно когда уголь подмокнет. А в Шербуре во время погрузки угля как раз шел дождь. Один из кочегаров дезертировал — видимо, как раз поэтому, решил не искушать судьбу... Пожар начался еще у берегов Ирландии...

— Черт возьми, — едва выговорил Бестужев севшим голосом. — Вы что же, хотите сказать... Все время, пока мы плывем, где-то глубоко у нас под ногами...

Инспектор с печальным видом медленно, размеренно покивал головой, словно китайский болванчик:

— Именно так, сэр. Все это время уголь горит. О нет, ничего жуткого — всего лишь один из бункеров, там приняты какие-то меры... Капитан считает, мы вполне успеем добраться до суши, прежде чем события примут угрожающий характер. В порту будет не так уж трудно все это погасить. Потому-то корабль и движется на максимальной скорости…

— Да? Я не заметил...

— Потому что вы вряд ли в этом разбираетесь, сэр. Я, впрочем, тоже не сообразил бы, если бы мне не растолковали. «Титаник» выжимает предельную скорость — хотя в этих местах как раз рекомендуется сбросить ход, потому что у берегов Ньюфаундленда попадаются айсберги... Мы успеваем, вполне, так заверяет капитан... Но у механика, должно быть, нервы не выдержали… Это бывает...

— Черт знает что, вот сюрпризы… — сказал Бестужев, испытывая чересчур сложные ощущения, чтобы разобраться в них с ходу. — Вы что же, этим хотели прижать Исмея? Но каким образом? Боюсь, в случае чего доступ к радиотелеграфу закроют не только вам, но и мне, если я вздумаю воспользоваться вашими сведениями…

— Ну, я же и говорю: здесь все бесполезно...

— Черт знает что... — повторил Бестужев. — В каюте первого класса этак запросто, словно коробка с сигарами, лежит бомба, в трюме горит уголь... Приятное путешествие на самом лучшем в мире и самом непотопляемом корабле.

— Я уверен, мы успеем добраться до Нью-Йорка, сэр. Ну, а в крайнем случае, шлюпок на всех хватит, мы как-никак не посреди океана, движение судов достаточно оживленное.

Бестужев встряхнул головой. Он все-таки никак не мог смириться с неприятными новостями. Исполинский красавец корабль и в самом деле представлялся неуязвимым плавучим городом, с которым ничего не может случиться.

— В общем, ничего невозможно сделать, — уныло заключил инспектор. — Я о Кавальканти. Он преспокойно доплывет со своим саквояжем до Нью-Йорка, а уж в гавани... Не верю я, что он везет бомбу в Америку кому-то в подарок — никак нельзя сказать, что там этого добра нехватка, в Америке куча анархистов, которые и сами давно научились мастерить какие угодно бомбы... И ничего нельзя сделать...

— Так-таки и ничего? — спросил Бестужев, улыбаясь несколько хищно. — Вы уже опустили руки, инспектор? Зря...

— Вы так уверены, что вам удастся убедить капитана или мистера Исмея?

— Я и не собираюсь к ним обращаться, — сказал Бестужев. — К чему, собственно? Если можно действовать на свой страх и риск?

— Вы о чем?

Бестужев сказал медленно:

— Когда я допросил каналью стюарда, выжал из него все, что он знал, мне пришло в голову... Короче говоря, я на всякий случай забрал у него служебный ключ. Универсальный ключ, который подходит ко всем замкам кают первого класса. Он заявит начальству, что ухитрился где-то его потерять, получит нешуточный выговор... и новый ключ из корабельных запасов. И, я уверен, будет молчать. Допускаю, что он с перепугу признается Кавальканти, что я его расшифровал… но вот корабельному начальству, ручаюсь, ни словечка не пискнет. Я к нему применил, быть может, не вполне юридически законные, но действенные средства убеждения. Короче говоря, у меня в кармане лежит ключ, которым вмиг можно отпереть каюту синьора Кавальканти. Благо означенный синьор только что удалился с теми двумя господами и, по вашим сведениям, надолго засядет за карточную партию…

Инспектор, зажав в кулаке погасшую трубку, уставился на него с отвисшей челюстью:

— Но это же... Это же... Мы на британской территории...

— Но я-то не британский подданный, — с обаятельной улыбкой сказал Бестужев. — И не обязан знать тонкости британских законов. Боже упаси, инспектор, я вовсе не приглашаю вас мне сопутствовать, я и один прекрасно справлюсь...

— Разрази меня гром, но это…

— Вы всегда соблюдаете закон, инспектор, не отступая от него ни на крошечный шажок, ни на йоту? — все так же обаятельно улыбаясь, продолжал Бестужев. — Мы же с вами полицейские и оба прекрасно знаем, как зыбки и непостоянны иные границы! Не так ли?

— Ну, вообще-то... Всякое бывает… Тем более бомба… И речь идет о чертовом иностранце...

— Вот видите, вы начинаете проникаться моей правотой, — сказал Бестужев. — От вас, собственно, требуется одно: не препятствовать мне. В конце концов, вы ничего не обязаны знать. В ваши служебные обязанности не входит наблюдение за каютами первого класса, наоборот, вам категорически запретили там действовать, так что совесть у вас чиста, а позиция ваша неуязвима. Вы ничегошеньки не знали. Откуда вам было знать? Все громы и молнии в случае чего обрушатся на меня... но, собственно, с чего бы им взяться? Кто узнает? Разумеется, если вы посчитаете, что обязаны мне воспрепятствовать…

У инспектора было свирепое лицо человека, принявшего важное для себя решение.

— Лопни мои глаза, я не намерен вам препятствовать, господин майор... И в самом деле, с какой стати? Откуда мне об этом знать? Меня форменным образом выставили из первого класса, запретив интересоваться его обитателями, так какого черта? — Его грубоватая физиономия озарилась улыбкой, определенно носившей следы некоей мстительности. — Мысли я, что ли, угадываю?

— Вот и прекрасно, — сказал Бестужев, вставая. — Вряд ли в каюте есть тайники, с какой стати? Думаю, я быстро управлюсь. А вы ждите меня...

— Нет уж, сэр, — инспектор решительно поднялся вслед за ним. — Выставили меня или не выставили, а в коридоре я все равно побуду. Неподалеку. Мало ли как может обернуться дело, что ж вам одному-то вляпываться… Мы оба полицейские, в конце-то концов...

...Как и следовало ожидать, коридор был пуст. Инспектор присел на один из многочисленных мягких диванчиков, чуточку нервно озираясь.

— Ведите себя естественнее, — негромко сказал Бестужев. — Если он все же появится... Ладно, там будет видно.

Он быстрым, привычным движением достал и проверил браунинг — мало ли какие сюрпризы могли ожидать его в каюте в отсутствие хозяина, учитывая крайне специфический род занятий этого самого хозяина. Не колеблясь, повернул ключ в замке, открыл дверь и проскользнул внутрь. Прижавшись к стене, обратился в слух. Тишина. По размерам и меблировке каюта мало чем отличалась от его собственной, и Бестужев уверенно направился к гардеробу, распахнул дверцы.

Кожаные чемоданы с наклейками каких-то отелей... Аккуратненько в сторону... Еще чемодан... Изящный несессер с серебряной отделкой... Ага!

Он решительно подхватил за ручку коричневый саквояж, едва не уронил его — саквояж оказался неожиданно тяжелым, фунтов в десять, а то и поболее — успел вовремя напрячь мускулы, удержать на весу, но по спине все равно прошел ледяной озноб.

Аккуратно поставил его у гардероба, попробовал никелированные замочки. Оба оказались запертыми, но впадать от этого в уныние не следовало — самые обычные замки самого обычного саквояжа, не банковский сейф, в конце-то концов...

Перочинный нож со множеством предметов, купленный еще в Вене, как всегда лежал у Бестужева в кармане — чрезвычайно полезная вещь за неимением лучшего. Вполуха прислушиваясь к происходящему в коридоре (где, собственно, ничего не происходило, стояла полная тишина, лишь единожды нарушенная звонким и веселым женским голосом), он, чуточку подумав, открыл затейливый крючок размером с мизинец (по объяснениям предупредительного приказчика, служивший для извлечения застрявших в лошадиной подкове камешков), сунул его в замочную скважину, пошевелил, примериваясь, нажал, повернул...

Что-то жалобно хрустнуло внутри, никелированный язычок замка отскочил. И ничего не произошло с саквояжем — ну конечно, с какой стати? Ободренный успехом, Бестужев уже гораздо быстрее совершил насилие над вторым замочком, набрал в грудь побольше воздуха, выдохнул и открыл саквояж.

Там, внутри, не оказалось ничего, кроме продолговатого деревянного ящичка с ручкой для переноски на крышке — бронзовой, новехонькой, крайне удобной. Взявшись за нее, Бестужев извлек добычу, поставил ее на стол, присмотрелся.

Да, никаких сомнений, это о н а и есть... Ящичек был сработан едва ли не как произведение искусства — безукоризненно оструганные дощечки точно подогнаны друг к другу, уголки в медной оковке, тщательно прибитой крохотными гвоздиками с рифлеными шляпками. На обращенной к Бестужеву боковой стороне, красовались две несомненных замочных скважины, опять-таки с бронзовыми накладками и круглая бронзовая, чуть выпуклая крышка.

Заметив сбоку узкий язычок, Бестужев подцепил его ногтем, и крышка легко отошла, открыв белый циферблат с черными римскими цифрами: все, как полагается, часовая стрелка, минутная, секундная... Согнулся в три погибели, приложил ухо — как и следовало ожидать, гробовая тишина, часы не заведены...

«Европа...» — подумал Бестужев с невольным уважением. Всевозможных взрывных устройств он навидался достаточно, но впервые столкнулся со столь тщательным исполнением — хоть отводи почетное место в полицейском музее... А говорят, что итальянцы — народец легкий и ленивый, способный лишь бренчать на гитарах и просиживать штаны в кафе...

Он приоткрыл дверь, высунулся в коридор. Было в его лице, должно быть, что-то такое, отчего инспектор, не колеблясь, вскочил с диванчика и кинулся в каюту, наплевав на законоустановления британской Фемиды. Не без гордости Бестужев продемонстрировал свою находку. Первым делом инспектор, как давеча он сам, нагнулся к часам, прислушался, ткнул указательным пальцем в окаймлявший циферблат ободок с выкрашенным в черный цвет узеньким углублением:

— Ага! Видите?

— Ну конечно, — сказал Бестужев. — Этим наверняка и устанавливается время взрыва. Две скважины... Одним ключом, надо полагать, заводятся часы, другим приводится в действие механизм бомбы...

— Судя по циферблату, меж установкой времени и взрывом должно пройти не более двенадцати часов... Хотя я видел и циферблаты, разделенные на двадцать четыре часа... Ах, какая работа... Изящно...

Инспектор прямо-таки з а л ю б о в а л с я взрывным устройством, словно тонкий ценитель искусства перед картиной великого мастера. Для человека стороннего в этом, быть может, и усматривалось бы нечто противоестественное, но Бестужев прекрасно понимал спутника, как сыщик сыщика...

— Разрази мои потроха... — прошептал инспектор. — Бомба…

— Да, у меня тоже давно возникли такие подозрения, — усмехнулся Бестужев — Итак? По-моему, нам есть с чем идти к капитану. Или нет? У вас скепсис во взгляде...

— Отвертится, мерзавец… — сказал инспектор — Все, что мы тут учинили, совершенно незаконно, у нас нет ни ордера на обыск, ни свидетелей...

— Пожалуй, — кивнул Бестужев. — А если учесть, что в сообщниках у него, пусть и по моему делу, пребывает американский адвокат, несомненно, хитрющая, продувная бестия... Знаю я этих законников… Вы наверняка тоже? Вот видите. Моментально поднимутся вопли о полицейской провокации, разгорится тот самый скандал, которого пуще всего на свете страшится мистер Исмей, и мы окажемся в крайне неприятном положении. Нет, нельзя с этим идти к корабельным властям...

— Но делать-то что-то надо? Не оставлять же вот так?

— Действительно, — сказал Бестужев. — Оставлять нельзя...

Он поднял ящичек за удобную ручку, аккуратно опустил его в саквояж и, повозившись немного, ухитрился защелкнуть подпорченные замочки. Стоя с саквояжем в руке, сказал:

— По-моему, самое время отсюда убираться.

— Но куда же...

— Саквояж? — понятливо подхватил Бестужев. — Я его поставлю к себе в каюту. Точно так же, в гардероб. Пусть себе стоит. Без ключей — которые Кавальканти наверняка носит при себе — эта штука, не заведенная, не опаснее кирпича, я думаю. И не думаю, что наш князь, обнаружив, что лишился саквояжа, помчится в корабельную канцелярию сообщать о краже…

— Да уж! — хохотнул инспектор.

— Вот видите, все складывается не худшим образом… Ну, а п о т о м, когда Нью-Йорк уже будет на горизонте, мы с вами отнесем эту штуку к господам власть имущим, и пусть поступают, как им заблагорассудится. Наша совесть будет чиста, мы сделали все, что могли... хотя и не имели на то права.

Инспектор покачал головой:

— Лихой, я так понимаю, народ в русской полиции… — Простите, если что не так, сэр...

— Жизнь и не такое заставит откалывать, — усмехнулся Бестужев. — Пойдемте? Итальянца мы обезвредили, мне пора заняться и с в о и м и делами. И вот тут-то мне понадобится ваша помощь — на что вы имеете все санкции от капитана с Исмеем...

...Бестужев с саквояжем стоял в сторонке, уступив место у двери каюты помощнику капитана — то ли пятому, то ли шестому, он не стал уточнять — двум широкоплечим матросам и инспектору.

Инспектор и начал: он поднял руку, постучал в дверь громко, бесцеремонно, требовательно, типичнейшим полицейским стуком — признаться, совершенно неуместным на этой палубе.

Дверь распахнулась очень быстро, показался американский мистер Лоренс — без воротничка и галстука, в расстегнутой жилетке. Узрев стоявшую в коридоре компанию (и уж конечно, заметив Бестужева), он не проявил ни малейшего удивления, ничуть не встревожился, лицо осталось невозмутимым, разве что глаза, похоже, самую чуточку сузились:

— Чем обязан, господа?

Инспектор, развернув сложенный вдвое небольшой лист бумаги, поднял его на уровень глаз:

— Инспектор МакФарлен, сэр. Скотленд-Ярд.

— И что же? — с величайшим хладнокровием осведомился адвокат.

Помощник капитана сделал шаг вперед и оказался плечом к плечу с полицейским:

— Думаю, вам лучше поговорить с этим господином, сэр, и самым внимательным образом выслушать его предложения... и уж совсем хорошо будет, если вы их примете. Мы тут подождем на тот случай, если понадобимся…

Он посторонился, пропуская Бестужева. Бестужев, не теряя времени, вошел, совсем уж невежливо потеснив хозяина каюты внутрь, аккуратно прикрыл за собой дверь, огляделся и уселся у стола, поставив саквояж рядом.

Адвокат стоял на том же месте, засунув большие пальцы в карманы жилета, покачиваясь с пятки на носок, не отрывая глаз от Бестужева. Его взгляд попрежнему оставался не испуганным и не встревоженным — попросту пытливым…

— Уж не переселиться ли вы ко мне собрались, часом? — кивнул он на саквояж.

— Боже упаси, — сказал Бестужев. — Во-первых, меня и моя каюта вполне устраивает, а во-вторых, простите за откровенность, вы — последний человек, с кем я согласился бы обитать в одном помещении...

— Дело в моей личности или в моей профессии? — невозмутимо осведомился Лоренс.

— Второе, — сказал Бестужев. — Терпеть не могу крючкотворов…

— Дело вкуса, — усмехнулся адвокат уголком рта.

— Садитесь, — сказал Бестужев. — Разговор у нас серьезный, а времени не так уж много... И не притворяйтесь невозмутимым. Вам самому чертовски интересно, что происходит...

— Не спорю, — сказал адвокат, безмятежно усаживаясь напротив. — Стаканчик виски?

— Нет, — сказал Бестужев. — И вам бы не советовал. Разговор у нас серьезный, лучше его вести на трезвую голову… Давайте не будем тянуть. Вы проиграли, господин Лоренс, самым серьезнейшим образом. Тогда, когда приняли меня за авантюриста или чьего-то наемного агента.

— А оно все не так?

— В том-то и дело, — сказал Бестужев. — Вы видели мой паспорт, помните? Он не фальшивый, и там обозначена моя подлинная профессия. Я офицер тайной полиции Российской империи. Поскольку нельзя было писать в документах, сами понимаете, именно это, меня и причислили к Министерству юстиции... Вы, насколько я понял, давненько живете в Европе, а значит, ориентируетесь в европейских делах. Сомневаюсь, чтобы вы не слышали о нашем ведомстве...

— О да, — усмехнулся адвокат. — Кое-какое представление успел составить. Сьибир, каторьга, кнуть... — старательно произнес он по-русски. — О да... Благодарение богу, мы живем в демократическом государстве, где ваши методы не в ходу...

— У меня нет желания устраивать с вами политические дискуссии, — сказал Бестужев. — Думайте о нас, что вам угодно... Речь пойдет о конкретных делах. Повторяю, вы серьезнейшим образом ошиблись, господин Лоренс. Вы полагали, что в моем лице конкуренцию вам составляет некая частная фирма наподобие той, что послала вас. Меж тем вы имеете дело с государством, точнее, с двумя. Вдобавок государства эти из числа великих держав... в число которых, как вам прекрасно известно, ваша страна не входит. Мы с вами находимся на британской территории, где действуют британские законы, в коридоре пребывает представитель британской полиции, с которой моя служба в данном вопросе сотрудничает самым теснейшим образом.

— И чем же я вам насолил? — спросил Лоренс.

Он оставался невозмутим, но глаза стали невероятно колючими, словно шилья.

— Не прикидывайтесь дурачком, — сказал Бестужев. — Многое я в жизни повидал, но ни разу не встречал наивного адвоката... Вы нам мешаете одним: тем, что встали поперек дороги. Не просто полицейским, не просто тайным службам — государственным интересам двух великих держав. Простите за высокопарность, но именно так и обстоит. Детали вам знать совершенно ни к чему. Главное, что вы должны уяснить, — аппаратом Штепанека всерьез заинтересовались две помянутые великие державы, которые по соображениям высокой политики действуют в самом трогательном единении. Вы, помнится, сомневались, что изобретение Штепанека способно привлечь государства — поскольку не имеет никакого военного значения. Не имеет, абсолютно, полностью с вами согласен. Однако есть и другие соображения, далекие от интересов военных ведомств, по которым сразу две великих державы, действуя сообща, все же вмешались...

— И что это за соображения? — словно бы небрежно спросил Лоренс.

Бестужев рассмеялся ему в лицо:

— Милейший, я вас не считаю идиотом, отчего же вы полагаете таковым меня? Вы всерьез уверены, что я отвечу на вопрос, составляющий государственную тайну?

Лоренс пожал плечами. В его якобы простодушной улыбке легко читалось: «Ну, не проскочило, бывает…»

— Судя по тем суммам, которыми вы пытались меня прельстить, фирма, которая вас наняла, отнюдь не принадлежит к бедным и убогим, — продолжал Бестужев спокойно. — Однако вы, должно быть, согласитесь, что ни одна частная фирма, как бы она ни была богата, не может соперничать с великими державами, твердо решившими добиться своего... Согласитесь, я прав?

— Пожалуй, — кивнул Лоренс. — В ваших словах есть резон. Категории, действительно, неравны…

— В особенности когда персона вроде вас полностью в наших руках, — сказал Бестужев. — Здесь, как уже упоминалось, британская территория. Субинспектор Скотленд-Ярда пребывает в двух шагах от нас, — он небрежно кивнул в сторону двери. — Корабельный офицер прихватил с собой двух дюжих матросов на случай... возможных инцидентов. Впрочем, я не новичок в полицейской работе, видывал виды, и оружие у меня при себе. Хотя... Вы достаточно умный человек, чтобы не оказывать вооруженного сопротивления, — ну куда вы в случае чего денетесь с корабля? Мне достаточно позвать, чтобы они вошли и отвели вас в уютную каюту, у которой есть один-единственный, с вашей точки зрения, серьезный недостаток — она, изволите ли знать, запирается снаружи. Там вы и останетесь. Надолго. Вы вместе с нами пуститесь в обратный путь в Европу... Мы еще не решили, какая именно страна вами займется, Англия или Россия, но результат для вас в обоих случаях печальный.

— По-моему, это произвол, — сказал Лоренс.

— Никакой это не произвол, — сказал Бестужев. — Самый обыкновенный арест, произведенный на законных основаниях. Вы ведь не обладаете дипломатическими привилегиями, верно? Откуда…

— Для ареста требуются соответствующие бумаги, — сказал Лоренс. — Вполне возможно, вы в России и без этого обходитесь, но мы сейчас, слава богу, не на вашей территории, а на британской — ну, а британские законы на сей счет мне прекрасно известны.

— А морское право? — спросил Бестужев. — Капитан корабля вправе подвергнуть аресту любого пассажира при наличии достаточно веских оснований.

— И где же таковые?

— Имеются.

— Пустые слова, — сказал Лоренс с несомненной уверенностью. — Хорошо, я согласен с некоторыми вашими формулировками. В определенном смысле я действительно перешел дорогу тем самым государственным интересам двух великих держав, о которых вы вещали с таким пиететом. Но, черт побери, само по себе это не является преступлением.

Я просто-напросто намеревался совершить заурядную коммерческую сделку, приобрести некий патент у его законного обладателя, ни в коей мере не нарушая законов. Я и представления не имел, что моя деятельность противоречит государственным интересам каких бы то ни было держав. В чем же мое преступление?

Он говорил прежним, бархатным, хорошо поставленным голосом так, словно находился на судебном разбирательстве и твердо намеревался выиграть.

Бестужев усмехнулся:

— Помнится, вы ночью вломились ко мне в каюту в сопровождении двух уголовных молодчиков и самым неприкрытым образом угрожали моей жизни...

Лоренс вздохнул, такое впечатление, облегченно:

— Ну, если вы намерены строить обвинение только на этом... Тысячу раз простите, но где доказательства того, что данное событие действительно имело место? У вас есть свидетели? Наша беседа запечатлена фонографом? Снята фотоаппаратом? У вас не осталось ни малейшей ссадины... Как вы можете доказать, что наша беседа — не плод вашего разгоряченного воображения? Я вам все равно не поверю, если заявите, будто в ту ночь в вашей каюте находился свидетель, — мы тщательно ее осмотрели, там не было посторонних...

— А что вы скажете об этом? — осведомился Бестужев.

Он встал, открыл саквояж и водрузил на стол старательно сработанный ящичек со взрывным устройством внутри.

Лоренс уставился на бомбу так, словно видел ее впервые в жизни — надо полагать, именно так и обстояло.

— Это еще что такое? — спросил адвокат с понятным удивлением.

— Ничего особенного, — сказал Бестужев. — Всего-навсего бомба. Обнаруженная представителями британской и российской полиции в каюте вашего доброго знакомого господина Кавальканти. Только не надо уверять меня, будто вы никогда в жизни не слышали этой фамилии и не знакомы с этим человеком. На сей раз у нас е с т ь свидетели, которые подтвердят, что все обстоит как раз наоборот. Это человек Кавальканти провел ваших молодчиков из второго класса... Вот, кстати, о ваших молодчиках. Отдаю вам должное, вы — человек серьезный, весьма незаурядный противник...

— Спасибо за лестный отзыв.

— Пустяки… — сказал Бестужев. — Это не комплимент, так в самом деле и обстоит. А вот помянутые молодчики вам значительно уступают. Они-то как раз — м е л о ч ь. Уголовная мелочь, лишенная вашей юридической подкованности, вашей изворотливости, умения владеть собой, ума и всего прочего. Как опытный полицейский, могу с уверенностью сказать: т а к и х субъектов обычно крайне легко к о л о т ь. Как адвокат с большим опытом, вы, быть может, со мной согласитесь? Точно так же, даже если сам Кавальканти — достаточно крепкий орешек, его подручные — в точности та же мелочь, с которой очень легко работается. И из ваших клевретов, и из людей Кавальканти мы без особого труда можем вытряхнуть столько отягчающего вас...

Пауза длилась всего несколько мгновений. Лоренс посмотрел ему в глаза:

— Вот и уличите меня, дорогой господин из тайной полиции! Уличите их показаниями. Обширными, неопровержимыми, чертовски отягчающими... Я что-то не вижу при вас ничего, похожего на бумаги со свидетельскими показаниями. Если вы опытный полицейский — а я готов признать, что так и обстоит, — отчего же вы не запаслись сначала кипой показаний м е л о ч и, пришли ко мне к первому? Опытные полицейские таких просчетов ни за что не допускают. Следовательно, это не просчет, а что-то другое, совершенно другое…

Он уставился на Бестужева с нагловатой улыбочкой человека, прекрасно осознающего свое превосходство. Бестужев сохранил бесстрастное выражение лица, но про себя крепко выругался. Его противник, крючкотвор с немалым опытом, нащупал слабое место и ударил именно в него. Вся помянутая м е л о ч ь оставалась на свободе и никаких показаний, соответственно, не давала, мало того, Бестужев не был до конца уверен, что ему удастся убедить капитана с Исмеем произвести необходимые аресты и допросы по всем правилам...

Лоренс заговорил:

— Я вполне допускаю, что эта адская машинка действительно принадлежит... упомянутому вами синьору. Зная его пристрастие к подобным игрушкам... Однако мне совершенно ясно, что по каким-то своим соображениям ни вы, ни англичане не стали предпринимать официальных мер. Иначе вы непременно явились бы ко мне с кучей бумаг, с ворохом показаний... Мне сейчас совершенно неинтересно, почему вы поступаете именно так и какие у вас соображения. Важнее другое: вам нечего официально мне предъявить. Иначе предъявили бы уже... Боже мой!!! — внезапно воскликнул он с неподдельным надрывом, даже за голову схватился и просидел так, прикрыв глаза на несколько секунд. — Ну конечно же...

— О чем вы? — спросил Бестужев, стараясь сохранять полнейшее хладнокровие.

Лоренс убрал руки от лица и посмотрел на него, улыбаясь во весь рот:

— Я идиот, признаю. Я сыграл совершеннейшего дурака... Что поделать, с каждым может случиться, нет в нашем убогом мире совершенства... Теперь мне ясно. Коли уж вы не нанятый этой девицей авантюрист, не посланец конкурентов... Вы ведь тоже потеряли Штепанека, верно? Вы и англичане. Вы не охраняли его от нас, а все это время пытались его отыскать... Ну конечно, теперь все сходится... Я прав?

— Для вас это совершено неважно, — сказал Бестужев. — А теперь извольте выслушать меня внимательно. Да, по некоторым причинам мы никого не арестовали и не допрашивали. Пока что. Но мы, даю вам слово офицера, этим непременно займемся в самое ближайшее время.

— Вы еще не нашли Штепанека... — удовлетворенно улыбаясь, сказал Лоренс.

— Молчите и слушайте! — прикрикнул Бестужев. — Хорошо. Не нашли. Но найдем уже через пару часов, с нашими-то возможностями... Только вашего положения это нисколечко не изменит. Потому что нам нужны именно вы, именно вас я намерен сделать козлом отпущения.

— Почему? — спросил Лоренс уже совершенно другим тоном.

— Да попросту потому, что так — проще всего, — ответил Бестужев с милой, обаятельной улыбкой. — По большому счету, нас интересует только Штепанек. В любом случае Кавальканти не удастся устроить на судне взрыв, адскую машину мы изъяли, а запасной у него наверняка нет. По большому счету, нам неинтересны его молодчики и ваши подручные. Пусть с ними далее разбирается американская и итальянская полиция, если у нее возникнет такое желание. А вот вы, милейший, нас интересуете по-прежнему. Потому что нам нужно знать, кто вас послал, кто путается у нас под ногами. Логично, не правда ли? Вас я, будьте уверены, уже через четверть часа отправлю под замок. Согласен, в какой-то степени это будет чистейшей воды произвол — но что вы хотите от сатрапа из России...

Независимо от того, будем ли мы при подходе к Нью-Йорку брать Кавальканти с присными, вы так и останетесь под замком и, как я и обещал, проделаете с нами обратный путь до Европы. Основания? Вот эта штука… — он подбородком указал на бомбу. — Кто в Америке узнает, что вы остаетесь у нас под арестом? Ваши подручные и банда Кавальканти, ага... Вы всерьез верите, что они ринутся в полицию рассказывать о вашей участи и требовать вашего освобождения? Нет, серьезно? В Европе... а вот в Европе я постараюсь, чтобы вы попали не в Англию, а в Россию. С англичанами я, думаю, договорюсь без труда, вы им абсолютно не нужны. У вас будет возможность познакомиться с тюрьмами Российской империи. Я не буду врать, что вас непременно отправят на сибирскую каторгу. Рано или поздно вас придется отправить восвояси — но до того вы хлебнете горя... Пусть произвол. И что? Каковы будут последствия? Вы настолько наивны, чтобы полагать, будто ваше правительство добьется моего наказания? Вы вроде бы имеете кое-какие познания о русской тайной полиции... Ну, что вы молчите? Высмейте меня, докажите, что все будет совершенно иначе! — ободренный молчанием собеседника, он продолжал холодно, резко, напористо: — А главное, вы провалите порученное вам вашими нанимателями дело, и ваша репутация оборотистого человека, как нельзя более пригодного для грязных делишек, получит неплохой урон... что для ваших финансов будет иметь самые катастрофические последствия. Никому не нужны неудачники, провалившие однажды серьезное дело... Не так ли, Лоренс? Мне необходим в этой истории козел отпущения. И я, уж простите, намерен отвести эту роль вам. Вы достаточно умны, чтобы не вопить и далее о произволе. Ну да, в который раз повторяю — произвол... Мы в России и не такое выделываем...

Американец молчал — и это была если не победа, то, по крайней мере, возвещавшие ее приближение фанфары. Бестужев встал и, сделав два шага к двери, продолжал так же холодно:

— У меня есть показания стюарда, есть бомба, и этого вполне достаточно. Сейчас я кликну матросов, офицера, детектива — и они без всякого уважения к вашей американской демократии препроводят вас под замок. И ваше будущее будет именно таким, как я его детально описал. Коли уж вы оказались дураком, не способным к компромиссам, вас и жалеть нечего... Все.

Он направился к двери, распахнул ее и громко обратился к инспектору:

— Пожалуй, этого господина все же придется...

Офицер сделал знак, и оживившиеся верзилы-матросы двинулись в каюту с самым решительным видом.

Бестужев выжидательно повернулся вполоборота к сидевшему за столом адвокату. И не особенно удивился, услышав вскрик:

— Подождите!

Особенного триумфа он не испытывал, но все равно, приятно выигрывать... Заступив матросам дорогу, глядя через плечо ближайшего на стоящих в коридоре, он громко сказал:

— Простите, я поторопился... Мы еще какое-то время поговорим наедине с этим господином...

Офицер приказал что-то на английском, и матросы попятились в коридор с выражением явного разочарования на лицах — очень возможно, им гораздо больше нравилось предаваться таким вот, пусть и непонятным им забавам, нежели выполнять свои рутинные нелегкие обязанности. Захлопнув за ними дверь, Бестужев вернулся к столу, сел и приятно улыбнулся:

— Итак, вы все же склонны к разумным компромиссам?

Адвокат мрачно таращился на него исподлобья:

— А что еще прикажете делать? Сделку вы мне все равно сорвали, это совершенно ясно, денег мне клиенты не заплатят ни гроша, какие у меня перед ними обязательства? Я не ангел и знаю за собой кое-какие грешки, но вот оказаться за решеткой в роли сообщника этого чокнутого итальянца с его бомбами — слуга покорный! Бомбы — это не мой бизнес, категорически... Что вы, собственно, от меня хотите?

Бестужев показал на другой стол, меньших размеров, в углу каюты:

— Там письменный прибор и бумага. Я не проверял, но вряд ли чернильница в каюте первого класса может оказаться без чернил... Садитесь и пишите: о ваших клиентах, о том, как они предложили вам завладеть изобретением Штепанека...

— Простите! — так и вскинулся Лоренс. — Я вас вынужден попросить соблюдать максимальную точность формулировок. Слово «завладеть», согласитесь, несет в себе некий криминальный оттенок, а уголовщиной я не занимаюсь. Мои наниматели поручили мне самым законным образом к у п и т ь у инженера его патент и все сопутствующие бумаги...

— Бога ради, — сказал Бестужев. — Давайте соблюдать юридическую точность формулировок, ничего не имею против... Пишите о том, как ваши клиенты предложили вам к у п и т ь изобретение. Подробно перечислите их имена и названия фирм. И, разумеется, составьте, если можно так выразиться, отчет о проделанной вами работе: как вы с помощью Кавальканти вместе с вашими молодчиками вторглись ко мне в каюту... Что такое? Опять не те формулировки?

— Ну конечно, — мрачно сказал Лоренс. — Мы нанесли вам визит и сделали деловое предложение, от которого вы отказались... Именно так. Должен же и я получить какие-то выгоды за то, что пошел на компромисс?

— Ну вы и жук, — покрутил головой Бестужев. — Вы получаете уже ту выгоду, что остаетесь на свободе... Ладно. Вы нанесли мне визит... Все равно, подробно опишите, каким образом ваши...

ассистенты проникли в первый класс. И роль Кавальканти в событиях не забудьте должным образом отразить.

— С удовольствием, — язвительно бросил Лоренс. — Эта особа благородного происхождения меня нисколько не заботит... Но про бомбу я ничего писать не буду. Я и в самом деле ничего о ней не знал, пока вы ее не притащили...

— Не пишите о бомбе, — сказал Бестужев с величайшим терпением.

— Должен предупредить: я пишу по-французски гораздо хуже, чем говорю, получится несколько коряво и безграмотно...

— Ничего, — сказал Бестужев. — Лишь бы было разборчиво и содержало все, что мне от вас нужно... Ну? Или вам опять что-то препятствует?

— Да нет...

— Тогда за дело, черт возьми!

Вздохнув, адвокат нехотя поплелся к письменному столу, уселся, открыл крышку чернильницы. Бестужев терпеливо ждал, барабаня пальцами по столу и стараясь не выпускать Лоренса из поля зрения, — мало ли какой отчаянный номер тот способен выкинуть, оказавшись у разбитого корыта...

Нет, все прошло гладко. Примерно через четверть часа Лоренс шумно отодвинул кресло, покосился на Бестужева:

— Извольте...

Бестужев наскоро пробежал взглядом исписанные листки: почерк крайне разборчивый и аккуратный, но ошибок во французских словах и в самом деле предостаточно. Впрочем, это не имело никакого значения...

— Да, это то, что нужно, — кивнул он. — Все эти господа и фирмы, я так понимаю, имеют отношение к кинематографу?

— Самое прямое.

— Я уже успел уяснить, что главный доход извлекается не из производства фильмов, а из их показа в кинотеатрах...

— Совершенно верно, — не без сарказма ответил Лоренс. — Вы удивительно точно ухватываете суть дела...

— И изобретение Штепанека действительно нанесет огромный ущерб этим доходам?

— Не то слово. Хейворт зол на них, как черт, за то, что его не пустили в этот бизнес, и жаждет отомстить. С его деньгами и хваткой он способен причинить моим клиентам... бывшим клиентам серьезнейший ущерб. Правда, вас это наверняка не интересует?

— Совершенно не интересует, — чуточку рассеянно ответил Бестужев, тщательно складывая листы вчетверо и пряча их в карман. — Это ваши американские дела... Ну что ж, позвольте откланяться.

— И не забудьте эту гадость, — кивнул адвокат на саквояж с бомбой. — Мне она совершенно ни к чему.

— Ну разумеется, — кивнул Бестужев, подхватывая саквояж. — Я надеюсь, у вас достанет благоразумия не сообщать о нашем разговоре... и о ваших признаниях синьору князю? Насколько я знаю эту публику, он может на вас чертовски разозлиться и, чего доброго, схватиться за револьвер или стилет...

— Не учите ученого. У меня нет никакого желания получить нож под ребро от этих сумасшедших анархистов.

— Вот и прекрасно, — сказал Бестужев. — Всего наилучшего!

Выйдя в коридор, он самым деликатным образом раскланялся с офицером:

— Благодарю вас, вы мне очень помогли...

Тот коснулся пальцами козырька фуражки и, кивком приказав матросам следовать за ним, направился прочь. Инспектор, разумеется, остался. С любопытством спросил:

— Ну как? Он все написал?

— Конечно, — сказал Бестужев. — В его положении не побрыкаешься. Откровенно говоря, мне его показания абсолютно не нужны, я хотел этим достичь одного: чтобы он отныне сидел тихо, как мышка, и ни во что более не вмешивался. Так он, вне всякого сомнения, и поступит...

— А что же с этим... — инспектор кивнул на саквояж. — Так и будем с ней таскаться?

— Ну, а что прикажете делать? — пожал плечами Бестужев. — Придется еще какое-то время, пока не завершим г л а в н о г о... Пойдемте к капитану. Нужно посмотреть, как у них идут поиски, поторопить при необходимости. И еще... Мне нужно будет раздобыть у него пустующую каюту второго класса — а если свободных нет, то, на худой конец, и третьего, я не привередлив и не стремлюсь к роскоши...

— Кавальканти... — понятливо кивнул инспектор.

— Вот именно, — усмехнулся Бестужев. — Он очень быстро обнаружит, что был обокраден. На его месте я для вящего душевного спокойствия проверял бы саквояж всякий раз, возвращаясь в каюту после любой отлучки. Так и он поступает, наверняка. Подозреваю, наш титулованный друг, оставшись без бомбы, не на шутку разозлится. Так что мне лучше обзавестись убежищем, где в случае чего можно отсидеться...

Глава третья

РАЗНООБРАЗНЫЕ УЧЕНЫЕ ГОСПОДА

Возглавлявший процессию Бестужев уже успел узнать, что за хитрость измыслила деятельная племянница богатого заокеанского дядюшки: оказалось, что несколько кают первого класса располагались и на другой палубе, совсем не на той, где находилась основная часть. Официально она именовалась палубой «Е». Именно там шустрая девица и заказала заранее три каюты — для себя, своего тяжко хворавшего мужа и путешествующего с богатыми супругами личного доктора. Никто из троицы кают своих практически не покидал — болящий по причине тяжкого состояния, а остальные двое в неусыпной заботе о нем должны были постоянно находиться поблизости. Завтраки, ужины и обеды им доставляли в каюты предупредительные стюарды. Так что, не обратись Бестужев к капитану со своей наглой выдумкой, он мог бы увидеть кого-то из троицы исключительно сходящими по трапу в Нью-Йорке, и никак не раньше. Если увидел бы вообще. Логическим завершением такой истории было бы заказать карету

«Скорой помощи» и вынести закрытого одеялом «больного» в числе самых последних пассажиров. Коли уж Бестужев до этого додумался, наверняка и Луизе давно пришла в голову та же самая мысль. Опасным противником ее никак нельзя назвать, но умна, хитра и оборотиста, как сто чертей...

Роли были распределены заранее. Бестужев остановился у двери занимаемой «больным» каюты и сильно, настойчиво постучал. Чуть ли не в тот же самый миг распахнулась дверь соседней — господин доктор, он же телохранитель на службе у Луизы, надо отдать ему должное, свои обязанности нес исправно: он тут же выглянул наружу, держа правую руку под расстегнутым пиджаком.

Инспектор прянул к нему неожиданно ловко и быстро для своих лет и мнимой неуклюжести. Вмиг локтем левой руки прижал горло, правой выхватил из-под пиджака приличных размеров пистолет, потом сильным толчком отправил мнимого эскулапа внутрь каюты, куда следом за ними тут же вошли и захлопнули за собой дверь двое дюжих матросов.

Открылась дверь третьей каюты, показалась Луиза, оружием вроде бы не обремененная. Не давая ей выйти, тот самый помощник капитана, что уже ассистировал Бестужеву во время визита к адвокату, прошел в каюту в сопровождении третьего матроса, и Бестужев слышал, прежде чем закрылась дверь, как офицер произнес по-английски что-то непонятное, но безусловно носившее приказной характер.

Там, одним словом, все было в порядке — а вот на стук Бестужева никто упорно не откликался. Не теряя времени, он выхватил ключ и сунул его в скважину, быстренько повернул, ворвался внутрь, на всякий случай держа руку поблизости от браунинга — инженер постоянно преподносил сюрпризы, откалывал совершенно неожиданные для человека его профессии коленца, нельзя исключать, что он, нахватавшись от Гравашоля вредных привычек, встретит незваного гостя с д у д к о й, как выражались шантарские воры-разбойнички...

Потом Бестужев убрал руку от потайного кармана и, усмехнувшись, сказал:

— Рад вас видеть, господин инженер. Сдается мне, слухи о вашей тяжкой хвори досужая молва преувеличила изрядно. На мой взгляд выглядите вы прекрасно, хоть в силовые акробаты записывай...

Штепанек стоял у стола, руки его были пусты, на нем красовался роскошный халат с атласными лацканами и поясом из крученого шелка с витыми кистями — барин, да и только... И лицо у него значительно изменилось — теперь это была надменная, можно даже сказать, чванная физиономия, вполне соответствовавшая роскоши первого класса, куда ворвался без спроса нахальный парвеню, коего следовало обдать ледяным холодом. Да, переменился наш инженер, ничуть не походил теперь на наемного фокусника в цирковом балаганчике или жалкого приживала у благородного барона Моренгейма...

Молчание оставалось ненарушенным. Эта гордая осанка и исполненный барской спеси взгляд не произвели на Бестужева ни малейшего впечатления — но инженер добросовестно пытался предстать значительной персоной, давным-давно перешедшей в иное жизненное качество, что бы там ни было в прошлом. «Он уже почуял запах огромных денег,— подумал Бестужев, бесцеремонно усаживаясь у стола, — он свыкся с мыслью, что отныне стал персоной. Ничего, и не из таких заблуждений случалось выводить субъектов и посолиднее...»

— Что вам угодно? — надменно вопросил Штепанек.

— Господи! — усмехнулся Бестужев. — Неужели вы стали таким важным и значительным, что более меня не узнаете? В самом деле? Мы встречались... вам напомнить?

— Я помню, что мы встречались, — сказал Штепанек. — Я, правда, совершенно забыл уже ваше имя и чин, невысокий какой-то...

Он посмотрел через плечо Бестужева в сторону двери с некоторым удивлением. Бестужев понял.

— Можете не рассчитывать, что ваши друзья придут к вам на помощь, — сказал он. — Не подумайте плохого, я не привел с собой каких-то там головорезов, наоборот, со мной судовой офицер, детектив из Скотленд-Ярда и достаточное для поддержки количество матросов. Я ведь не уголовный субъект, а, если вы помните, лицо официальное, с соответствующими полномочиями, убедившими и капитана, и английскую уголовную полицию... Помните? Да не смотрите вы туда, они не придут. Их предельно вежливо попросили побыть в своих каютах во время нашего разговора, и они не могли не согласиться с аргументами... Я, повторяю, официальное лицо, и разговор у нас насквозь официальный. Не хотите присесть? Я чувствую, беседа у нас выйдет долгая...

Штепанек сел. По его лицу легко читалось, что инженер, как любой в его положении, лихорадочно пытается найти какой-то выход. Вот только что тут на его месте можно придумать? Совершенно пиковое положение...

— Что вам угодно? — неприязненно бросил Штепанек.

— Боже мой, — покачал головой Бестужев, — неужели вы решили притворяться идиотом?

— Я не собираюсь притворяться идиотом, — сказал Штепанек. — Я спрашиваю, что вам угодно?

— То есть как? — сказал Бестужев без улыбки. — Ну это уж, простите, наглость неописуемая... Если вы не страдаете резким выпадением памяти и не стали за время плавания идиотом, вы должны помнить, что совсем недавно подписали с неким крайне СЕРЬЕЗНЫМ ВЕДОМСТВОМ Российской империи крайне серьезный договор, по которому взяли на себя серьезные обязательства — и получили в виде аванса крайне серьезные суммы. Среди порядочных людей подобные обязательства принято исполнять. Вы же исчезли от своих, назовем вещи своими именами, нанимателей... Только не говорите, что вас похитили, связав по рукам и ногам, заткнули рот кляпом, сунули в мешок и увезли... Действительно, с н а ч а л а вас и вправду похитили. Однако потом вы нашли с вашим похитителем общий язык и начали с ним сотрудничать совершенно сознательно. А там в силу известных обстоятельств обрели полную свободу действий — но даже не подумали к нам вернуться или хотя бы уведомить о себе, наоборот, преспокойно уехали в противоположном направлении. Вы действительно полагаете, что подобное поведение сходит с рук, когда в игре т а к и е ведомства и т а к и е деньги? Повторю еще раз: нужно выполнять условия договора, который вы подписали без малейшего принуждения, и получили огромный аванс...

— Вы меня обманули, — сказал Штепанек. — Заплатили сущие гроши.

— Завидую вашей раскованности... Для вас такие деньги — это «гроши»?

— Слава богу, нашлись люди, которые знали н а с т о я щ у ю цену моим изобретениям и моему уму.

— Ах, вот оно как... — сказал Бестужев, ощущая, как в нем поднимается глухая неприязнь. —

Что ж, случается в жизни, когда появляются новые участники сделки и предлагают больше... Но обязательства, господин Штепанек... Вы, простите, прямо-таки обязаны их выполнять. Наша сделка была заключена совершенно законно, ее никто не собирается прятать от общественности... на вас, повторяю, не оказывалось никакого нажима, вы согласились на определенные суммы добровольно и, как я помню, с нескрываемой радостью. Мы были с вами предельно честны и ожидали такой же честности по отношению к нам. Мы же не детскими играми занимались, в конце-то концов, а заключили серьезную коммерческую сделку. На нашей стороне будет любой суд...

— Вот и обращайтесь в любой суд, по вашему выбору, — отрезал Штепанек. — Что до меня, то я готов вернуть вам аванс в Нью-Йорке, весь, до последнего гроша. А далее можете судиться, сколько вашей душе угодно. Не собираюсь ни воспрепятствовать в этом, ни скрываться.

— Понятно, — сказал Бестужев. — Рассчитываете, что ваш новый наниматель с помощью высокооплачиваемых адвокатов затянет процесс сколь угодно долго?

— А разве это невозможно? — с полнейшим бесстрастием спросил Штепанек. — Я же говорю: аванс вы получите назад. Можете обращаться в любой суд, хоть в Америке, хоть в Старом Свете.

— Я вижу, вы уже получили неплохие юридические консультации...

— Какое вам до этого дело?

— Я состою на службе, как вы помните, — сказал Бестужев. — И, как военный человек, выполняю приказы скрупулезно.

— Вот и доложите о нашем разговоре. Могу я попросить вас выйти вон?

— Так-так-так... — сказал Бестужев. — Вы знаете, у меня накопился изрядный опыт общения с трудными клиентами... И я достаточно знаю жизнь, чтобы понимать: когда человек, как вы сейчас, выказывает железную непреклонность, его бесполезно уговаривать и упрашивать...

— Рад, что вы достаточно умны, чтобы понимать такие вещи.

Бестужев легонько вздохнул — все уговоры, он прекрасно понимал, и в самом деле оказались бы бесполезны. Как и напоминания о честности в делах. Инженера давно уже понесло, смешно напоминать сейчас о порядочности...

— Ну что же, — сказал Бестужев. — А вот достаточно ли умны вы, чтобы понимать, в сколь печальном положении очутились?

— То есть?

— В Австро-Венгрии вы, вот чудо, не совершили ровным счетом ничего противозаконного, — сказал Бестужев. — Разве что принимали участие в весьма предосудительных с моральной точки зрения развлечениях Моренгейма и его гостей, но закон против подобного бессилен. А вот во Франции... О, во Франции вы ухитрились впутаться в крайне тяжелые уголовные прегрешения... Я вас прошу, не делайте такого лица. И не придавайте себе вид оскорбленной невинности. Могу вас заверить, я знаю о ваших парижских похождениях практически все. Гравашоль вас похитил, верно. Однако, присмотревшись к вам, очень быстро понял, что гораздо разумнее вас использовать не в виде пленника, а в качестве вольного сообщника. Он замышлял покушение на жизнь итальянского короля во время визита его величества в Париж. А следить за перемещениями жертвы он намеревался с помощью вашего аппарата, которым должны были управлять, естественно, вы, собственной персоной. Гравашоль, сказать по правде, личность незаурядная — но он прекрасно понимал, что самостоятельно справиться с аппаратом не сможет. А принуждать вас угрозами к обучению ему, как человеку умному, показалось слишком рискованным. К чему угрожать, если можно к у п и т ь? Вот он вас и купил, Штепанек. Нанял, если называть вещи своими именами.

— Что за вздор!

— Ну какой же это вздор? — спокойно произнес Бестужев. — Это не вздор вовсе... Он присмотрелся к вам, и вы договорились. В виде оплаты он вам передал бриллианты на изрядную сумму. Поскольку у него нет собственных алмазных копей, как и денег на законную покупку драгоценностей, он поступил, как привык — раздобыл к а м н и, устроив налет на известного парижского ювелира. И бриллианты, конечно, при вас...

От него не ускользнуло непроизвольное движение руки инженера, скользнувшей — нет, не в карман халата за оружием, к поясу. Вскочив, Бестужев одним прыжком оказался рядом, выдернул Штепанека из кресла, поднял на ноги и принялся, распахнув халат, ощупывать его талию, приговаривая:

— Слово офицера, у меня нет порочных наклонностей, это чисто полицейский интерес...

Штепанек пытался сопротивляться, но силенок ему определенно недоставало. Бестужев в ходе этого импровизированного, поверхностного обыска быстро нашарил надетый под одежду инженера неширокий пояс, набитый чем-то мягким и шелестящим, похожим на ощупь на бумагу. Кроме того, там угадывалось нечто небольшое, твердое, если учесть предыдущий разговор, как две капли воды походившее на мешочек с драгоценными камнями...

— Как вы смеете! — взвыл Штепанек, тщетно пытаясь вырваться.

Бестужев отпустил его, и растрепанный инженер рухнул в кресло, запахивая халат, словно стыдливая купальщица, узревшая за кустами беззастенчивого приставалу.

— Вот так... — сказал Бестужев, усаживаясь на прежнее место. — Вы крайне предусмотрительны, я вижу. В буквальном смысле слова держите бумаги при себе, на теле… а вместе с ними нечто, чертовски похожее на ощупь на мешочек с брильянтами...

— Вы не имеете права!

— Простите, — вежливо возразил Бестужев. — Право я как раз имею. Я все же офицер российской тайной полиции, так что мое положение несколько отличается от положения сообщника анархистов-цареубийц, замешанного в их грязных делах и принявшего в уплату краденые брильянты... Разумеется, на что я не имею права так это на ваш арест... но мне и нет нужды самостоятельно производить такие действия. Я совершенно официальным образом обращусь к капитану, который в данный момент представляет здесь, на британской территории, все британские власти, какие только существуют. Кроме того, как я уже упоминал, здесь же присутствует детектив из британской уголовной полиции. Уж о н и, как вы понимаете, имеют право и арестовать вас, и посадить под замок до возвращения в Европу.

— А что в Европе? — бросил Штепанек, тщетно пытаясь сохранить прежнюю надменность.

Однако Бестужев видел в нем некий н а д л о м — и спешил усугубить первые успехи.

— То есть как это что? — поднял он брови. — В Европе, точнее, во Франции, вы моментально попадете в цепкие объятия французской Фемиды. Гравашоль давно арестован, знаете ли. Я сам участвовал в его аресте. Соответствующие показания он дал очень быстро — ну с какой стати ему вас выгораживать и спасать? У него достаточно хлопот о собственной шкуре... Кто вы для него? Случайный наемник, ничуть не идейный собрат по борьбе... Ювелиры моментально опознают свои камушки — это для простаков в таких делах, кроме нас с вами, все брильянты кажутся одинаковыми, а вот ювелиры не только сумеют опознать свои, но и убедить в этом присяжных. Как вы, должно быть, догадываетесь, серьезные претензии к вам с некоторых пор имеет и итальянская юстиция, каковая с величайшей охотой примет участие в процессе...

— Авантюрный роман какой-то... — с наигранным спокойствием сказал Штепанек.

Он волновался, его вспотевшие ладони коснулись друг друга, пальцы переплелись, нервно дергаясь, капельки пота выступили на лбу и висках, глаза бегали. Все классические симптомы были налицо: не обладавший ни особенной отвагой, ни умением запираться на серьезном допросе субъект начинал понимать, что влип, и влип крепко...

— Подведем некоторые итоги? — продолжал Бестужев напористо, не давая оппоненту опомниться. — Вы замешаны в подготовке покушения на коронованную особу, а в качестве платы приняли брильянты, похищенные в результате разбойного нападения. Сдается мне, что при наличии таких обвинений ни один, трижды гениальный изобретатель, на снисхождение рассчитывать не может. Или вы полагаете, что Хейворт кинется вас защищать с помощью оравы тех самых высокооплачиваемых адвокатов? Насколько я понял, он неглупый человек и уважаемый предприниматель, он быстро сообразит, что его имя не должно всплывать в *такой* истории. Он всерьез намерен отомстить своим врагам, но не настолько же он одержим маниакальными идеями, чтобы впутываться... Вы останетесь один. Никого не будут интересовать ваши достижения на ниве электротехники и ваши гениальные открытия. Французское правосудие на такие лирические моменты не склонно обращать внимание, особенно при таких обстоятельствах. Самое легкое, что с вами может случиться, — многолетняя отсидка в тюрьме либо на каторге. Но у французов существует еще и некая машина, которая... — Бестужев многозначительно чиркнул себя ладонью по горлу. — Догадываетесь, о чем я? Подумайте как следует, Штепанек. Я уже давно понял, что вы вовсе не персонаж романов и анекдотов о рассеянных, неприспособленных к жизни ученых, о чудаках не от мира сего. С некоторых пор вы ведете жизнь хваткого дельца, который научился добывать весьма крупные суммы, получать нешуточные ценности... Только этому пришел конец, неужели вам еще непонятно?

— Это все слова...

— А ваши спутники, которые не в состоянии прийти к вам на помощь? Их сейчас удерживают люди, облеченные нешуточной властью, имеющие право на такие поступки... Хотите побеседовать с господином из Скотленд-Ярда или помощником капитана?

— Зачем? — замотал головой Штепанек. — Я имею в виду, у вас только слова...

— Вот тут вы серьезно ошибаетесь, — сказал Бестужев. — Я уже говорил, что мы арестовали Гравашоля, — чуть подумав, он решил приврать, благо проверить его было невозможно. — Кроме того, пребывает под замком и его сообщник, господин, известный под романтическим прозвищем Рокамболь... Вы наверняка должны были с ним встречаться, сам-то он уверяет, что так и было...

— Вранье!

— Извольте, — сказал Бестужев, вынимая из кармана сложенные вдвое листы бумаги. — Вот вам показания Гравашоля, а здесь и откровения милейшего Рокамболя... Я же говорю, вы для них не более чем случайный сообщник, они не намерены были вас выгораживать, они спасали в первую очередь себя... Прочтите, я вас не ограничиваю временем.

— Вы сами могли нацарапать что угодно, я же не знаю почерка ни того, ни другого...

— Резонное замечание, — сказал Бестужев. — Вот только... Показания эти содержат массу имен, адресов, подробностей, которые вас в два счета убедят, что я ничего не подделывал, и нам известно все. Читайте и не забывайте, что оба пребывают в самом добром здравии, сидят за решеткой под надежным присмотром и готовы все подтвердить, едва вас с ними сведут... Уже через несколько дней.

Читайте-читайте, там множество интереснейших вещей приведено...

Он откинулся на спинку кресла и с холодной улыбкой смотрел, как Штепанек чуточку дрожащими руками перебирает листки, что-то выхватывает взглядом — нечто, никак не прибавляющее ему спокойствия духа и уверенности в себе...

Потом инженер принялся читать с самого начала, внимательно и ц е п к о. Бестужев терпеливо ждал.

— И что же, это похоже на выдумку? — спросил он, когда Штепанек уронил прочитанные листы на колени, ссутулился, поник. — В самом деле, похоже? Нет уж, согласитесь, что это доподлинная правда, здесь подробно, во всех деталях описаны ваши парижские похождения, способные привести вас если не на гильотину, то уж за решетку наверняка. С вами все кончено, простите за прямоту. Вы не знаменитый инженер и гениальный изобретатель, а государственный преступник. И, сколько бы вы ни отсидели — а сидеть придется долгонько — к прежнему положению вам уже никогда не вернуться. Понимаете вы это?

Штепанек, вперив взгляд в пол, протянул:

— Но ведь и вы при таком обороте ничего не получите...

— Не в том смысл, — сказал Бестужев. — Ведомства, подобные нашим, нельзя обманывать, вести с нами двойную игру. Потому что в таких случаях мы мстим, и жестоко. Надеюсь, вы, хоть краем уха, да слышали о нравах военных и тайной полиции? И потом... Почему вы решили, что мы ничего не получим? Да, мы останемся без в а с. И только. Все ваши бумаги, — он невежливо показал пальцем на живот Штепанека, — куплены нами законным образом, и, учитывая дружественные отношения России и Франции, нетрудно будет их у французов получить. Постараемся как-нибудь обойтись и без вас. Уж простите великодушно, но на вас свет клином не сошелся. В России тоже хватает способных электротехников, могу вас заверить...

— Они не разберутся!

— Ну, это тема для последующих научных дискуссий, в которых я не силен, — сказал Бестужев. — В конце концов, как мне объясняли весьма знающие люди, любое техническое изобретение можно понять и усовершенствовать. Знаете, уже здесь, на «Титанике» я прочитал занятную историю: в американское бюро патентов почти одновременно явились д в а господина, и каждый из них изобрел телефон, не зная друг о друге. Понятно, выиграл тот, кто пришел первым... Но у нас другой случай. Я не инженер и плохо разбираюсь в технике и электричестве, однако кто может ручаться, что сейчас где-то в Европе не работает н о в ы й изобретатель, способный продвинуться даже дальше, чем вы? Не столь уж фантастическое допущение. И, наконец, мы всегда можем пригласить в качестве консультанта вашего учителя, профессора Клейнберга...

— Этого напыщенного филистера... — саркастически усмехнулся Штепанек, по-прежнему не поднимая глаз и похрустывая пальцами с самым нервическим видом.

— И все же он, насколько мне известно, один из лучших электротехников Германии, — безмятежно сказал Бестужев. — Может, и не разберется. А может... Вам, простите за цинизм, до всего этого не будет никакого дела, вы в лучшем случае будете сидеть во французской каторжной тюрьме, с ужасом представляя, с к о л ь к о еще осталось... — Он резко сменил тон: — Послушайте, Штепанек, оставим эту бессмысленную дискуссию: я ничего не понимаю в электротехнике, а ваша песенка спета. У меня был приказ доставить вас с вашим изобретением в Россию. После... известных событий я получил новый: либо получить хотя бы бумаги, либо воздать вам должным образом за обман. По-моему, мне удалось добиться и того, и другого... Позвать матросов, чтобы они отвели вас под арест? Детектив в соседней каюте, с этим верзилой, что бездарно изображал из себя дипломированного эскулапа...

Штепанек поднял голову. Вся самоуверенность и апломб давным-давно улетучились, нашкодивший ученый господин был откровенно жалок, даже слезы на глаза навернулись. Взгляд у него стал о с о б е н н ы й. Бестужев по роду службы хорошо знал такие именно взгляды, означавшие, что собеседник пришел в несомненную г о т о в н о с т ь. Что он на все согласен ради спасения своей драгоценной шкуры. Вот только иногда не может даже подобрать нужные слова, придется помочь…

— Но ведь есть и третья возможность, — сказал Бестужев чуточку небрежно. — Вы старательно выполняете все свои обязательства по тому договору, что подписали с нами, а мы, в свою очередь, приложим все усилия, чтобы вот этому, — он кивнул на исписанные листы, все еще лежавшие на коленях Штепанека, — не был дан ход. Когда вы попадете в Россию, будет легче... Мы найдем способы договориться с французами, мы, как-никак, союзники…

Для него не стало сюрпризом новое выражение на лице инженера — яростная надежда на благополучный исход. Это тоже было крайне знакомо и в подобных случаях не вызывало ничего, кроме легкого мимолетного презрения. В конце-то концов, никто не заставлял этого господина подличать, он сам из алчности решил ухватить денежки где только возможно...

— Я вижу, эта третья возможность вам понравилась? — усмехнулся Бестужев. — Не правда ли?

— Да...

Никогда нельзя в таких вот случаях показывать собеседнику свои подлинные чувства, наоборот...

Бестужев заговорил сухим, деловитым, канцелярским тоном:

— Значит, вы согласны отправиться в Россию

и выполнять свои обязательства, я правильно понял?

— Да. Давайте... давайте все забудем, это было наваждение...

Бестужев чуть наклонился вперед и, не сводя с собеседника холодного взгляда, продолжал размеренно:

— Ну что же, я рад. И надеюсь на ваше благоразумие. Иногда люди выкидывают самые неожиданные номера... Сейчас вам, назовем вещи своими именами, плохо, страшно и неуютно, вы поняли, во что ввязались, согласны все исправить. Но вполне может оказаться, что потом, когда пройдет первый страх и вы успокоитесь, вам вновь захочется л о в ч и т ь. Вы попытаетесь отречься от только что принятых обязательств, начнете искать способ оставить меня с носом... Не изображайте оскорбленную невинность, очень часто мысль у людей в вашем положении работает именно таким образом. Так вот, запомните накрепко: у вас более н е т ни малейшей возможности хитрить и изворачиваться. Окружающая обстановка этому не способствует. Мы находимся на корабле в океане, и капитан с его корабля оказывает мне любое потребное содействие. Так что в некотором смысле «Титаник» надежнее любой тюрьмы с решетками на окнах, высокими стенами и вооруженной охраной. Я хотел бы, чтобы вы это накрепко себе уяснили. У вас нет ни малейшей возможности меня одурачить...

— Да, да, я понимаю...

— Будем надеяться, что так и обстоит... — сказал Бестужев. — Когда судно прибудет в Нью-Йорк, мы с вами останемся на корабле. И обратным рейсом отправимся назад в Старый Свет, ну, а оттуда — в Россию. Мисс Луиза и ваш третий спутник со всей возможной деликатностью будут отправлены на берег...

— Но сейчас...

— Что — «сейчас»? — не понял Бестужев.

— Сейчас она, едва вы уйдете, устроит мне сцену... — Штепанек бросил на него быстрый отчаянный взгляд и тут же отвел глаза. — Нельзя ли как-нибудь сделать так, чтобы они ко мне не приставали, уже сейчас...

Бестужев усмехнулся:

— Другими словами, вы предлагаете посадить их под замок немедленно?

— А почему бы и нет?

«Хорош гусь», — с той же мимолетной брезгливостью подумал Бестужев. Какое-то время он и впрямь колебался: а может быть, так и поступить? Капитан окажет содействие... Подходящие каюты найдутся... Всем будет спокойнее...

Но потом он отбросил эту мысль. Не следовало озлоблять Луизу до крайности. Знаем мы этих миллионщиков, хотя бы на примере собственного Отечества. Бог его ведает, как далеко у этого Хейворта простираются связи и какую пакость он способен устроить в Нью-Йорке. Предположим, корабль остается кусочком неприкосновенной британской территории, но существует множество способов: политические демарши, разнузданные газетчики, юридическое крючкотворство...

Оставаясь на свободе, Луиза до последнего момента будет надеяться, что у нее остались шансы изменить ситуацию в свою пользу. Какие бы то ни было действия она предпримет в Нью-Йорке обязательно, но все равно, не нужно крайностей...

— Это будет чересчур, — сказал Бестужев. — Все-таки дама...

— Но она же…

— Да, она, пожалуй что, закатит вам натуральнейшую истерику, — задумчиво кивнул Бестужев. — С женщинами это случается, даже с самыми что ни на есть эмансипированными и деловыми. Ну, тут уж вам придется справляться самому. Благо никаких опасностей для вас не предвидится — ну что она вам может сделать? — Он решил чуточку польстить собеседнику. — Вы же умный, решительный человек, известный изобретатель, мужчина, наконец. Неужели вас пугает объяснение со вздорной девчонкой? Вы ей скажете, что изменили решение, что прежний договор вас обязывает и вы не хотите выглядеть обманщиком... да мало ли что можно сказать… Решительно и твердо поставьте ее перед фактами. Да, возможна тяжелая сцена... но, черт возьми, лучше проявить твердость по отношению к этой взбалмошной мисс, чем оказаться в лапах французской юстиции отягощенным серьезнейшими обвинениями... Главное, она не способна причинить вам ни малейшего вреда. Вы находитесь на британской территории, на вашей стороне капитан судна, первый после Бога, к вашим услугам — детектив из Скотленд-Ярда...

Штепанек с неудовольствием поморщился:

— Бог знает что придется вытерпеть...

— Ну, если подумать, вы сами виноваты, старина, верно? — сказал Бестужев, улыбаясь почти дружески. — Никто вас не заставлял превращать свою собственную жизнь в авантюрный роман... Я вас не уговариваю, уж простите за откровенность. Я просто-напросто даю вам инструкции, как поступать дальше. Все-таки вы, еще раз простите, тысячу раз простите, в моих руках. Чуточку мелодраматическая фраза, согласен, затрепанная авторами романов и пьес, но она очень точно отражает положение дел... Ну так как, мы договорились?

— Договорились, — буркнул Штепанек.

Он выглядел раздосадованным, злым, но уже не казался сломленным — приободрился, стервец, заново ощутил пьянящий вкус свободы, остался в завидном положении высокооплачиваемого изобретателя, избавленного от пошлых житейских хлопот...

Следовало закреплять достигнутый успех, не чураясь самой беззастенчивой лести — на что только ни приходится идти ради дела...

— И вот что еще, — сказал Бестужев с самым благожелательным, даже дружеским выражением лица. — Вы упустили одну очень важную сторону дела. Причину, по которой вам следует сотрудничать непременно с нами. Вы гений изобретательского дела, господин Штепанек, даже я, профан, успел это понять...

На лице инженера отразилось некое самодовольство и показная скромность.

— Если бы вы работали у этого самого Хейворта... или кого-то ему подобного, у вас, конечно же, было бы гораздо больше денег, нежели предложили мы. И т о л ь к о... Служба же д е р ж а в е, особенно такой, как Российская империя, несет в себе и массу других преимуществ, которые кое в чем даже превосходят вульгарный звонкий металл. Это чины, господин Штепанек, это, возможно, дворянство, это ордена, кресты, звезды... — для пущей наглядности Бестужев очертил пальцем у себя на груди нечто непонятное, но, безусловно, приличных размеров. — Вот об этой стороне дела вы и не думали... Все эти заокеанские миллионеры рассматривали бы вас как одного из множества наемных служащих... зато в России бы будете, кем надлежит — великим ученым на службе его величества. Есть еще и Академия... Вы ведь родились в... небольшом городишке в западной Словакии?

— В жуткой дыре, так будет правильнее, — сказал Штепанек, поджимая губы.

— И вам, конечно же, хотелось бы когда-нибудь вновь там показаться во всем блеске успехов? — продолжал Бестужев. — Не смущайтесь, все мы люди, и ничего человеческое нам не чуждо. Вы не знаете, как бывает с только что произведенными в первый чин офицерами? Надев новенькие, блистающие золотые погоны, они непременно отправляются делать визиты всем знакомым, от близких до случайных, чтобы покрасоваться. Так бывает со всеми, я знаю по себе. Теперь представьте свое триумфальное возвращение на родину... либо в Вену, где вас не поняли и отторгли эти ученые чинуши. Одно дело — приехать п р о с т о очень богатым. И совсем другое — признанным в великой империи ученым, удостоенным орденов, быть может, и большего...

Штепанек даже глаза полузакрыл — п о д о б н ы е радужные перспективы ему, безусловно, были как маслом по сердцу. «Почему мне это не пришло в голову раньше? — с досадой подумал Бестужев. Он вот-вот замурлычет, как кот, которому чешут за ухом. Строго говоря, никакого отличия от многих вовсе уж бездарных, никак не талантливых субъектов, с коими приходилось работать, — достаточно поманить побрякушками и чинами...»

— Это все отнюдь не голословно, — сказал он. — Вы ведь не могли не слышать, как в з л е т а л и иные ученые мужи на русской службе...

— Приходилось... Послушайте! — у инженера был вид человека, настигнутого нежданным озарением. — А собственно, зачем непременно вступать с... ней в конфронтацию? Устраивать сцены?

— Что вы имеете в виду? — спросил Бестужев.

— К чему лишние скандалы? Я мог бы ей попросту солгать, сказать, что мы с вами не достигли согласия. Вы напоминали мне о прежнем договоре, но я остался тверд. Луиза... она ведь ничего не знает о некоторых... обстоятельствах.

«Ах, вот ты из каких, — подумал Бестужев, — стараешься избегать решительных объяснений, поставленных ребром вопросов, предпочитаешь закулисные интриги и обман. Дипломат, право... Но в том-то и суть, что т а к, пожалуй, получится даже выгоднее в некоторых отношениях...»

— В этом что-то есть, — сказал он, подумав. — Вот только... Вы сможете при этом выглядеть достаточно убедительным?

— Думаю, да, — усмехнулся Штепанек.

Походило на то, что к нему полностью вернулось душевное спокойствие, и он вновь стал не лишенным надменности и спеси техническим гением, превосходно знающим себе цену. Бестужев, наблюдавший этого сукина кота в самых разных ипостасях, ничуть этому не удивился: и черт с ним, пусть задирает нос, лишь бы и впрямь оказался достаточно убедительным...

— Вы уж постарайтесь, — серьезно сказал Бестужев. — Да, вот еще что... Здесь, на корабле, обретаются, можно сказать, конкуренты — парочка американских прохвостов, которые намерены сделать вам аналогичное предложение. Они вас пока что не обнаружили, но если, паче чаяния, появятся — вы, я надеюсь, и тут сможете остаться на высоте?

— Ну разумеется, — сказал Штепанек.

Он небрежно, даже гадливо собрал в стопочку исписанные листы, содержавшие немало для него неприятного, многозначительно уставился на Бестужева. Тот проворно взял у него бумаги:

— Ах да, я и забыл... Ну что же, всего наилучшего, — и, уставясь в глаза инженеру решительным взглядом, сказал без улыбки: — Вы уж не подведите, я вас умоляю… Чтобы нам не возвращаться к неприятным сторонам жизни...

— Не беспокойтесь, — надменно поднял подбородок инженер.

Бестужев поклонился и вышел. Он не сомневался, что выиграл, но на душе было горько, совсем по другим причинам. Ну почему он решил, что гений, талант, творческий человек обязан в дополнение к своему дару Божьему служить еще и олицетворением всех мировых добродетелей, высокой морали, благородства и чести? Как будто мало было бесчисленных примеров из старинной истории, да и дней сегодняшних? Что за юношеский идеализм, право...

Он вошел в соседнюю каюту. Происходившее там носило все черты благолепия — именно оттого, что ничего там, собственно говоря, не происходило. Мрачный верзила, телохранитель Штепанека, сидел смирнехонько напротив инспектора, а за спиной у него располагался дюжий матрос, явно гордившийся своей ролью бдительного часового.

— Можете идти, — кивнул ему Бестужев. — Пойдемте и мы, инспектор, все благополучно разрешилось...

— А как быть с этим? — инспектор продемонстрировал внушительный пистолет кольтовской системы.

Бестужев, не колеблясь, забрал у него пистолет и протянул владельцу. Наклонившись к нему, сказал значительно и властно:

— Вы, кажется, успешно охраняли вашего подопечного? Можете продолжать с тем же усердием.

Тот уставился на него сердито, непонимающе, но пистолет тут же сграбастал и сунул под пиджак, где у него на хитроумных ремешках висело нечто вроде открытой кобуры.

Притворившись, будто не замечает вопросительного взгляда англичанина, он направился к следующей каюте. В голове отчего-то всплыл детский стишок: «Мороз-воевода дозором обходит владенья свои...» Мимолетно усмехнувшись, Бестужев распахнул дверь.

С первого взгляда стало ясно, что з д е с ь события разворачивались гораздо менее мирно: Луиза, сидя в кресле, метала пламенные взгляды так, словно всерьез полагалась испепелить ими всех и вся. Ее покойное положение в кресле было вызвано наверняка не ее собственными побуждениями, а исключительно тем, что матрос крепко держал ее за локти без особого почтения к прекрасному полу и роскоши первого класса. Офицер, стоявший поодаль, все еще зажимал щеку носовым платком — и, когда он его на миг отнял, Бестужев увидел на щеке длинные кровоточащие царапины. Судя по всему, мисс Луиза сдалась только после упорного сопротивления…

— Я вижу, у вас здесь были... инциденты? — поинтересовался Бестужев.

— О да, — флегматично откликнулся офицер. — Юная леди даже соизволила угрожать нам вот этим...

Он продемонстрировал Бестужеву небольшой крупнокалиберный «Бульдог», памятный еще по особняку очаровательной Илоны Бачораи, где Луиза из него лихо и метко расстреливала глиняные горшки. Не раздумывая, Бестужев забрал у него оружие и опустил себе в карман. В эмансипации женщин, по его глубокому убеждению, были и некоторые положительные аспекты, но не следовало доводить все до абсурда, чтобы взбалмошные юные особы разгуливали с заряженным оружием в ридикюле...

— Можете идти, господа, — сказал Бестужев. — Будьте так любезны передать капитану, что я вскоре нанесу ему визит...

Оставшись наедине с Луизой, он предусмотрительно встал подальше, чтобы и по его физиономии, не дай бог, не прошлись ухоженные коготки с безукоризненным маникюром. Луиза вскочила, пылая гневом, как древнеримская фурия:

— Отдайте револьвер!

— И не подумаю! — твердо сказал Бестужев. — Возможно, потом, когда вы будете сходить на берег...

— Что вы с ними сделали?

— Помилуй бог, да ничего, — сказал Бестужев, пожимая плечами. — Что, собственно, я мог с ними сделать и по какому праву? — Он постарался, чтобы в голосе звучали неподдельное разочарование и грусть. — Ваш инженер пребывает в добром здравии, а телохранитель вновь получил возможность бдить...

Он надеялся, что вид его сейчас по-настоящему убитый, осанка понурая, а весь облик исполнен того самого разочарования. В глазах Луизы помаленьку разгоралось торжество: она поверила, точно...

— Вот так вот, — сказала девушка триумфально. — Вам давно следовало понять, что эту игру я выиграла. Что вы такое придумали, чтобы привлечь на свою сторону экипаж? Надеюсь, не выдали нас за вульгарных карманников, которые украли у вас часы?

— Ну что вы, я никогда не позволил бы себе так с вами обращаться, мисс Луиза, — уныло ответствовал Бестужев. — И ничего я, собственно, не придумывал, я всего-навсего открыл им свое настоящее лицо...

— Ага! — сказала Луиза, не в силах сдержать торжествующую улыбку, форменным образом сиявшую на ее очаровательной юной мордашке. — Я с некоторых пор так и подозревала — что никакой вы не агент промышленников, а какой-нибудь государственный шпион... Только не выгорело, верно? У нас беспроигрышные позиции. Если вам что-то не по нраву, бога ради, обращайтесь в любой американский суд! Вам показать н а ш и контракты?

— Не стоит, — сказал Бестужев. — Я так воспитан, что привык верить даме на слово... Старомодная порядочность, черт ее дери.

Испытующе глядя на него, Луиза поубавила торжества в звонком голосочке:

— Я против вас лично ничего не имею, вы очень симпатичный человек... Но ведь кто-то должен проигрывать, когда в игре несколько игроков?

— Пожалуй, если смотреть философски... — смиренно отозвался Бестужев. — Мне следовало бы сказать, что я сохраню о вас самые приятные воспоминания, но вы же понимаете, это будет заведомая неправда... Что ж, позвольте откланяться, как-то не особенно и хочется и далее служить предметом вашего торжества... Вот только имейте в виду: по кораблю болтаются посланцы того самого синдиката, которому ваш дядя решил насолить, они тоже намерены перекупить Штепанека...

— Не получится, — заверила Луиза. — Отдайте, наконец, револьвер, что за мальчишество!

— Берите уж, — поразмыслив, сказал Бестужев, протягивая ей оружие. — Всего наилучшего...

Он повернулся и вышел, старательно изображая все того же сломленного проигрышем человека. Преобразился лицом, оказавшись в коридоре: моряков там уже не было, конечно, но инспектор остался. И, несомненно, сгорал от законного любопытства.

— Пойдемте к капитану, — сказал Бестужев. — Нужно обговорить еще кое-какие детали...

— Вы решили оставить этих двух на свободе?

— Инспектор, а *вы* видите какую-нибудь законную возможность упрятать их под замок? — пожал плечами Бестужев. — Вот и я не вижу. *Главное* сделано. Я поговорил с... молодым человеком, передал ему послание от... известных персон и обрисовал все вероятные будущие последствия столь опрометчивого шага. Он, смело можно сказать, уже раскаивается, что был столь неосмотрителен — не только в ваших английских романах угроза лишения наследства оказывается крайне действенной. Ну а с девицей и не потребовалось долгой прочувствованной беседы: я просто-напросто показал ей парочку документов, упомянул об остальных, и она поняла, что проиграла...

— Понятно, — сказал инспектор, явно удовлетворенный услышанным. — Но, может быть, все же не стоило возвращать пистолет этому типу?

— А почему бы и нет? — сказал Бестужев. — В конце концов, это телохранитель, он нанят, чтобы охранять молодого человека. Пусть и далее выполняет свою миссию. У меня нет здесь своих людей, способных его заменить — а ваших привлекать не стоит, нужно избегать огласки. Пусть себе путешествуют и далее в самых комфортных условиях, все равно в Нью-Йорке их пути решительно и бесповоротно разойдутся с моим подопечным... Главная цель, повторяю, достигнута.

— Ну, вам виднее, — пожал плечами инспектор. — У меня дела попроще, не столь деликатные... и хорошо, в общем. А с Кавальканти как нам быть? Вот уж где есть законные основания упрятать молодчика под замок...

— Я еще подумаю и непременно вам сообщу, — сказал Бестужев.

Он уже размышлял о дальнейших действиях. Следует на всякий случай договориться с капитаном, чтобы радиотелеграфист не принимал от Луизы никаких телеграмм... нет, принимать-то пусть принимает, только отправлять не должен. А вот ему самому пора дать телеграмму на берег, в тамошнее российское консульство. По причине крайне невеликой роли Северо-Американских Соединенных Штатов в европейских делах и малозначимости оных Штатов для великих держав, ни Охранное отделение, ни другие схожие ведомства Российской империи никогда не создавали там с е т и — однако, как водится, в консульстве имеется сотрудник, способный при необходимости заняться исполнением деликатных поручений. На всякий случай, так рачительная хозяйка держит некую кухонную утварь про запас. Имя этого человека Бестужеву известно, о миссии Бестужева сам он давно осведомлен, пробыл там достаточно долго, в американских делах разбирается, так что пусть встречает в порту, в Нью-Йорке, наверняка окажется полезным — сам Бестужев имел о заокеанской республике крайне смутные впечатления, основанные всего лишь на паре-тройке романов — причем действие таковых разворачивалось в прошлом и позапрошлом столетиях.

Действительно, какую пользу ему могли принести сейчас истории о приключениях индейцев, сочиненные Купером и капитаном Майн Ридом, — любимое гимназическое чтение украдкой? Дела давно минувших дней, преданья старины глубокой...

Он встрепенулся, поднял голову:

— Что, простите?

— Там явно что-то неладно, посмотрите сами!

Бестужев остановился. Они уже поднялись на шлюпочную палубу и направлялись прямиком к капитанской каюте. Действительно, возле рулевой рубки — внушительных размеров, протяженной, застекленной — происходила некая несвойственная этому месту суета, в прежнее время ни разу не наблюдавшаяся...

У входа в рубку топтались несколько матросов и двое офицеров, судя по их виду, принадлежавшие к довольно многочисленной группе помощников капитана — их на громадине «Титанике», Бестужев слышал краем уха, насчитывалось то ли восемь, то ли целый десяток. Моряки то заглядывали сквозь стекла внутрь, то отскакивали прочь, в разные стороны, словно опасаясь, чтобы на них не обратили внимания изнутри. Один из матросов, самый низенький и суетливый, даже отбежал назад, спрятался за ближайшую тщательно зачехленную шлюпку, подвешенную на талях.

Один из офицеров странно держал правую руку — закорючив ее за спину, задрав форменную тужурку, то хватал себя, миль пардон, за задницу, то убирал ладонь. Господи боже, да это он за оружие хватается то и дело, у него в заднем кармане виднеется рукоятка пистолета...

— Вы правы, инспектор, — сказал Бестужев, сузив глаза. — Там положительно что-то происходит. Нечто такое, чему тут никак не полагается происходить...

Инспектор не убавил шаг, наоборот, ускорил, его лицо стало напряженным и жестким, исполненным профессиональной хватки. Бестужев не отставал — по совести, у него вспыхнули те же побуждения...

Моряки замерли в нерешительности. Достигнув ближайшего офицера, который то хватался за оружие, то в нерешительности убирал руку, Бестужев почему-то шепотом осведомился:

— Что происходит?

Офицер обернулся, словно Перуном пораженный, уставился на него испуганно и непонимающе.

— Пассажирам, сэр, здесь не... — начал было он машинально и тут же умолк.

Это был тот самый помощник, бог ведает, под которым порядковым номером, что только что участвовал в предпринятой Бестужевым экспедиции по розыску и убеждению Штепанека.

Сейчас лицо у него было бледное и растерянное.

— У него, право же, бомба, сэр… — сообщил он сдавленным шепотом.

— У кого?

— У этого субъекта… Который в рубке... Он вошел в рубку и угрожает взорвать корабль, если что-то там не будет по его... Капитан там, но он не отдавал никаких распоряжений, и я решительно не представляю, что делать...

«Кавальканти?» — мелькнула у Бестужева мысль. Ну а кто ж еще приходит на ум, когда разговор заходит о бомбах... Неужели у него была с собой еще одна? Но с чего вдруг...

Он подкрался на цыпочках и осторожно заглянул, чувствуя шеей горячее дыхание не отстававшего ни на шаг инспектора.

Вдоль наполовину застекленной передней стены рубки протянулась шеренга каких-то загадочных механизмов: больших, округлых, на высоких бронзовых стойках. Справа, в глубине, стояли тесной кучкой капитан, два матроса и два офицера, а посередине помещения стоял человек в штатском платье, темном, консервативного покроя. Обеими руками он прижимал к груди какой-то округлый предмет, волосы и борода его были встрепаны, он что-то пылко, горячо говорил, обращаясь к остолбеневшим морякам. Лицо его горело вдохновением и яростью, словно у ветхозаветного проповедника...

Бестужев охнул от неожиданности. Он очень быстро узнал старого знакомого по кораблю, господина профессора Гербиха из баварского университета с длиннейшим непроизносимым названием, практически сразу ускользнувшим у Бестужева из памяти. Оккультиста, теософа, свято верившего, что...

— Я бы мог в него отсюда шарахнуть, — напряженным шепотом сообщил инспектор. — Как на ладони, и расстояние — плевать... В башку ему...

— Я бы тоже, — ответил Бестужев, не поворачивая головы. — Но видите, что у него в руках?

— Бомба...

— Вот именно, — сказал Бестужев. — Так что не вздумайте. Если он упадет, может...

— Сам знаю. Навидался бомб и бомбистов...

— Стойте и не вмешивайтесь, — сказал Бестужев властно.

Словно некая неведомая сила подхватила его под локти и управляла движениями тела. Не пригибаясь, в полный рост, не особенно и быстро он прошел к двери рубки, распахнул ее и сделал внутрь несколько осторожных шагов, стараясь, чтобы все его движения были медленными, плавными, не всполошили человека с бомбой. Потом остановился. Моряки взирали на него с угрюмой безнадежностью. Профессор же сначала кинул яростный взгляд, но тут же на его лице расцвела самая благожелательная улыбка.

— Михал, мальчик мой, вас само небо послало! — воскликнул он радостно. — Я надеюсь, вдвоем мы сумеем растолковать этим недалеким господам всю опасность, от которой я хочу их избавить…

Бестужев присматривался. Как он ни старался, не мог усмотреть в лице баварского профессора каких бы то ни было классических признаков сумасшествия: тот выглядел самым обычным человеком, разве что чуточку взволнованным и растрепанным. Предмет у него в руках более всего походил на круглую коробку из-под дамской шляпы.

— Позвольте представить, господа, — сказал профессор. — Господин Иванов из России, он тоже обладает способностями проникать сознанием в тонкие миры. Он меня поддержит, я надеюсь. Повторяю еще раз: египетская мумия в трюме грозит кораблю гибелью в самое ближайшее время. Нужно немедленно извлечь ее оттуда и выбросить в море.

— Как у вас все просто, сэр… — пробурчал капитан. — Я точно не помню, где там у нас мумия, но речь идет безусловно о грузе, пребывающем на борту законным образом, оформленном, должными коносаментами. Выбрасывать такой груз ни с того ни с сего — это, знаете ли, против всяких правил. Мы за него отвечаем, как за любой другой.

Пользуясь тем, что профессор на какое-то время оказался к нему спиной, Бестужев сделал отчаянную гримасу капитану, прижимая палец к губам. В таких случаях никак нельзя противоречить, призывать к здравому рассудку, подыгрывать, следует взвешивать каждое слово…

Неизвестно, дошел ли до капитана тайный смысл его мимических ухищрений, но капитан примолк. Он покрутил головой с непонятным выражением лица, спросил кротко:

— Сэр, может быть, вы позволите рулевому вернуться к штурвалу? Корабль движется неуправляемым, нас уводит с курса...

— Что за ерунда у вас в голове! — рявкнул профессор. — При чем тут курс, если корабль обречен? Понимаете вы это, болван? Эманации древнего зла, заключенные в мумии...

Он произнес длиннейшую фразу, нашпигованную оккультной терминологией самого высокого пошиба. Ручаться можно, что для моряков эта проповедь так и осталась китайской грамотой, да и Бестужев, пусть и начавший постигать азы теософии, не понял ни словечка.

Капитан сказал крайне вежливо, прямо-таки источавшим елей голосом:

— Сэр, может быть, вы положите эту штуковину, мы все сядем и попытаемся разобраться спокойно в тех опасностях, о которых вы говорите? Обсудим все...

Профессор саркастически расхохотался в лучших традициях мелодрамы:

— Нет уж, благодарю вас! Я не мальчик, у меня седина на голове, и жизнь я повидал, как и людей... Стоит вас подпустить, вы тут же наброситесь, отберете у меня бомбу, и все пойдет прахом. Поймите вы, английский болван, я забочусь о тех тысячах безвинных людей на борту, что обречены на смерть в самой скором времени! Довольно болтать! Позовите сюда этого… не знаю, как он у вас зовется... того, что распоряжается грузами. Пусть ящик с мумией принесут сюда, чтобы я убедился, что вы меня не обманываете. Иначе...

Он сделал многозначительное движение тем, что держал в руках, потом снова прижал его к груди обеими руками, так сильно, что коробка даже чуточку смялась.

— Ну, зовите, зовите... этого, по грузам! — прикрикнул профессор. — Видит бог, если у меня не будет другого выбора, я взорвусь к чертовой матери и всех вас прихвачу с собой... — Он запрокинул голову, прикрыл глаза. — Боже мой, какова интенсивность эманаций, зло едва ли не высвободилось... Вы ощущаете, Михал?

— Да, конечно, профессор, — торопливо подтвердил Бестужев, делая крохотный шажок в сторону профессора и с радостью убедившись, что это не встретило протеста. — Вибрации сгустились невероятно... — еще шажок. — Здесь, в безлюдных морских просторах, это чувствуется особенно остро...

Мысль работала с лихорадочной быстротой. Он прекрасно успел рассмотреть картонку в руках профессора — нигде не видно фитиля, который можно поджечь, шнурка, дернув за который можно вызвать взрыв. Террористический снаряд — вещь давно и хорошо знакомая, не так уж много вариантов приведения его в действие существует. Там, конечно, может оказаться химический взрыватель, стеклянная трубочка, которая при сильном ударе об пол лопнет и прольет свое содержимое, а уж оно заставит сдетонировать начинку... Но профессор вовсе не выказывает намерений шарахнуть бомбу себе под ноги, наоборот, держит ее так, как скряга вцепился бы в мешок с золотом. Чтобы бросить свою адскую машину с достаточной для удара силой, ему придется переменить хватку, взять по-другому, а на это уйдут секунды, уж парочка точно... Если там вообще есть бомба...

Он, конечно, мог и ошибаться — и в случае его ошибки всё здесь, в том числе и его самого моментально разметает на мелкие кусочки, так, что и хоронить будет нечего. Однако кое-какой опыт придает уверенности...

— Господа! — звучно возгласил Бестужев, невозбранно делая еще один шаг в сторону профессора. — Я прекрасно понимаю, что мы мало соприкасались с помянутым господином профессором тонким миром... Если соприкасались вообще... — он придвигался все ближе и ближе. — Но это еще не дает вам права держаться столь скептически. Позвольте объяснить вам некоторые фундаментальные понятия, хотя бы кратко...

Есть!!! Он ударил коротко и жестоко, профессор, взвыв от неожиданной боли, согнулся пополам, разжал руки — но картонная круглая коробка уже была в руках у Бестужева, и тот, держа ее на вытянутых руках, отскочил к застекленной наполовину фронтальной стене рубки, ухитрившись при этом не ушибиться спиной о ближайшее загадочное устройство. Медленно опустился на коленки, с величайшим тщанием, словно вазу из тончайшего стекла, ставя шляпную картонку на отдраенные едва ли не до блеска тиковые доски пола. Видел краем глаза, как моряки кинулись к не пришедшему еще в себя профессору, повисли на нем всей оравой, словно лайки на медведе, — но, не обращая на это внимания, затаив дыхание, обеими руками решительно поднял круглую картонную крышку, малость смятую.

Внутри лежали скомканные листы газеты — той самой, издававшейся здесь же, на «Титанике». Один за другим Бестужев вынимал эти комки, разбрасывая их по полу... пока не показалось дно. И никакой взрывчатки.

Он выпрямился во весь рост, чувствуя противную дрожь в коленках и слабость во всем теле. Рубашка прилипла к спине так, словно за шиворот ему выплеснули кувшин воды. В висках стучало: обошлось... обошлось... Он зажмурился, помотал головой, слыша рядом шумную возню и яростные выкрики профессора, уже, пожалуй что, отмеченные некоторым безумием.

Хотелось жахнуть стакан водки единым махом — чтоб о т п у с т и л о...

Глава четвертая

ЗАНАВЕС ПАДАЕТ

Бравудовой оркестр в просторном курительном салоне играл что-то веселое и легкомысленное, более всего походившее на музыку из незнакомой Бестужеву оперетки. Бестужев расположился в том самом укромном местечке за пальмой, где давеча разговаривал с инспектором. Прихлебывал то кофе, то виски из пузатой рюмочки и тихонечко злился — после недавних нешуточных треволнений хотелось осушать сей сосуд одним духом, тут же заказать новый, а там и еще парочку. Однако подобными манерами он привлек бы к себе всеобщее внимание, оказалось, эти чертовы американцы именно что отхлебывают свое пресловутое виски куриными глоточками, удивительно, что не кудахчут еще при этом... Приходилось держать себя соответственно обществу.

А впрочем, нельзя сказать, что настроение у него было такое уж скверное. Дела, смело можно сказать, продвигались успешно. Беднягу профессора одолели численным превосходством и без лишнего шума препроводили в уединенную каюту, где он сейчас и пребывал в компании судового врача — коему наверняка рассказывал обстоятельно и пылко об эманациях зла, вибрациях эктоплазмы, древнеегипетском проклятье и тому подобной чепухе. Бомба оказалась пустышкой, все целы и невредимы, рулевой вновь взял в свои руки управление кораблем, движущимся по океанской глади со скоростью едва ли не сорок верст в час. Луиза, как и следовало ожидать, вскоре принесла в радиорубку телеграмму, адресованную дяде и гласившую: «Неожиданно встретилась с кузенами, больной чувствует себя лучше, опасений нет». Нетрудно было догадаться, что она прилежно сообщала о появлении конкурента — зато Штепанек, надо полагать, проявил достаточно изворотливости и сумел успокоить спутницу — иначе телеграмма наверняка получилась бы более эмоциональной. Так что и с этой стороны все в порядке.

По размышлении Бестужев не стал укрываться в каюте второго класса — он просто-напросто спрятал там саквояж с бомбой, а сам остался в первом. Во-первых, следовало на всякий случай находиться поближе к Штепанеку, во-вторых, после короткого совещания с инспектором они сошлись на том, что для пущей надежности синьора Кавальканти все же следует в з я т ь. Дождаться, когда он попадется на глаза (в каюте его не было), под благовидным предлогом выманить в уединенное местечко, ну, а там все уже пойдет по накатанной, благо и оружие у обоих имеется, и некоторый жизненный опыт общения с такими именно субъектами, и даже наручники принятого в Скотленд-Ярде образца. Не стоит, право же, и далее разгуливать на свободе человеку, непринужденно возящему в багаже адскую машину. Запереть потихонечку в отдаленную каюту, а по прибытии судна в порт передать нью-йоркской полиции, у которой, по словам инспектора, тоже накоплен немалый опыт общения с подобными господами. Шайка Кавальканти, неожиданно лишившись предводителя, будет пребывать в бездействии, как это обычно в таких случаях и бывает. Самостоятельно они, будучи пассажирами второго класса, не рискнут проникать в первый для розысков главаря.

Некоторое беспокойство Бестужеву доставляла только мысль об угле, горящем где-то глубоко в трюме, быть может, аккурат под тем местом, где он сейчас находился. Однако инспектор твердит, что никакой опасности нет, до Нью-Йорка они с этакой неприятностью доберутся благополучно...

И наконец, свою телеграмму Бестужев давно отправил, так что в Нью-Йорке его будет кому встречать и не придется одному погружаться в таинственное коловращение заокеанской жизни, о котором ходит столько россказней. В общем...

— Добрый вечер, Иоганн!

Бестужев поднял глаза. Перед его столиком стоял не кто иной, как князь Кавальканти, он же главарь славной организации «Черный коготь», представлявшей собой, как это частенько случается в европейском подполье, причудливую помесь уголовной банды с политическим движением. В отлично сидящем смокинге князь выглядел безукоризненным светским человеком, на его лице Бестужев что-то не усмотрел сейчас ни злости, ни угрозы, наоборот, Кавальканти улыбался ему обаятельно и дружески, словно неожиданно обретенному старому приятелю.

— Откуда вы знаете мое имя? — спросил Бестужев непроизвольно. — Впрочем... Ах да, конечно... Что я спрашиваю...

Он был готов к любым неожиданностям. Заряженный браунинг привычно покоился в потайном кармане, а где-то совсем неподалеку, пусть Бестужев и не видел его из-за дурацкой пальмы, давно уже сидел инспектор МакФарлен, трудами Бестужева получивший право пребывать в первом классе, сколько ему заблагорассудится. Вряд ли Кавальканти предпримет нечто ш у м н о е здесь, в первом классе, это не в его интересах, он не крови Бестужева жаждет, а стремится узнать о судьбе своего саквояжа, конечно... Так что все, можно сказать, прекрасно — зверь сам вышел на охотников...

— Вы позволите присесть? — с безукоризненной вежливостью спросил Кавальканти.

— Бога ради, — в тон ему ответил Бестужев.

Анархист уселся напротив и со светской небрежностью сделал знак оказавшемуся ближе других стюарду. Почти моментально перед ним появились чашка кофе и пузатая рюмочка с виски. Именно от нее Кавальканти и отпил в первую очередь. Бестужев не видел вблизи никого, кто мог бы сойти за сообщника беспутного князя — только обычные пассажиры, большинство из которых он начал уже узнавать, и со многими раскланивался.

— Вы, наверное, были в детстве большим шалуном и проказником, Иоганн? — спросил Кавальканти светским тоном.

— Трудно сказать, — пожал плечами Бестужев. — Наверное, как все. Все мы в детстве изрядные сорванцы... или с вами обстояло иначе?

— Ну что вы, я тоже был страшным сорванцом... А вот интересно, дружище Иоганн, в детстве родители, няня, священник вам говорили когда-нибудь, что брать чужие вещи без спросу крайне нехорошо?

— Случалось, — кратко ответил Бестужев.

— Но эти поучения, я вижу, не подействовали... — сказал Кавальканти чуточку грустно. — Иоганн, зачем вы украли у меня саквояж? Из коричневой кожи, с наклейками полудюжины отелей...

— Вы полагаете?

— Бросьте, — сказал Кавальканти без малейшего раздражения. — По отзывам тех, кто с вами сталкивался, вы умный и сообразительный человек... Стоит ли разыгрывать тупого болвана? Я уже знаю, что вы запугали беднягу Луиджи, пригрозили пристукнуть его и выкинуть в иллюминатор, он струхнул, кое-что вам рассказал, кроме того, отдал ключ. Вскоре после этого из моей каюты исчезает саквояж. Я не верю в такие совпадения. И я уверен, что вы в него тут же заглянули... вы достаточно сообразительны, чтобы догадаться, с чем имеете дело… Так ведь?

— Да, — сказал Бестужев. — Содержимое... достаточно специфическое. Сам я никогда не имел дела с такими вещами, но в жизни о многом успеваешь составить представление…

— Особенно когда заняты столь специфическим ремеслом?

— Простите?

— Я имею в виду, что вы, Иоганн — классический международный авантюрист. О, бога ради, не подумайте, что я питаю какое бы то ни было презрение к избранной вами стезе! Вполне приличная профессия, не хуже любой другой... Все, что я о вас знаю, уверенно позволяет сделать вывод: вы — международный авантюрист высокого полета.

«Значит, Луиджи ему все же не проболтался о нашем разговоре, — подумал Бестужев. — Тем лучше...»

— Я и сам в некотором роде международный авантюрист, — продолжал Кавальканти. — Правда, мои дела больше связаны с политикой.

— Я политики избегаю, — усмехнулся Бестужев.

— Что ж, каждому свое... Итак, Иоганн... Зачем вы украли саквояж? Зачем вообще обыскивали мою каюту?

— То есть как это — зачем? — удивился Бестужев, придав себе чуточку циничный вид. — Ночью ко мне в каюту вламываются вооруженные люди и пытаются мне воспрепятствовать заниматься делом, за которое мне обещаны очень приличные деньги. Должен же я в подобных условиях разузнать, с кем имею дело? Вы бы на моем месте поступили иначе? Вот видите... У меня была единственная ниточка — стюард. Я немного прижал его, и он рассказал о вас немало интересного. И я отправился обыскать вашу каюту. Надеюсь, вы не подозреваете меня в вульгарных наклонностях? Я уверен, все деньги и дорогие вещички, имевшиеся в ваших чемоданах и ящиках шифоньера, остались целыми?

— О, разумеется, — небрежно сказал Кавальканти. — Всё цело. Исчез только предмет, сделанный из самых прозаических материалов, — но он-то мне дороже любых ценностей...

— У меня тоже создалось такое впечатление, — усмехнулся Бестужев.

— Зачем вы унесли саквояж? Уж, безусловно, не за тем, чтобы передать его властям, иначе я не сидел бы столь беззаботно в вашей компании и не пил превосходное виски...

— Будем играть с открытыми картами... — сказал Бестужев. — Меня не привлекает политика, а уж предметы, подобные тому, что находятся в вашем саквояже, откровенно пугают. Мало ли какие у вас могут быть планы касательно этого великолепного корабля… Мне не хочется бултыхаться в холодной воде, в лучшем случае…

Кавальканти тихонько рассмеялся:

— Ах, вот оно что... Вы решили, что я собираюсь взорвать корабль в открытом море?

— Кто вас знает, господ политиков? — сказал Бестужев. — Стюард назвал вас анархистом, а я постоянно читаю в газетах, что анархисты взорвали что-то или подожгли...

— Ах, дорогой Иоганн… — покачал головой Кавальканти с мягкой укоризной. — Вот что значит пользоваться дурацкими слухами и пересудами газетчиков... Читали ли вы когда-нибудь, чтобы хоть один анархист пошел на самоубийство, с а м поднял себя на воздух вместе со своим разрывным снарядом?

— Да нет, — честно ответил Бестужев. — Как-то не приходилось.

— Вот видите. Взрывать корабль в открытом море было бы чистой воды самоубийством, уверяю вас... Конечно, сила взрыва данного… предмета слишком мала, чтобы отправить корабль на дно в считанные минуты. Но потом пришлось бы вместе со всеми садиться в шлюпки, а вот тут-то и кроется главная опасность. Мне удалось узнать, как с ними обстоит... Понимаете ли, шлюпок н е д о с т а т о ч н о. Их не хватит и половине пассажиров. Не спрашивайте, как я об этом узнал. Просто-напросто я всегда детальнейшим образом изучаю место, где предстоит действовать... Итак, шлюпок не хватит и для половины пассажиров. В таких условиях велик шанс в шлюпку не попасть.

— Не хватит...

— Даю вам честное благородное слово, — сказал Кавальканти. — Дай-то бог, чтобы хватило и половине. Эти господа, владельцы судна, чересчур уж полагаются на его непотопляемость, и мысли не допускают, что случится нечто, потребовавшее бы высадить в шлюпки абсолютно всех с корабля... Сами рассудите, мог ли я в таких условиях готовить взрыв судна?

— Везете подарочек друзьям в Америку?

— Не совсем, — сказал Кавальканти. — Не совсем, Иоганн... Но, прежде чем продолжать разговор, я хотел бы знать: где... саквояж? Я надеюсь, вы сглупа не выбросили его за борт? — В его выразительных глазах на миг сверкнула молния.

— И не думал, — сказал Бестужев.

— Где же он? В вашей каюте его нет...

— Вы проникали в мою каюту?

— А вы бы на моем месте поступили иначе? — улыбнулся Кавальканти. — Ну конечно же. Благо Луиджи продолжает служить верой и правдой. Знаете, я простил его за то малодушие, что он проявил, поддавшись вашим угрозам. Не стоит требовать от маленького жалкого человечка особой твердости духа. Жалкая личность, слизняк... Но, главное, у меня б о л ь ш е средств воздействия на него, чем у вас. Вы можете убить только е г о. Ну, а мы, если, господи упаси, возникнет такая возможность, занялись бы и его многочисленным семейством, о чем он прекрасно осведомлен... Ничего, пока он мне нужен, останется целым и невредимым. Он прибежал ко мне в самых расстроенных чувствах... Рассказал, что был вами разоблачен. И мы тут же отправились в вашу каюту. Саквояжа там нет. Вы где-то его спрятали, верно?

— Вы удивительно догадливы, — сказал Бестужев.

— И что же вы собирались делать? — с любопытством спросил Кавальканти. — Неужели шантажировать меня и вымогать деньги?

— Ну, такой мысли у меня не было, — сказал Бестужев. — Шантажировать анархистов и вымогать у них деньги, как я догадываюсь, чревато серьезными неприятностями.

— Серьезнейшими, — с улыбкой подтвердил Кавальканти. — Тогда?

Изображая некоторое смущение, Бестужев пожал плечами:

— Вы знаете, мне трудно объяснить... Выбрасывать саквояж за борт мне показалось... нет, не могу подыскать слова. Пожалуй, мною руководила некая житейская практичность... Я так и не придумал, что мне с этим делать, но не практично было бы выкидывать в море столь интересное изделие...

— Ах вы прохвост, — улыбаясь еще шире, сказал Кавальканти. — Вы именно что намеревались вымогать у меня деньги, ну признайтесь! Даю вам честное слово, я на это за вас нисколечко не сержусь и не намерен ничего... предпринимать. Я понимаю, всякий зарабатывает, как умеет...

— Ну, у меня были некоторые идеи...

— Отлично. Просто отлично, — сказал Кавальканти. — Вы и сами не представляете, как вам повезло, Иоганн. Именно потому, что вы — это вы, человек специфической профессии... Мы можем договориться. Собственно, выбора особого и нет. Либо мы сейчас же отправимся вместе туда, где вы спрятали саквояж, и вы мне его отдадите, либо... боюсь, придется предпринять самые решительные меры. Полагаю, нет нужды вам растолковывать, о чем идет речь?

— Не нужно, — мрачно сказал Бестужев.

— Приятно иметь дело с умным человеком. Итак, сейчас мы с вами отправимся...

— И после того, как я отдам вам саквояж, вы меня отблагодарите стилетом или пулей, — сказал Бестужев. — Я не вчера родился.

— Возможно, в другое время с другим человеком я бы так и поступил, — серьезно сказал Кавальканти. — Но так уж счастливо для вас оборачиваются дела, что вы имеете шанс не просто выжить, а разбогатеть. Проще говоря, вы меня вполне устраиваете как компаньон по некоей... по некоему предприятию. У меня здесь есть несколько человек, они надежные исполнители, вполне дисциплинированы и смелы... но, признаться, довольно примитивны. Вы — совсем другое дело. Вы повыше их на голову. Мне не хватает как раз т а к и х сотрудников. Вы отдаете саквояж и участвуете на равных в моем предприятии — откуда вытекает, что и доля вам достанется неплохая, я не обижу. Речь идет о нешуточных ценностях...

— Что вы имеете в виду?

Небрежно, непринужденно оглянувшись и убедившись, что их никто не слышит, Кавальканти понизил голос:

— Вы предлагали играть с открытыми картами? Я согласен. Я открою карты полностью — потому что, сами понимаете, после этого у вас просто не будет обратной дороги... Я намерен ограбить этот великолепный корабль. Боже мой, что за безграничное удивление отразилось у вас на лице... Я не сошел с ума, Иоганн. Все продумано до мелочей. Я от вас ничего не буду скрывать, нет нужды. Либо вы присоединитесь к нам и отдадите саквояж, либо через самое короткое время окажетесь за бортом, в ледяной воде, причем заранее будут приняты меры, чтобы вы уже не смогли позвать на помощь... Поверьте, это не так уж трудно сделать...

— О чем же все-таки речь?

Кавальканти наклонился к нему, еще более понизил голос, лицо его при этом оставалось спокойным и беззаботным:

— На этом корабле, Иоганн, плывет несколько сотен денежных мешков, миллионеров, крезов, набобов... И в багаже у них превеликое множество ценностей. Так вот… В трюме, в одном из бункеров, горит уголь. Еще с Шербура. В обычных условиях это не представляло бы никакой опасности, корабль вполне успеет в Нью-Йорк, где пожар потушат. Но когда я об этом узнал, то понял, что з д е с ь саквояж принесет гораздо больше пользы, чем в Штатах, где мы его первоначально намеревались использовать. Мой человек взорвет бомбу в том самом бункере. Кораблю это нисколечко не повредит, но пожар, как бы это выразиться, перейдет в несколько другое качество. Капитану доложат нечто не вполне соответствующее действительности: ему поклянутся всеми святыми архангелами: повреждения настолько необратимы и опасны, что «Титаник» потонет самое большее через три четверти часа. У меня есть такой человек... и капитан его послушает. Каковы будут его дальнейшие действия, Иоганн?

Почти не раздумывая, Бестужев сказал:

— Он немедленно начнет высаживать пассажиров в шлюпки.

— Вот именно. Все будут считать, что времени крайне мало — а значит, помянутые господа миллионеры будут собираться в страшной спешке. Кое-какие драгоценности, конечно, рассуют по карманам и сумочкам, но все равно, в первую очередь будут думать о собственной шкуре. В каютах, в багаже первого класса останется столько, что всем нам хватит на всю оставшуюся жизнь — экий невольный каламбур получился... Нам будет способствовать дикая паника, которая обязательно разыграется, когда станет окончательно ясно, что шлюпок на всех не хватит. Р а б о т а т ь мы все сможем спокойно, без помех и преград — первый класс усадят в шлюпки в первую очередь, каюты опустеют, а прочие пассажиры сюда ни за что не сунутся — с чего бы вдруг? Они будут толпиться на палубах в поисках спасения…

— Ну, а потом? Когда станет ясно, что корабль не тонет?

Кавальканти пожал плечами:

— Легче легкого. По радиотелеграфу, конечно же, «Титаник» будет призывать на помощь другие суда, и они очень быстро появятся — я намерен все осуществить, когда до американских берегов останется сотня миль, не больше, чтобы оказаться в районе самого оживленного судоходства. Корабль не тонет? Прекрасно! Но мы-то, напуганные происшедшим, откажемся продолжать путь на нем... в чем вряд ли кто-либо будет нам препятствовать. Вместе с нашими саквояжами и чемоданами — с крайне интересным и дорогостоящим содержимым — мы попросту перейдем на борт одного из пришедших на помощь кораблей. Кто в этих условиях станет обыскивать наш багаж, вообще нас в чем-то подозревать? Ну а когда мы окажемся в Нью-Йорке, уличить нас будет чрезвычайно трудно: все обнаружится, когда мы будем вне пределов досягаемости судовых властей. Кто заподозрит именно нас? С чего бы вдруг? Искать в первую очередь будут среди плебейской публики второго и третьего классов, которая наверняка в суматохе прорвется со своих нижних палуб... Ну и, наконец, я придумал нечто вроде страховки. Одна из шлюпок на талях приведена в негодность... точнее, ее спусковые приспособления приведены в такое состояние, что моряки ни за что не смогут ее спустить на воду. И только мой человек знает, как это можно достаточно быстро исправить. Эта шлюпка будет в полном нашем распоряжении. Все предусмотрено, как видите. Добыча ожидается богатейшая. Теперь понимаете, насколько я к вам добр? В чем предлагаю вам участвовать?

— Это похоже на авантюрный роман... — покачал головой Бестужев. — Чересчур фантастично…

— Если вы немного поразмыслите, придете к выводу, что во всем этом нет ничего фантастического. Испокон веков в дорогих отелях кормились многочисленные воры. Я просто-напросто творчески развил эту идею, придав ей масштабность и размах…

Бестужеву пришло в голову, что его собеседник прав — и уж никак не болен психически. В самом деле, это предприятие казалось безумным и фантастическим только на первый взгляд. На деле же все могло обернуться именно так, как обрисовал итальянец: торопясь спасти жизнь, пассажиры первого класса оставят в каютах и в багаже немало ценностей, группа решительных, проворных людей успеет за считанное время набрать немало... и кто потом заподозрит именно их? А если и заподозрит, они уже растворятся на американском континенте, где у них наверняка немало дружков и сообщников, то бишь товарищей по партии. Ограбление века, а? До чего умен мерзавец...

— Итак? — спросил Кавальканти совершенно спокойно. — Теперь вы знаете все. И дорога у вас только одна... вообще-то их две, но я ни на миг не допускаю, что столь сообразительный человек, как вы, обладатель довольно специфической профессии, выберет другую... Я вас ничуть не подозреваю в высокой моральности. Я сам этого интересного качества, каюсь, лишен напрочь. Ну, а то дело, которым вы здесь занимаетесь... Насколько мне понятно, вы его провалили, ничего не добившись... Ну? У вас минута на размышление, Иоганн. Думайте...

Бестужев думал о своем. Все складывалось просто прекрасно — не для международного авантюриста Иоганна Фихте, а для ротмистра Отдельного корпуса жандармов Бестужева. Не было нужды разыскивать Кавальканти по всему первому классу — вот он собственной персоной, сидит напротив, инспектор тут же, неподалеку, вдвоем они без труда возьмут этого прохвоста, одной заботой меньше...

— Итак? — спросил Кавальканти все тем же небрежным тоном.

— Послушайте... — сказал Бестужев. — Но где все же гарантии? Что вам помешает, получив саквояж...

Кавальканти развел руками:

— Дружище, согласитесь, не могу же я дать вам письменные гарантии, заверенные юристом? Вообще-то есть здесь один оборотистый юрист, и вы его знаете... но к чему его впутывать в н а ш и дела? Я оказал ему некоторые услуги, но теперь он сам по себе, а я сам по себе, ни к чему ему знать о наших делах... Да и какие в такой обстановке могут быть письменные гарантии? Придется вам верить мне на слово, старина. Честное слово, вы меня вполне устраиваете, как сообщник, из этого и будем исходить. Соберите весь ваш житейский опыт, всю вашу практичность и поймете, что мне стоит верить... А выбора у вас все равно нет, — закончил он с самой что ни на есть обаятельной улыбкой.

Бестужев опустил голову. Какое-то время он старательно изображал человека, охваченного нешуточным внутренним борением, потом поднял глаза и выдохнул с азартным видом игрока, поставившего все на карту:

— Черт бы вас побрал, у меня в самом деле нет выбора!

— Это следует понимать, как согласие, я думаю?

— Да, — сказал Бестужев.

— Ну вот и отлично. Пойдемте? Интересно все же, куда вы ухитрились запрятать саквояж? Друзей и сообщников у вас на корабле нет...

— Зато есть голова на плечах, — сказал Бестужев, вставая. — Поднимемся на шлюпочную палубу. Саквояж под тентом одной из шлюпок по правому борту.

Кавальканти на миг потерял хладнокровие, прямо-таки в ы т а р а щ и л с я:

— Вы серьезно?

— А что тут такого? — пожал плечами Бестужев. — Я читал какой-то рассказик… То, что следует надежнее всего спрятать, иногда лучше держать на самом виду. Ну кому, включая команду корабля, придет в голову лезть под тент шлюпок, если ничего не происходит, и они не потребуются? Я ослабил веревки — дело совсем нехитрое — сунул саквояж под тент и старательно все зашнуровал по-прежнему, так что снаружи незаметно. Надежнее, чем в сейфе...

Кавальканти покрутил головой:

— Я рад Иоганн, что в вас не ошибся… Положительно, от вас будет толк... Пойдемте. Только должен вас предупредить: не пытайтесь делать... глупости. У меня есть оружие, и я бывал в переделках...

— Господи, да зачем мне делать глупости? — сварливо воскликнул Бестужев.

— Ну, мало ли что... Вдруг вы все-таки испугались, решили двинуть мне по голове и сбежать.

— Куда? — пожал плечами Бестужев. — Это бессмысленно... Вы правы, *свое* предприятие я и в самом деле провалил, так что мне ничего не заплатят. А ваше... Выглядит оно фантастично, однако, по размышлении, сулит нешуточную прибыль...

— И не забудьте о судовой кассе, — тихо сказал Кавальканти, направляясь рядом с ним к выходу. — Никто не станет грузить ее в шлюпку, а денег там немало, и ящик довольно прост, мой человек клянется, что уже имел дело с этой системой и вскроет ее быстрее, чем мы успеем выкурить папироску.

— Черт побери, вы все предусмотрели...

— А как же иначе, Иоганн? Такое подворачивается раз в жизни, следовало напрячь мозги...

Краем глаза Бестужев видел, что инспектор, перехватив его многозначительный взгляд, истолковал его совершенно правильно и ждет удобной минуты, чтобы двинуться следом. Все пока что складывается отлично...

Когда они оказались на шлюпочной палубе, Кавальканти поежился:

— Черт возьми, ну и холодина!

В самом деле, к полуночи резко похолодало, и Бестужев тоже поежился — самый настоящий морозец...

— Вернемся и наденем пальто? — предложил он.

— Вздор! — нетерпеливо бросил Кавальканти. — Перетерпим как-нибудь, не так уж много времени займет... Иоганн, вас не затруднит держаться самую чуточку впереди меня?

— Все-таки опасаетесь?

— Ничего не опасается только покойник...

— Как хотите, — сказал Бестужев, чуточку опережая спутника и направляясь в сторону рулевой рубки, к последней в ряду шлюпке. На палубе было совсем темно, но глаза начинали понемногу к темноте привыкать. Ни единого человека вокруг — и прекрасно...

— Чудесная ночь, — сказал вдруг Кавальканти.

— Пожалуй, — согласился Бестужев.

Луны не было, но не было и облаков, огромная чаша черного небосвода была усыпана мириадами крупных сверкающих звезд, сиявших, словно бриллианты — они и казались не далекими искорками, а драгоценными камнями, выступавшими над черным бархатом. Прекрасная была картина, поневоле вызывавшая в душе радость и восхищение.

Приостановившись, Кавальканти продолжал вполне м и р н ы м голосом, ничего общего не имевшим с его личностью и ситуацией:

— Какая красота... В такую ночь хотелось бы... Что это?!

Бестужев тоже инстинктивно отпрянул — возле борта со стороны носа вдруг возникло нечто высокое, прямо-таки исполинское, прошло, заслоняя звезды, так близко, что на людей пахнуло ледяным холодом. Протяжный скрип, толчок, палуба на миг качнулась под ногами... За бортом послышались громкие всплески, словно туда лавиной посыпались какие-то изрядных размеров куски, по палубе во многих местах загрохотало. Это продолжалось какие-то секунды — и темная тень, напоминавшая очертаниями скалу, величественно проплыла к корме.

— Черт знает... — начал Бестужев, оборачиваясь к спутнику.

Кавальканти л е ж а л. Совсем неподалеку от них, там и сям, валялись смутно отблескивающие в полумраке куски льда. «Ах, так это айсберг... — пронеслось в голове у Бестужева. — Но как близко, едва не столкнулись...»

Присел на корточки. Глыба льда ударила по голове? Или обморок? Нет, это скорее истеричной даме приличествовало бы, а не лихому итальянскому анархисту...

— Что у вас тут? — тяжело сопя, инспектор опустился рядом с ним на колени. — Мимо меня пронесся какой-то тип, так, словно за ним все черти гонятся... Отсюда бежал...

Бестужев чиркнул спичкой, тут же погасшей на ледяном ветру. Инспектор напряженным голосом сказал:

— Минуту...

Он, не вставая с корточек, неуклюже рылся по карманам. Круг света от карманного электрического фонарика, показавшийся во мраке ослепительным сиянием, лег на палубу, выхватил спину Кавальканти... и роговую рукоять ножа, торчавшего у него прямехонько под лопаткой, напротив сердца.

— Он уже не дышит, — отстраненным, каким-то деревянным голосом произнес инспектор. — Прямо в сердце… Умеючи, ага… Куда вы?

Бестужев приостановился, кинул через плечо:

— Оставайтесь здесь, сообщите кому-нибудь из команды...

И быстро пошел, почти побежал к ведущей на палубу лестнице, охваченный нехорошими предчувствиями. Палуба уже понемногу наполнялась джентльменами в вечерних костюмах, громко обсуждавшими столкновение, слово «айсберг» звучало со всех сторон, и настроение у пассажиров было самое веселое, несколько человек даже затеяли играть в футбол кусками льда. Кто-то громко радовался, что наконец-то произошло хоть что-то интересное, нарушившее «скукотищу» плавания.

Бестужев бегом спускался по лестнице, несколько раз весьма невежливо наталкивался на спешащих наверх пассажиров с веселыми, полными любопытства лицами, но извиняться за этакую бестактность было некогда. Коридор... Дверь...

Дверь легко поддалась. Ворвавшись в каюту, Бестужев огляделся, прошел вглубь. Мисс Луиза, мастерски связанная по рукам и ногам, с забитым в рот кляпом, лежала на застеленной кровати. Судя по первым впечатлениям, с ней все было в порядке, нет ни ран, ни крови, завидев Бестужева, она стала яростно биться на постели, как рыбка на песке, отчаянно округлив глаза, издавая нечленораздельные звуки. Под правым глазом у нее наливался синим и черным огромный синяк, более приличествовавший бы портовому босяку, а не племяннице американского миллионера — но, если не считать этого прискорбного увечья, не похоже, чтобы ее здоровью был нанесен урон. Ну и ладно, не до нее...

Не обращая более внимания на трепыханья связанной девушки и ее стенания, Бестужев повернулся и выбежал в коридор. Каюта телохранителя. Дверь подалась. Черт бы их всех побрал…

Посреди каюты лежал телохранитель — навзничь, неподвижное лицо уже стало приобретать характерный восковой оттенок, из груди, напротив сердца, торчит рукоять ножа, крайне схожего с тем, что поразил Кавальканти. А в шаге от него, уткнувшись лицом в ковер, так же неподвижно распростерся человек в белом кителе стюарда. Присев на корточки, Бестужев перевернул его физиономией вверх, не испытывая ни малейших эмоций. Незадачливый Луиджи, оказавшийся меж двух огней... нет, меж т р е х... На левой стороне груди четко выделяется на фоне белоснежного кителя черная дырочка с опаленными краями, след пистолетной пули. И все выглядит так, словно он злодейски напал на обитателя каюты, тот, правда, успел выстрелить, но все равно, оба оказались мертвехоньки. Вот именно, так и в ы г л я д и т...

Перед дверью каюты Штепанека Бестужев на ходу извлек браунинг и привычно загнал патрон в ствол. Не колеблясь, распахнул дверь. Навстречу ему кинулся человек, вскидывая оружие, Бестужев узнал старого знакомца Чарли — и, не колеблясь, выстрелил дважды, едва ли не в упор. Бросив беглый взгляд и убедившись, что с мерзавцем все кончено, он кинулся дальше.

Остановился, издал сквозь зубы невнятное рычание.

Большой иллюминатор был распахнут настежь, оттуда струился ледяной холод, тут же валялся роскошный халат, в котором Бестужев совсем недавно видел Штепанека, рубашка, жилет. А поодаль, возле стола, с коробкой спичек в руке стоял адвокат Лоренс, взиравший на Бестужева невозмутимо, без тени страха или растерянности.

— Сделайте шаг назад! — рявкнул Бестужев, поднимая пистолет до уровня глаз. — Кому говорю? Пристрелю, сволочь! Брось спички на пол! Спички брось!

Обстановка была ясна с первого взгляда, загадок не таила: на столе, рядом с широким гуттаперчевым поясом, в котором иные при путешествиях хранят ценности, лежала внушительная стопа бумаг, покрытых типографским напечатанным текстом и чертежами. Чертежи эти Бестужев узнал сразу: он видел их в Петербурге, перед поездкой в Вену. Официальный патент Штепанека на телеспектроскоп. Ага, вот и мешочек, наверняка там брильянты...

Лоренс, после короткого размышления, послушно отступивший назад, разжал пальцы, и спичечный коробок беззвучно упал на пол, на толстый ковер. Не было нужды гадать, куда девался инженер — все свидетельствовало о том, что Бестужев безнадежно опоздал...

— Бог ты мой, как вы меня провели... — горестно вздохнул он. — Вы и не собирались покупать изобретение. В ваши планы с самого начала входило...

— Так гораздо практичнее, дорогой мой, — совершенно спокойным голосом произнес адвокат. — От добра добра не ищут, знаете ли. Кинотеатры и так приносят громадный доход. Так что не стоило тратить время, усилия и деньги на этот самый «домашний кинематограф» — слишком велики вложения, и неизвестно еще, когда они станут приносить прибыль. Гораздо практичнее сделать так, чтобы не осталось и следа и от изобретения, и от изобретателя. Эти изобретатели, скажу вам как человек компетентный, порой хуже моровой язвы — когда вторгаются в налаженный бизнес со своей придумкой, способной нанести несказанный ущерб...

— На что вы надеетесь?

— То есть? — поднял бровь адвокат.

— Ваша циничная откровенность... — сказал Бестужев.

Все это время он был настороже на случай внезапного нападения — но нет, они с адвокатом определенно были наедине в каюте, законного обитателя которой, никаких сомнений, поглотили ледяные волны.

— А что, здесь есть свидетели? — усмехнулся адвокат. — Или в каюте работает фонограф? Что за циничная откровенность, вы о чем? Позвольте, прежде всего, выразить вам, дорогой господин Файхте, мою несказанную благодарность за спасение моей жизни от этого злобного мерзавца, — он небрежно указал подбородком в ту сторону, где лежал его мертвый подручный. — Подлец намеревался меня убить, и, если бы не вы…

— Ах, вот как... — покривил губы Бестужев в подобии ухмылки.

— Именно так, — твердо сказал Лоренс. — Я намеревался законнейшим образом приобрести у господина Штепанека его гениальное изобретение — о чем, насколько я помню, свидетельствуют мои письменные показания, данные вам совсем недавно. Упаси боже, я не собираюсь от них отрекаться! Все именно так и обстояло, я намеревался совершить честную коммерческую сделку, ни в малейшей степени не противоречащую законам Штатов, Британии, да и вашей страны наверняка тоже. Явившись сюда для продолжения переговоров я, увы, застал лишь ту печальную картину, что мы с вами сейчас наблюдаем. Этот мерзавец, уж не знаю, кем посланный, цинично похвалился мне, что только что оглушил инженера и выбросил его в море. Вслед за чем собирался убить меня, как ненужного свидетеля, и, если бы не ваше спасительное появление... Передать не могу, как я вам благодарен! Отчего вы уставились на меня так хмуро и недружелюбно? Неужели у вас есть у л и к и, способные мои слова опровергнуть? Улики, которым придадут значение в суде? Что-то в вашем лице мне подсказывает, что ни малейшими уликами вы не можете похвастать...

— Там, в тех каютах... — хрипло выговорил Бестужев.

— А что там, в тех каютах? — с наигранным удивлением поднял брови Лоренс. — Я и представления не имею, что в «тех каютах» происходило… Или у вас есть другие сведения? Вот кстати… С господином Кавальканти только что произошло несчастье, после которого он никогда уже не сможет свидетельствовать что бы то ни было в н а ш е м мире — и если даже допустить, что спириты не шарлатаны, а говорят правду, полученные спиритическим путем показания духа ни один суд в мире не примет во внимание. Суд — заведение крайне материалистическое...

— Кавальканти убили на моих глазах...

— Вот видите, — сказал Лоренс. — А виновник у вас есть? Вижу по вашему лицу, что этот злодей сумел бесследно раствориться во мраке... Видите, как все прекрасно устроилось?

Бестужев смотрел на него с яростью — которая, он прекрасно понимал, была бессильной. Ничего невозможно доказать. Ничего. Этот мерзавец был неуязвим.

— У меня сильное желание загнать вам пулю в лоб... — процедил он сквозь зубы.

— Не сомневаюсь, старина, ничуть, — сказал Лоренс. — Вполне понятное и простительное желание проигравшего... Но вы же не какой-нибудь неврастеник или глупый юнец. Вы, как я понимаю, офицер в немалых чинах, опытный разведчик. Следовательно, должны прекрасно понимать, что, во-первых, навлечете на себя крупные неприятности, а во-вторых, ничем не поможете делу и ничего не поправите…

Бестужев даже зарычал сквозь зубы — так хотелось легонечко потянуть указательным пальцем спусковой крючок. Но этот скот был прав — дело даже не в неприятностях, какие, к черту, неприятности? Пользуясь логикой Лоренса же, не будет ни свидетелей, ни улик, если Бестужев сейчас пристрелит этого лощеного мерзавца и выбросит тело в иллюминатор. Адвокат прав в другом: это было бы совершенно бессмысленно...

Он с величайшим трудом подавил в себе слепую жажду мести и распорядился:

— Отойдите еще дальше, встаньте к стене. Вот так. Если попробуете дернуться или выхватить оружие, клянусь богом, я вас изрешечу…

— Откуда у меня оружие? — усмехнулся Лоренс, отступил так, что касался спиной стены. — Я даже никогда и не умел с ним обращаться. Оружие адвоката, милейший — ум и слово... Что вы делаете, можно спросить?

Бестужев, переложив браунинг в левую руку, старательно принялся складывать правой бумаги обратно в гуттаперчевый пояс. Получалось довольно неуклюже, но он кое-как справлялся. Взял мешочек, помял его в ладони — твердые маленькие предметы, и немало, алмазы, конечно — отправил его туда же.

Покончив с этим, подошел вплотную к отшатнувшемуся адвокату и нанес ему два удара — так, чтобы на несколько минут сделать совершенно беспомощным. Вернулся к столу, быстренько скинул смокинг, жилет, рубашку. Ежась от наполнявшего каюту пронизывающего холода, тщательно застегнул кармашки пояса и надел его на голое тело. Поеживаясь, тихонько охая сквозь зубы, принялся одеваться.

Лоренс очухался раньше, чем Бестужев рассчитывал. Пошевелился, застонал, сел на полу, гримасничая от боли и потирая рукой горло.

— Подождите, болван, — сказал он слабым, то и дело пресекавшимся голосом. — Давайте поговорим. Никто ничего не видел, нет ни единого свидетеля. Можете ничего мне не отдавать, спалите эти чертовы бумаги сами, а бриллианты оставьте себе. Никто и ничего не узнает, уж я-то, будьте уверены, в жизни словечком не проболтаюсь кому бы то ни было. Вашему начальству доложите, что опоздали, что злодеи успели пристукнуть инженера и уничтожить бумаги. Ну? Что вы пялитесь? Я вам выпишу чек на любую сумму в разумных пределах — и, честью клянусь, не буду потом его опротестовывать, зачем: меня заботит исключительно сохранение тайны, а деньги все равно не мои, наниматели ничего не будут иметь против. Ну? Ваше офицерское жалованье лет за двести! И не говорите, что вы сын миллионера, такие не идут в полицию! Вы представляете, сколько я могу вам заплатить? И никто не узнает!

Цепляясь за стену, он поднялся на ноги, вытянув к Бестужеву руку, бормоча что-то о сотнях тысяч, о том, что никто никогда ничего не узнает... Не сдержавшись все же, Бестужев подошел и отвесил ему сокрушительную затрещину, от которой адвокат полетел на пол. Пробормотал:

— Все, что могу, сэр...

И решительно направился прочь из каюты. Он понятия не имел, что делать дальше и нужно ли хоть что-то делать вообще. Однако на всякий случай, достав из кармана ключ, тщательно запер каюту с Лоренсом. Посоветоваться с инспектором? Нужно будет подыскивать какие-то объяснения, смерть «члена императорской фамилии» будет обнаружена очень быстро, и Бестужеву, очень может статься, начнут задавать недоуменные вопросы... Следует срочно придумать нечто убедительное, чтобы не раскрылась его авантюра с выдуманной им романтической историей... Лоренс при любом раскладе будет хранить молчание, с ним-то как раз легко договориться: молчание за молчание... А вот

Луиза... Самое уязвимое место — это Луиза, обнаружив смерть Штепанека, она, чего доброго, поднимет шум...

Стоп, стоп! Осади назад! Ну и пусть шумит. Пока что Бестужев остается и для капитана, и для инспектора вполне уважаемой персоной, как говорится, персоной грата, и любым его словам будет гораздо больше доверия, нежели тому, что скажет эта «брачная авантюристка». Да, вот именно, тревожиться нечего. Если грамотно продумать линию поведения...

— Сэр!

Бестужев обернулся. Перед ним стоял стюард с каким-то странным лицом. Через его плечо Бестужев видел, что в коридоре суетится еще парочка господ услужающих в белых кителях, стучится во все каюты подряд...

— Да? — с барственной небрежностью спросил Бестужев.

— Сэр... Пожалуйста, вернитесь в свою каюту...

— Это, собственно, не моя каюта, — продолжал Бестужев столь же вальяжно. — Это... каюта моего знакомого. Я пришел его навестить, но не застал, никто не отвечает на стук...

— В таком случае, сэр, отправляйтесь в свою каюту и незамедлительно наденьте спасательный жилет... а потом отправляйтесь на шлюпочную палубу. Я вас прошу, не медлите...

Губы у него тряслись, он был бледен.

— Что случилось? — спросил Бестужев серьезно.

— Корабль... С кораблем обстоит не вполне... Столкновение с айсбергом... — его лицо исказилось отчаянной решимостью, и он тихонько выдохнул: — Дело плохо, сэр... «Титаник» т о н е т...

Самый непотопляемый в мире корабль, безопасный исполин?! Бестужев не успел ничего более спросить: стюард, кинув на него отчаянный взгляд, побежал дальше, заколотил в двери каюты, соседней с той, где был заперт Лоренс. А повсюду в коридоре уже царило форменное столпотворение: пассажиры (нехотя, сразу видно), выходили из кают, все они были в спасательных жилетах — одни тепло одетые, в пальто и накинутых пледах, другие в обычном вечернем платье. Доносились недовольные возгласы, ни какой поспешности не наблюдалось.

По коридору, бесцеремоннейше расталкивая людей, прямо-таки пронесся помощник капитана — в расстегнутой тужурке, со сбившимся на сторону галстуком, без фуражки, с бледным искаженным лицом. Промчался и исчез за поворотом коридора.

Бестужев нахмурился. Ему пришло в голову, что к словам стюарда, пожалуй, следует все же отнестись крайне серьезно. Если переводить на привычные ему армейские мерки, появление офицера в немалом чине в столь предосудительном виде обычно означает, что дела плохи...

— Сэр! — вскрикнул у него за спиной вернувшийся стюард. — Говорю вам, мы тонем!

Стряхнув некое оцепенение, Бестужев направился в каюту Луизы, ворвался туда, как бомба, принялся распутывать узлы, напоследок вынул кляп изо рта. Луиза — ее лицо было покрыто полосками от засохших з л ы х слез — немедленно спрыгнула с постели и, уставясь на него ненавидяще, выпалила:

— Что тут, черт возьми, происходит? Где Штепанек?

— Поздно, — сказал Бестужев. — Они нас опередили, и меня, и вас. Штепанек мертв, как и его телохранитель. Бумаги пропали. А главное, корабль тонет...

— Что вы несете? «Титаник» непотопляем!

— Боюсь, все обстоит очень серьезно. Судя по тому, что я наблюдал…

— Да бросьте вы ваши бредни! С дороги!

Она попыталась проскочить мимо Бестужева, но он бесцеремонно сгреб девушку в охапку и потащил прочь из каюты.

Глава пятая

ЧЕРНАЯ ВОДА

Все те же невыносимо яркие и крупные звезды сияли на небосклоне, но любоваться ими уже не было ни малейшего желания.

Бестужев стоял у перил — все в том же смокинге, но, вот чудо, совершенно не чувствовал холода, пребывая в каком-то странном состоянии, когда обычные житейские неудобства вроде холода или жары человеку решительно безразличны. Поблизости от него на шлюпочной палубе стояла, изредка перекидываясь пустыми фразами, кучка пассажиров первого класса — все наперечет уже известные ему как миллионеры, денежные мешки. Только мистер Астор, недавно расставшийся с юной женой, стоял на особицу, как и Бестужев, глядя в темную гладь океана.

Капитан Смит, расхаживавший здесь же, время от времени, перегнувшись через перила, кричал в мегафон:

— Шлюпкам держаться неподалеку от судна! Неподалеку от судна! Придется подобрать еще...

Он замолчал, с чертыханием швырнул мегафон себе под ноги и сказал, обращаясь то ли к Бестужеву, то ли просто в никуда:

— Бесполезно, черт возьми, они отходят, все до одной...

Веселая мелодия новомодного регтайма в диком несоответствии с моментом разносилась над палубой — совсем неподалеку, у входа на парадную лестницу, стояли музыканты, восемь человек в спасательных жилетах, они играли не менее двух часов. Корабль по-прежнему был залит ярким светом. И он уже ощутимо быстрее, чем прежде, погружался в черную воду...

Бестужев уже знал, что все кончено. Кавальканти оказался прав — шлюпок решительно недоставало. Их попросту больше не осталось — хотя множество пассажиров первого класса стояли на палубе, а те, из третьего, так и остались внизу, в своих помещениях. Бестужев услышал об этом краем уха...

Палубу под ногами явственно перекосило — нос погружался все глубже, корма задиралась вверх. Только что объявившиеся на шлюпочной палубе механики доложили капитану, что котельную вот-вот затопит. После чего группа пассажиров направилась в курительный салон, громко заявляя, что намерена провести оставшееся время с некоторой пользой — за карточным столом. Кто-то позвал и Бестужева, но он отказался.

Луизу он давным-давно посадил в одну из шлюпок — точнее говоря, форменным образом запихнул. За нее, по крайней мере, беспокоиться не приходилось. Он даже вернулся и выпустил Лоренса, кратко обрисовав тому положение дел.

Самому ему теперь некуда было спешить, а сделать все равно ничего нельзя. Он ощущал под рубашкой жесткий гуттаперчевый пояс с чертежами и брильянтами — но кому это теперь было нужно? Ротмистр Бестужев с присущей ему хваткой выполнил задание, ну, по крайней мере, наполовину — однако вмешались силы, которым никакие человеческие усилия противостоять не могли...

Забавно, страха не было. Он слишком часто сталкивался со смертью, чтобы пугаться. Одна тоскливая безнадежность и мысли о том, что это *неправильно*, что так не должно быть, что он ничем не заслужил такого оборота дел — но, должно быть, Господу все-таки виднее... На полях Маньчжурии уцелел, в смертельно опасных *танцах* с террористами выжил, и вот теперь оказался в ситуации, когда от собственных усилий ничегошеньки не зависит. Злая ирония судьбы, весьма...

Как он ни размышлял, оставался только один выход — прыгать в ледяную воду и попытаться доплыть до одной из невидимых во мраке шлюпок. Но вот на *это* как раз у Бестужева и не хватало решимости, плавал он скверно, на спасательный жилет надежды как-то не было, слишком несерьезной представлялась эта штука, а шлюпки, как явствовало из слов капитана, удаляются все дальше от тонущего гиганта, движимые собственным интересом — говорят, когда судно тонет, возникает огромная воронка, в которую может затянуть и шлюпки, и пловцов...

Он опустился на скамью, достал браунинг, покачал на ладони. Если ему и было страшно, то только от мысли, как э т о будет происходить — черная ледяная вода захлестывает, смыкается над головой, заливает рот... Может...

И тут же решительно убрал пистолет в карман. Господь против самоубийства, и человек верующий, пусть и нерадивый, обязан это помнить...

Поднялся и бездумно, неторопливо зашагал вдоль перил — под звуки веселой мелодии, так и звучавшей на палубе тонущего корабля. Миновал обнявшуюся пожилую пару — те самые мистер и миссис Страус, которых он видел в Шербуре. На его глазах Страусу предложили сесть в шлюпку следом за женой, но тот, гордо выпрямившись, ответил, что он, хотя и старик, но все же мужчина, а шлюпки предназначены для женщин с детьми. После чего его супруга, несмотря на все уговоры, покинула шлюпку и осталась с ним...

Происходящее казалось похожим на сон. Он отчетливо понимал, в каком положении находится и каков будет скорый конец, но никак не желал с этим смириться. Посмотрел сверху на корму, переполненную людьми: ага, пассажирам третьего класса наконец-то разрешили выйти наверх, и они хлынули немаленькой толпой — на корму к тому же помаленьку отступали люди со шлюпочной палубы, теснимые надвигавшейся шумящей водой.

Как ни удивительно, ни особой суеты, ни паники. Многие стоят на коленях, молятся, а меж ними ходят два священника странного, на взгляд Бестужева, облика — католический и протестантский, судя по всему, дают то, что пышно именуется последним пастырским увещеванием. Отправиться, что ли, туда? Священники, с точки зрения православной церкви, насквозь неправильные, но какое это сейчас имеет значение?

Нет. Он остановился. Пробормотал упрямо:

— Господи, может, это и гордыня, но рассуди уж ты сам... Твоя воля…

Гул воды превратился в рев, под ногами явственно послышались глухие взрывы — котлы, вяло догадался Бестужев. Корабль словно провалился, задирая корму, Бестужев оказался в ледяной воде, обжигавшей, как кипяток. Со страшной силой его потащило под воду и прижало к какой-то решетке. Сжав губы, стараясь не выпустить ни глотка воздуха, он подумал, что это, должно быть, вентиляционная решетка перед первой трубой, которую он не раз видел, гуляя по палубе.

Волна жаркого, едва ли не раскаленного воздуха вдруг с неимоверным напором швырнула его вверх, Бестужев оказался на поверхности воды, даже хлебнул воздуха. Барахтался, отчаянно бил руками и ногами...

Пальцы вдруг натолкнулись на некое подобие веревки, Бестужев спазматически вцепился в нее, проморгался. Он оказался возле складной спасательной шлюпки — две таких так и остались на верхней палубе, потому что их отчего-то не сумели спустить, а теперь их, значит, сорвало...

Шлюпка была перевернута — но Бестужев с обезьяньей цепкостью ухитрился вскарабкаться на ее днище. Меж ним и кораблем слышались отчаянные крики — это барахтались в воде люди в спасательных жилетах. Бестужев оглянулся на «Титаник» — нос уже полностью скрылся в море, вода достигала основания первой трубы... и вдруг со звоном лопнули тросы, эта громадина стала крениться в воду, крениться... крениться...

Она рушилась прямо на Бестужева, и он успел подумать, что погиб. Буквально рядом с ним послышался оглушительный плеск, взметнулась волна — труба самую чуточку не задела перевернутую шлюпку, ее отшвырнуло волной саженей на двадцать, Бестужев буквально ослеп в вихре соленых капель, никак не мог проморгаться — но цеплялся за леера шлюпки так, что никакая сила не смогла бы заставить его разжать пальцы.

Когда волна схлынула, Бестужев увидел фантасмагорическое зрелище: гибнущий «Титаник» по-прежнему был ярко освещен, свет горел и на тех палубах, в тех каютах, что оказались уже под водой, так что корабль окутывало туманное сияние, идущее из-под морской глади. Корма задиралась все выше, отовсюду неслись душераздирающие крики.

Вдруг все огни погасли. «Титаник» на миг озарился ослепительной вспышкой, и все окончательно погрузилось во мрак. Со стороны гибнущего корабля донесся долгий, оглушительный грохот, словно что-то невероятно тяжелое покатилось от кормы к носу. Заслонявшая звезды корма, вставшая под углом примерно в сорок пять градусов, стала быстро опускаться, звезды открывались одна за другой, одна за другой, одна за другой... Всё! Волны сомкнулись над самым большим в мире пассажирским кораблем, гордо объявленным его создателями непотопляемым...

Бестужеву страстно хотелось зажать уши — со всех сторон доносились душераздирающие вопли, проклятья и стоны барахтавшихся в ледяной воде людей, и он подумал, что так, должно быть, выглядит преддверие ада. Он ничем не мог помочь, никого не мог спасти, не имел ни малейшей власти над шлюпкой, она, перевернутая, качалась на ледяных волнах, словно пустая бутылка, Бестужев скорчился в три погибели на ее днище, це-

цепляясь за леера. Пронизывающий холод пробирал до костей, Бестужев ощущал себя полой стеклянной фигуркой, до краев налитой ледяной водой, пальцы коченели, уже не чувствовались, и он стискивал их еще сильнее, боясь, что разожмет руки, выпустит леер и свалится в воду, что означало бы смерть.

Понемногу крики тонущих стали глохнуть и отдаляться, словно голову Бестужева закутали толстым слоем ваты. Понемногу мрак перед глазами стал превращаться в некое скопище медленно кружащих тусклых искорок. Понемногу мутилось сознание, а тело, вот чудеса, стало согревать приятное тепло, распространявшееся от кончиков пальцев, от запястий и лодыжек.

Он ощутил себя умиротворенным, даже, кажется, улыбался. Завеса колышущихся огоньков прорвалась, и Бестужев неведомо каким чудом оказался на заснеженной таежной дороге, снег лежал глубокий, белоснежный, рыхло-искристый, ели стояли в фантастически прекрасных кружевах инея, все вокруг дышало очарованием и покоем, Бестужев ощутил небывалое умиление, радость оттого, что кончились его мытарства...

И мимо него совершенно беззвучно пронеслась тройка — розвальни запряжены статными красивыми лошадьми, пристяжные по-лебединому выгибают в стороны шеи, рвется вперед оскаленный коренник... и там, в санях, сидела Танечка Иванихина, повернула к нему румяное, красивое, веселое личико в серо-черном невесомом ореоле роскошной собольей шапки, бросила мимолетный взгляд... и рядом с ней гордо восседал какой-то франт с черными, подстриженными в ниточку усиками, с завитым коком волос, самодовольный и омерзительный Бестужеву, он по-хозяйски приобнял красавицу, кинул на Бестужева победительный взгляд, и вот уже лихая тройка скрылась за поворотом, осталось лишь белое фантастическое безмолвие заснеженной тайги, а у Бестужева не слушались ноги, и он не смог кинуться вслед...

И тут же пропала тайга, открыв морскую гладь, но не ту, черную, куда только что провалился «Титаник», а мутно-зеленоватую, освещенную тусклым сиянием совершенно непонятного происхождения — потому что солнца нигде не видно.

Бестужев не понимал, где он находится — ясно только, что лицо его расположено над самой водой. И к нему беззвучно приближался странный корабль. В чем его странность, удалось догадаться не сразу, но все же удалось: это был самый обычный эскадронный миноносец, на каком Бестужеву пришлось побывать после истории с «Джоном Грейтоном» — вот только его палуба возвышалась над водой не более чем на ладонь, при том, что он не тонул, он целеустремленно двигался прямо к Бестужеву, оказался уже рядом...

И там, у железных поручней, шеренгой стояли люди, глядя на него сверху вниз строго и серьезно. На одном была военная форма, другие — в штатском. Бестужев узнал стоявшего впереди всех поручика Лемке, а там увидел и Колю Струмилина, и Пантюшку Штычкова, и поручика Гридасова, и Валерьяна Самойлова, и еще многих...

Несмотря на приятное тепло, в коем он пребывал, словно под пуховым одеялом, его прошиб озноб.

Ни одного живого он не увидел на этом странном корабле. На борту он узнал всех и каждого — но живых не имелось, там были одни мертвые, погибшие за последние годы, порой на его глазах. Одни мертвые.

Бестужев попытался шарахнуться — но он неким непостижимым образом оказался едва ли не вровень со стоящими на палубе мертвецами, самыми обыкновенными на вид, разве что бледными и серьезными, ничуть не напоминавшими страшные привидения из готических романов, — и поручик Лемке, чуть наклонясь, с самым решительным видом протягивал руку, и его пальцы вот-вот должны были коснуться пальцев Бестужева, Бестужев, как ни дергался, не мог пошевелиться, отнять руку, шарахнуться...

Пальцы мертвеца крепко сжали его ладонь, словно в капкан угодившую. Бестужев, обретя некоторую свободу, отчаянно забился, не в силах выдавить ни звука — и с ужасом чувствовал, что все бесполезно, что его с необоримой силой влекут прямехонько на корабль мертвых...

Красноярск, октябрь 2009

ОГЛАВЛЕНИЕ

ПРОИЗВЕДЕНИЯ АЛЕКСАНДРА БУШКОВА

ФАНТАСТИКА

Цикл романов с главным героем Сварогом

- Рыцарь из ниоткуда (1996)
- Летающие острова (1996)
- Нечаянный король (2001)
- Чужие берега (2002)
- Чужие паруса (2002)
- Чужие зеркала (2002)
- Пленник Короны (2004)
- По ту сторону льда (2004)
- Враг Короны (2005)
- Железные паруса (2005)
- Спаситель Короны (2005)

ОТДЕЛЬНЫЕ ПРОИЗВЕДЕНИЯ

- Варяги без приглашения (1981)
- Стоять в огне (1986)
- Лабиринт (1989)
- Страна, о которой знали все (1989)
- Дождь над океаном (1990)
- Анастасия (1990)
- Волчье солнышко (1996)
- Колдунья-беглянка (2007)
- Колдунья поневоле (2008)

ИСТОРИЧЕСКАЯ ПУБЛИЦИСТИКА

- Сталин. Красный монарх (2004)
- Екатерина II: Алмазная Золушка (2005)
- Распутин. Выстрелы из прошлого (2005)
- Россия, которой не было. Гвардейское столетие (2005)
- Россия, которой не было. Славянская книга проклятий (2005)
- Сталин. Ледяной трон (2005)
- Русская Америка (2006)
- Иван Грозный. Кровавый поэт (2007)
- Земля: Планета призраков (2007)
- Чингисхан: неизвестная Азия (2007)
- Неизвестная война. Тайная история США (2008)

СОВРЕМЕННАЯ ПУБЛИЦИСТИКА

- Хроника мутного времени. Дом с привидениями (2005)
- Владимир Путин. Полковник, ставший капитаном (2007)

ИСТОРИЧЕСКИЕ ДЕТЕКТИВЫ

Главный герой Алексей Бестужев

- Авантюрист (Непристойный танец) (2001)
- Дикое золото (2000)
- Сыщик (2009)
- Комбатант (2009)
- Аргонавт (2009)
- Ковбой (2010)

ОСТРОСЮЖЕТНЫЕ РОМАНЫ

Цикл романов с главным героем Черским

- На то и волки (1999)
- Волк насторожился (1999)
- Волк прыгнул (1999)

Цикл романов с главной героиней Дарьей Шевчук

- Бешеная (Девочка со спичками) (1996)
- Танец Бешеной (1997)
- Капкан для Бешеной (2001)

Цикл романов с главным героем Карташом

- Тайга и зона (2005)
- Ашхабадский вор (2005)
- Сходняк (2005)
- Под созвездием северных «Крестов» (2005)

Цикл романов с главным героем Мазуром

- Охота на Пиранью (1996)
- След Пираньи (1996)
- Крючок для Пираньи (1997)
- Возвращение Пираньи (1998)
- Пиранья: Первый бросок (1999)
- Пиранья против воров (2001)
- Пиранья против воров-2 (2002)
- Пиранья. Звезда на волнах (2002)
- Пиранья. Жизнь длиннее смерти (2003)
- Пиранья. Бродячее сокровище (2003)
- Пиранья. Озорные призраки (2005)
- Пиранья. Флибустьерские волны (2006)
- Пиранья. Охота на олигарха (2006)
- Пиранья. Алмазный спецназ (2006)
- Пиранья. Война олигархов. Кодекс одиночки (2007)
- Пиранья. Война олигархов. Кодекс наемника (2008)

ЦИКЛ «АНТИКВАР»

- Антиквар (2008)
- Последняя Пасха императора (2008)
- Сокровище антиквара (2009)

ОТДЕЛЬНЫЕ РОМАНЫ

- Стервятник (1998)
- Волчья стая (1999)
- Бульдожья схватка (1999)
- Четвертый тост (2000)
- Мушкетеры (Д'Артаньян, гвардеец кардинала) (2002)
- НКВД. Война с неведомым (2003)
- Дикарка. Чертово городище (2004)
- Дикарка. Неизвестный маршрут (2005)
- Второе восстание Спартака (2006) (в соавторстве с А. Константиновым)
- А. С. Секретная миссия (2006)
- Равнение на знамя (2008)

Официальный сайт А. А. Бушкова
www.shantarsk.ru

Литературно-художественное издание

Бушков Александр Александрович

АРГОНАВТ

Роман

Ответственный за выпуск *Владимир Кузьмин*
Компьютерная верстка *Ольга Тарвид*
Набор и вычитка *Елены Щербаковой*
Корректоры *Нина Махалина, Лариса Пруткова*

Подписано в печать 28.10.09.
Формат 84×108 1/32. Бумага газетная. Гарнитура «MinionPro».
Печать офсетная. Усл. печ. л. 16,8. Тираж 40 000 экз.
Изд. № 09-9595. Заказ № 8281

ЗАО «ОЛМА Медиа Групп»
143421, Московская область, Красногорский район,
26 км. автодороги «Балтия», комплекс ООО «Вега Лайн», стр.3
www.olmamedia.ru.

Отпечатано с готовых файлов заказчика в ОАО «ИПК
«Ульяновский Дом печати». 432980, г. Ульяновск, ул. Гончарова, 14

АВАНТЮРИСТ
84×108/32, 416 с.

ISBN: 978-5-373-02489-1

Австро-Венгрия 1907 года. Бежавший из России авантюрист оказывается вовлечен в подпольную деятельность эсеров-террористов, готовящих покушение на императора Франца-Иосифа. Он понимает, что ему уготована роль человека, которого обязательно устранят после операции, и начинает свою игру против подпольщиков.

ДИКОЕ ЗОЛОТО
84×108/32, 416 с.

ISBN: 978-5-373-02487-7

1908 год. В дикой шантарской тайге неуловимые и дерзкие налетчики грабят обозы, везущие с приисков золото. В сложнейшей головоломке переплетаются тайные игры жандармерии, сыскной полиции, охранного отделения, большевистских боевиков. И никто еще не подозревает, что в небе вот-вот вспыхнет Тунгусский метеорит...

Книги Александра Бушкова серии «ПРИКЛЮЧЕНИЯ АЛЕКСЕЯ БЕСТУЖЕВА»

СЫЩИК
84×108/32, 288 с.

ISBN: 978-5-373-02753-3

Конец первого десятилетия XX века. Австро-Венгрия. Спецслужбы нескольких европейских стран начинают охоту за дальноглядом — аппаратом инженера Штепанека. Раздобыть «мнимонаучную Химеру» для России поручено неуловимому царскому сыщику ротмистру Бестужеву. Изысканная столица Европы, убаюканная в ритме вальса, разбужена погонями, перестрелками и смертями. Новый роман Александра Бушкова из серии «Приключения Алексея Бестужева» — «динамичный сюжет, колоритные характеры и увлекательная интрига».

КОМБАТАНТ
84×108/32, 320 с.

ISBN: 978-5-373-02839-4

Роман «Комбатант» — четвертая книга в серии «Приключения Алексея Бестужева». Погоня за дальноглядом — аппаратом Штепанека — продолжается по улицам и предместьям Парижа. Сыщик Бестужев оказывается в европейском логове революционеров и анархистов всех мастей и начинает настоящую «охоту на дьявола». Кто — кого?

Невероятные интриги, невыносимое напряжение сюжета, доскональное знание темы. Александр Бушков подтверждает репутацию искусного мастера оживления истории в самых увлекательных жанрах.

Книги Александра Бушкова серии «СВАРОГ. ИЗБРАННОЕ»

РЫЦАРЬ ИЗ НИОТКУДА

Романы:
«Рыцарь из ниоткуда»,
«Летающие острова».
60×90/16, 800 с.

ISBN: 978-5-373-02471-6

Скучающий в провинциальной воинской части майор ВДВ Станислав Сварог жаждет битв. Старый монгольский шаман помогает ему обрести желаемое — в один прекрасный день Сварога засасывает страшная воронка и он попадает на планету Талар, в мир, где живут лары — могучие колдуны, правящие миром. Сварог — один из них.

...На земли Талара вторгаются Глаза Сатаны — зловещие создания, умеющие принимать чужой облик. Закулисные игры ларов вынуждают Сварога инкогнито отправиться туда и уничтожить Врата, избавив таким образом опустевшую территорию трех государств от чудовищ и исполнив пророчества...

НЕЧАЯННЫЙ КОРОЛЬ

Романы:
«Нечаянный король»,
«Железные паруса»,
«По ту сторону льда»
60×90/16, 784 с.

ISBN: 978-5-373-02473-0

Три романа популярного цикла о экс-майоре ВДВ Станиславе Свароге, заброшенном в магический мир Талара. Странствующий романтик, нечаянно ставший королем, привыкает к мысли, что во Вселенной две дороги: обыкновенного человека и венценосца. Помогает мэтру Анраху вернуть научному миру редкие книги... Попадает на корабль с каторжниками в самый неподходящий момент.

Книги Александра Бушкова серии «СВАРОГ. ИЗБРАННОЕ»

ЧУЖИЕ ПАРУСА

Романы:
«Чужие паруса»,
«Чужие зеркала»,
«Чужие берега»
60×90/16, 720 с.

ISBN: 978-5-373-02475-4

Когда друзья и враги неожиданно решают оставить героя в покое, он начинает хандрить. В небе вспыхивает таинственная Багряная Звезда, и лорд Сварог не задумываясь открывает потайную дверь в заброшенной часовне. Дверь, ведущую за миллион миль и миллион лет от Талара. Ведущую в мир, обреченный на гибель... После чудовищной катастрофы, потрясшей мир Чужих Берегов, Сварог со своими спутниками отправляется на поиски нового материка, через Мировой океан. У него есть карта — но поможет ли она в долгом плавании над пучинами, полными неведомых опасностей?..

ПЛЕННИК КОРОНЫ

Романы:
«Пленник Короны»,
«Враг Короны»,
«Спаситель Короны»
60×90/16, 576 с.

ISBN: 978-5-373-02477-8

Когда все становится с ног на голову, когда друзья оказываются врагами, а враги превращаются в соратников, когда гибель мира кажется неизбежной, остается только одно: видеть перед собой четкую цель и идти к ней с открытыми глазами, через страдания и кровь, боль и непонимание, и верить, что на пути к цели ты не предал никого. Даже самого себя. А награда... Пусть награда сама выберет героя.

Книги Александра Бушкова серии «АНТИКВАР»

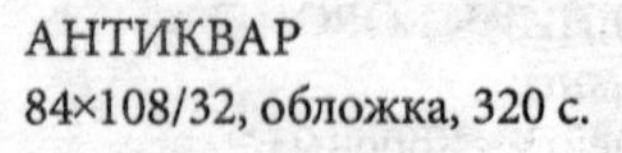

АНТИКВАР
84×108/32, обложка, 320 с.

ISBN: 978-5-373-02711-3

Миллионы людей отроду не видели живого, настоящего шпиона. Точно так же они никогда не встретятся с живым антикваром. А общее между шпионом и антикваром то, что оба стремятся к максимальной конспирации, старательно притворяясь, что их не существует вовсе... Специфический мирок торговли антиквариатом не стремится к публичности и славе, вовсе даже наоборот. Представьте себе человека, чуть за пятьдесят, отсидевшего два срока; имеющего наколку на предплечье в виде медведя, сидящего на льдине. Один на льдине. Человек, который сам по себе на сто процентов: ни за тех, ни за этих...

ПОСЛЕДНЯЯ ПАСХА ИМПЕРАТОРА
84×108/32, обложка, 320 с.

ISBN: 978-5-373-02713-7

В мирной деятельности антикваров иногда случаются эксцессы. Визит милиции в магазин и обвинение в торговле холодным оружием — это еще цветочки.

А вот когда антиквару угрожают ножом с выкидным лезвием, да злоумышленников трое, да под ударом оказывается беззащитная девушка — вот тут-то Смолину впору разозлиться и достать наган. С попытки ограбления неприятности Василия Яковлевича только начались. Бросок по тайге помог раскрыть многолетнюю тайну, ночевка в заброшенной деревне привела к знакомству с малоприятными людьми, вооруженными огнестрельным оружием, отдых в далеком городе Курумане преподнес целый букет сюрпризов, один из которых — правда о Последней Пасхе императора.

АНАСТАСИЯ

Романы:
«Анастасия»,
повести и рассказы
60×90/16, 624 с.

ISBN: 978-5-373-02500-3

В далеком будущем мире сильным полом становятся женщины. Их задача — война и поиск приключений. Княжна Анастасия — первая среди них... Мужчины будущего — хрупкие капризные и ненадежные создания. Но однажды Анастасии в прямом смысле на голову сваливается мужчина из далекого прошлого — капитан-десантник, угодивший из афганского пекла в это «перевернутое» будущее...

В книгу также вошли повести в жанре альтернативной истории.

САМЫЙ ДАЛЕКИЙ БЕРЕГ

Романы:
«Самый далекий берег»,
«Нелетная погода»,
повести и рассказы
60×90/16, 624 с.

ISBN: 978-5-373-02498-3

В одном томе публикуются ранние романы и повести Александра Бушкова. Открывает книгу — «Самый далекий берег». Мир пациента психиатрической клиники Кирьянова: рукопись, которую тот предлагает своему врачу, — не фантастический роман. Он уверяет, что это дневник нескольких последних месяцев его жизни.

«Нелетная погода», к которой примыкают и «Господа альбатросы» — книга, более 15 лет пролежавшая в рабочем столе Александра Бушкова. Вместе с представленными в издании повестями, она, перефразируя автора, «вышла из Полдня»...

Общее расположеніе внутренних

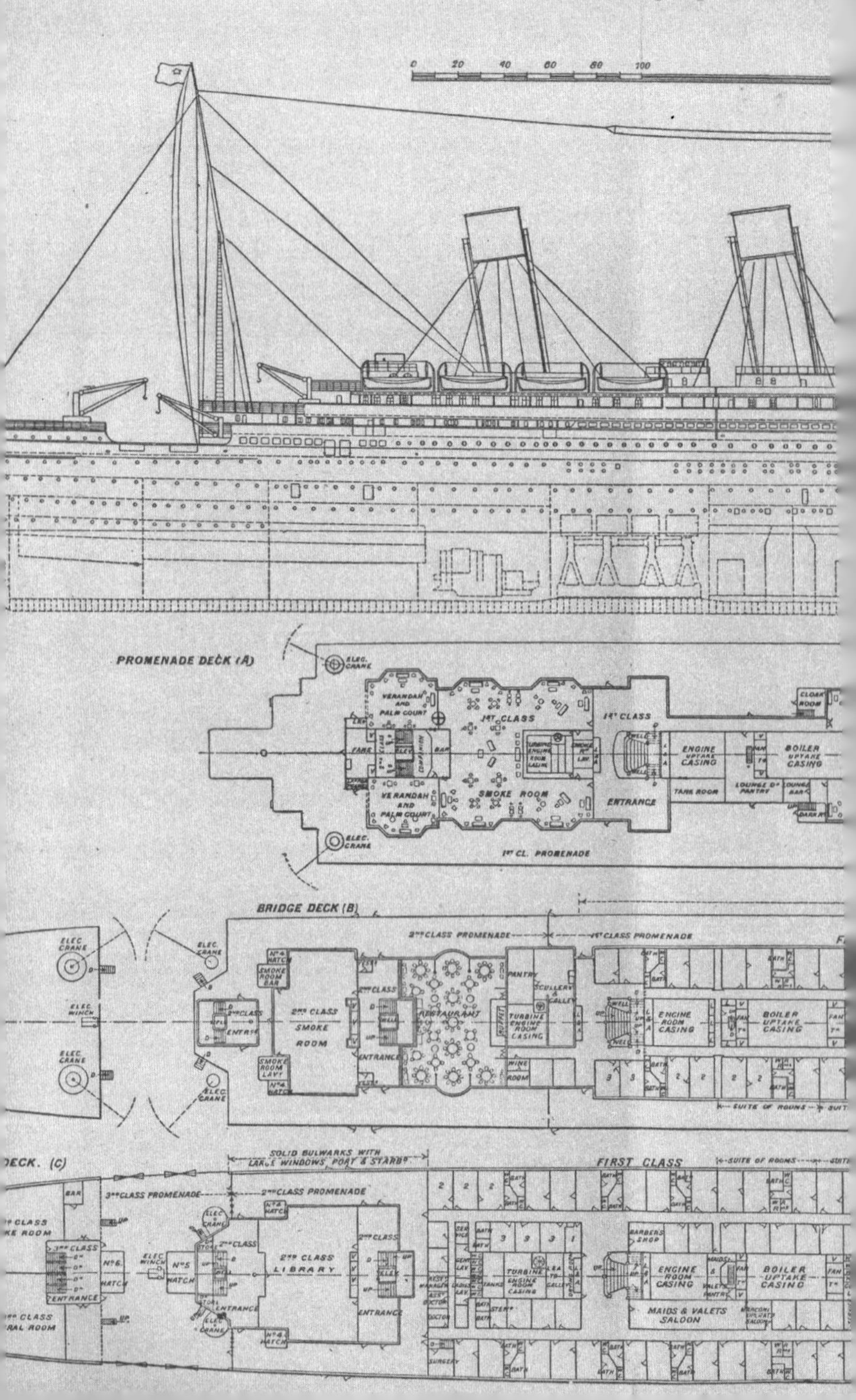